Svarlen Edhor

WAS HAST DU GETAN

KOMMISSAR NORBERT HÜBNER

BUCH 3

Impressum
Bibliografische Information der Deutschen Nationalbibliothek:
Die Deutsche Nationalbibliothek verzeichnet diese Publikation in der Deutschen Nationalbibliografie; detaillierte bibliografische Daten sind im Internet über http://dnb.dnb.de abrufbar.

Lektorat, Korrektorat: Rohde
Selfpublished
Autor: Sven Rohde
Königstraße 12, 16831 Rheinsberg

INHALTSVERZEICHNIS

Kapitel 1	1
Kapitel 2	6
Kapitel 3	12
Kapitel 4	17
Kapitel 5	24
Kapitel 6	33
Kapitel 7	41
Kapitel 8	46
Kapitel 9	54
Kapitel 10	63
Kapitel 11	68
Kapitel 12	74
Kapitel 13	80
Kapitel 14	85
Kapitel 15	93
Kapitel 16	101
Kapitel 17	106
Kapitel 18	111
Kapitel 19	114
Kapitel 20	121
Kapitel 21	130
Kapitel 22	137

Kapitel 23	143
Kapitel 24	147
Kapitel 25	152
Kapitel 26	159
Kapitel 27	164
Kapitel 28	171
Kapitel 29	175
Kapitel 30	179
Kapitel 31	181
Kapitel 32	188
Kapitel 33	194
Kapitel 34	201
Kapitel 35	207
Kapitel 36	216
Kapitel 37	222
Kapitel 38	229
Kapitel 39	233
Kapitel 40	241
Kapitel 41	247
Kapitel 42	251
Kapitel 43	257
Kapitel 44	261
Kapitel 45	267
Kapitel 46	270
Kapitel 47	278
Kapitel 48	
Epilog	281

KAPITEL 1

Es piepte, etwas kratzte im Hals und Eddy schien es, als sei er aus einer tiefen Dunkelheit erwacht. Das Nichts, in dem er sich gefühlt seit einer Ewigkeit befunden hatte, zog sich unendlich langsam an die Ränder seines Bewusstseins zurück, wo es schwammig und weich auf ihn wartete, bereit, ihn jederzeit wieder versinken zu lassen.

Er schluckte.

Ein grässlicher Schmerz zog sich durch seine Luftröhre und es fühlte sich an, als sei er wochenlang durch die Wüste geirrt ohne einen Tropfen Wasser zu sich zu nehmen. Er probierte es gleich noch einmal, so wie man auf einen blauen Fleck drücken muss, um sich zu versichern, dass er tatsächlich da war.

Und ja, es tat immer noch genauso weh.

Rasselnd zog er den Atem ein.

Als er dem Geräusch lauschte, was sein Mund dabei von sich gab, wurden seine Ohren wacher. Leise Stimmen erklangen, die sich unterhielten.

»... kann jetzt noch ein wenig dauern, aber wir sehen an seinem Herzmonitor ...«

»... Sie sich wirklich sicher, dass ...«

»Sehen Sie, bewegt sich da ...«

Jemand musste seine Augen zugeklebt haben. Eddy bemühte sich nach Kräften, sie zu öffnen, aber seine Lider waren schwer, so schwer wie Blei. Ein Tropfen lief über seine Wange und der junge Mann meinte, eine Träne gespürt zu haben.

»Sehen Sie doch, er weint! Eddy, mein Eddy!«, hörte er, doch es drang an sein Ohr wie durch einen schweren Vorhang. Kurz darauf spürte er ein Gewicht neben sich und er sackte leicht in dessen Richtung. Diese Bewegung musste seinen Augen neuen Schwung gegeben haben, denn er schaffte es, sie einen Spalt weit zu öffnen.

Gleißendes Licht schoss hindurch und erschrocken kniff er sie wieder zusammen.

Es tat weh.

Sein Kopf dröhnte und er fühlte sich benommen. Außerdem schwitzte er stark. Sein Gehirn spielte ihm Szenen von klaren Bergseen vor, deren Wasser kühl und belebend wirkten. Am liebsten hätte er seine Klamotten vom Körper gerissen und wäre hineingesprungen und ...

»Herr Meisen ... Herr Meisen, sind Sie wach? Können Sie mich hören?«, fragte eine warme, tiefe Stimme neben seinem Kopf.

Eddy wollte antworten, nicken, irgendetwas, doch es gelang ihm nicht. Immerhin schaffte er es, einen Finger zu bewegen.

Diese Hitze!

Endlich entrang sich ihm ein Stöhnen und sofort setzte jemand ein Glas an seine Lippen. Dankbar spürte er, wie die kühle Flüssigkeit seinen Hals entlang rann und die vertrockneten Schleimhäute benetzte. Das Schlucken tat zwar immer noch weh, dennoch schaffte es Eddy, einige Züge zu nehmen. Jemand hatte seinen Kopf gestützt, der nun wieder in die Kissen sank.

»Herr Meisen, hören Sie mich? Können Sie nicken?«, fragte die dunkle Stimme erneut und wie durch ein Wunder schaffte Eddy es tatsächlich.

Irgendwo in seinem Unterbewusstsein regte sich eine längst vergessene Erinnerung.

»Oh mein Eduard!«, rief es wieder und gleich darauf spürte er Hände in seinem Gesicht.

»Frau Meisen, Ihr Sohn muss erst einmal richtig aufwachen. Sie werden ihn in den nächsten Tagen sicher schon in die Arme schließen können.«

»Vielleicht ziehen wir einmal die Gardinen vor, damit es nicht so hell ist?«, schlug eine andere Stimme vor und diese kannte Eddy.

Es war sein Vater.

»Gute Idee, Herbert«, sagte die Frau, die er nun als seine Mutter identifizierte.

Wieso waren denn seine Eltern ...

Mit Macht schoss die Erinnerung an die letzten Augenblicke plötzlich in seinen Kopf.

Der Unfall.

Die Akte.

Der Zahnarzt.

Eddys Herz schlug schneller.

Das Piepen im Raum erklang nun in kürzeren Abständen. »Ganz in Ruhe, Herr Meisen, es ist alles in Ordnung«, sagte die dunkle Stimme.

»Oh, oh Herr Doktor! Was ist mit ihm? Eddy, alles ist gut, Mama ist ja da!«

»Wieso piept das Gerät so laut?«

»Schwester Anja, kommen Sie bitte mit einem neuen Betäubungsmittel in Zimmer 312, Herr Meisen ist aufgewacht.«

»So tun Sie doch was!«

Vor Eddys innerem Auge spielten sich die letzten Szenen seiner Erinnerung ab.

Mirka, wie sie ihm um die Beine strich. Die Lichter der Stadt, die an ihm vorbeifegten.

Seine Hände am Lenkrad.

»Schwester Anja bitte in Zimmer 312.«

»Mein Gott, was ist denn los mit ihm, Herr Doktor?«

»Mein Eddy! Oh Eddy, Mama ist doch da, bitte beruhige dich!«

Die Leitplanke.

Die Lichter.

Das Gesicht der Sanitäterin.

Die Lichter. Immer wieder die Lichter.

Und schließlich das Gesicht von der Website der Zahnarztpraxis Wiesman & Wiesman, das ihn nahezu höhnisch anlächelte.

Eddy musste aufstehen, musste wach werden, er musste Herrn Hübner anrufen und ihm sagen -

»Danke, Schwester. Spritzen Sie es in den Tropf wie üblich. Wir reduzieren die Menge morgen noch einmal. Dann sollte es gehen.«

»Wir sind ja da, Eddy, Papa und ich sind da …«

Herr Hübner! Eddy musste ihn dringend anrufen! Verzweifelt versuchte er, Worte zu formen, doch seine Lippen gehorchten ihm nicht. Ein trockenes Krächzen kam aus seinem Hals und dieser verdammte Halsschmerz wollte zurückkehren, doch er wurde abgedrängt vom Nichts, das sich nun vorwärts schob.

Die aufgeregten Stimmen um ihn herum wurden leiser. Das Schwitzen ging zurück und auch der Schmerz im Hals ließ nach.

Eddy musste aufstehen, es war doch wichtig, dass er ihm Bescheid sag …

Seine Gedanken drehten sich im Kreise, Gesichter und Erinnerungen verschwammen zu einem Einheitsbrei und entwischten seinem Bewusstsein.

Das Nichts schob sich vor, bedeckte die Ränder seines Seins und drückte ihn wieder hinab in die unendliche Schwärze.

KAPITEL 2

Jim erwachte, als ihm jemand Zigarettenrauch ins Gesicht blies. Hustend richtete er sich auf und stützte sich auf einen Arm, während er den Schlaf aus den Augen blinzelte. Neben sich fühlte er die beruhigende Wärme eines Hundes, der gleichmäßig atmend auf seiner Schlafdecke lag.

Der Regen prasselte gegen das morsche Holz der Hütte. Sie war klein, umfasste gerade einmal zwei Räume, und im Inneren gab es weder Strom noch fließend Wasser. Jim kauerte in einer Ecke des Hauptraumes und gähnte. Vor seinem Gesicht schwebte die Visage seines Bosses Robert, der ihn in diesem Moment spöttisch angrinste. »Auf auf, *Dornröschen*!«, höhnte er. »Sonst schleif ich dich draußen durchs Gras!«

Ohne eine Antwort abzuwarten, zog Robert erneut tief an seiner Zigarette und schnipste sie dann von sich, wobei der Stummel in einer Wasserpfütze auf dem Boden landete. Der Regen war wieder einmal durch das Loch im Dach gedrungen.

Sanft kräuselte sich der Rauch nach oben, als die Kippe darin unterging und erlosch.

»Man, was ist denn los?«, fragte Jim verschlafen und rieb sich die Augen.

Robert klatschte ihm mit der flachen Hand gegen die Stirn. »*Man, was ist denn los*«, äffte er ihn nach. »Ich zeige dir gleich, was los ist! Beweg dich, oder es knallt! Du willst dazugehören? Dann steh auf, wenn ich es sage!«

Jim war sich nicht mehr sicher, ob er noch dazugehören wollte. Je länger er Zeit mit ihm verbrachte, umso mehr bekam er den Eindruck, dass sein Boss nichts anderes war als ein geisteskranker Psychopath.

Er drehte den Kopf zur Seite und kam auf die Füße. Die Decke rutschte an seinem Körper hinab und ließ eine zerrissene Jeans sowie ein dreckiges und löchriges Paar Turnschuhe erkennen. Ein übergroßer, schwarzer Kapuzenpullover bedeckte seinen Oberkörper. Die Kapuze hatte er eng um den Kopf geschlungen, um so wenig Wärme wie möglich zu verlieren.

Der Rauch von Roberts Zigarette klebte förmlich in der eiskalten Luft und erschwerte das Atmen. Und nicht nur das, auch der alte Gasofen in der Ecke erzeugte so viele Abgase, dass es einem permanent die Kehle zuschnürte. Auf Dauer war das sicherlich nicht mit der eigenen Gesundheit zu vereinen. Die Alternative wäre es jedoch gewesen, zusätzlich zu dem Loch im Dach auch noch ein Fenster oder die Tür offenzulassen, was gleichzeitig bedeutet hätte, dass die Temperaturen in der Nacht, trotz Ofen, in den unteren einstelligen Bereich fallen würden.

Jim gähnte und schüttelte sich. Robert war seine Fahrkarte in das organisierte Verbrechen und in ein Leben voller Wohlstand. So hatte er es ihm zumindest versprochen. Fakt war jedoch, dass Jim nun schon seit Monaten in dieser heruntergekommenen Holzhütte wohnte. Er wusste nicht, wann er sich zum letzten Mal richtig gewaschen hatte oder mit vollem Magen eingeschlafen war. Doch jemand musste auf die *Ware* aufpassen, wie Robert ständig betonte, und diese Funktion war ihm zugeteilt worden.

»Finde einen Neuen für unsere Gang und dann übernimmt der die Aufgabe«, versicherte ihm sein Boss jedes Mal, sobald Jim das Thema ansprach.

Das Problem war nur, dass sich außer ihm anscheinend niemand mit Robert einlassen wollte.

Auf Verständnis würde er deswegen nicht hoffen können. Als er im Frühling angefangen hatte, hier zu wohnen, waren die Tage noch lang und warm gewesen. Zusammen mit Roberts Cousin Ludwik hatten sie die Straßen unsicher gemacht.

Jim hatte die beiden zwar nur durch ein paar flüchtige Zusammentreffen im sich überschneidenden Freundeskreis kennengelernt, doch am Anfang hatte die Wellenlinie gestimmt. Alle drei waren Kleinkriminelle, die die Schnauze voll vom Leben hatten und etwas Großes auf die Beine stellen wollten. Ludwik war dabei der Ausgleich zu

Roberts launenhaftem Verhalten gewesen. Wie die Sicherung in einem Starkstromkasten.

Jedenfalls bis zu dem Moment, als eine Frau in Motorradkluft ihn einfach erschossen hatte.

Eine Polizistin, wie sich herausstellte.

Seither wurde jeder Moment mit Robert zur Qual. Tag für Tag wurde er unberechenbarer, bis es letzte Woche darin gegipfelt war, dass er Jim seine Knarre an den Kopf gedrückt hatte, als sie gerade damit fertig geworden waren, den Polizeiwagen zu manipulieren.

»Hast du dich in Balu verguckt oder warum schläfst du mit ihm unter einer Decke?«, riss Robert ihn aus seinen Gedanken. »Ich hab gesagt, der dumme Köter bleibt vor der Luke angekettet!«

Jim murmelte etwas.

»Was hast du gesagt?«, forderte Robert.

Vorsicht war geboten.

Jim hob die Hände in einer beschwichtigenden Geste. Nicht nur der Hund hatte schon Bekanntschaft mit den Stahlkappen in Roberts Stiefeln gemacht.

»Die Kette ist kaputt. Das Schloss war verrostet. Ich wollte nur nicht, dass Balu stiften geht«, erklärte Jim ruhig.

Dies war nicht die ganze Wahrheit. Er hatte den *dummen Köter* mit unter die Decke genommen, damit dieser ihm in der Nacht etwas Wärme spendete. Dem Tier schien das zu gefallen.

»Dann besorge eine neue Kette. Der Köter ist nicht hier, um verweichlicht zu werden, sondern zum

Bewachen«, spuckte Robert und wandte sich ab. Er lief in den Nebenraum.

Jim seufzte und ging zum Fenster. Draußen war der Wald hinter einer dichten Regenwand verschwunden und die üppigen Baumkronen verdeckten den Himmel. Ein kalter Schauer lief ihm über den Rücken und er fror.

Eigentlich war es Jim, der die Verhaltensstörung hatte. Jedenfalls meinte das der Teil der Familie, mit dem er noch in Kontakt stand. »Ihr Sohn ist verhaltensauffällig«, war seiner Mutter immer wieder versichert worden.

Verhaltensauffällig.

Jim schnaubte. Vielleicht war das der Grund, weshalb er in der achten Klasse abgegangen war, auch wenn seine Mutter versucht hatte, dies zu verhindern. Doch ihre Bemühungen fruchteten bei Jim nicht und als sie dann zusätzlich in die Entzugsklinik eingewiesen worden war, hatte sie für ihn nur noch die Worte übrig: »Werd nicht so wie dein Vater und zeug Kinder, nur um dich dann vom Acker zu machen!« Von da an hatte sich Jim um sich selbst und zusätzlich seine kleine Schwester kümmern müssen. Doch mittlerweile hatte auch sie sich von ihm entfernt.

Er atmete lange aus. Alles Vergangenheit.

Noch ein letztes Mal seufzte er und schlurfte dann in den Nebenraum. »Was steht denn heute an?«

»Psst«, zischte Robert und ein irrer Ausdruck glitzerte in seinen Augen. Mit geschickten Fingern zog er aus seiner Lederjacke eine gelbe Tablette und schluckte sie in einer schwungvollen Geste. Dann zeigte er auf den Boden.

Direkt vor ihnen befand sich eine Luke. Die Bretter waren alt, jedoch nicht morsch, und die Scharniere eindeutig neu. Jene mussten erst vor Kurzem gewechselt worden sein. Silbrig glänzten sie im schummrigen Tageslicht.

Roberts blutunterlaufene Augen richteten sich auf Jim. Er zog die Nase hoch.

»Weißt du, wie ich Menschen bezeichne, die mir im Weg stehen?«

Jim schüttelte den Kopf. »Nein, ich -«

»Pssst!«

Offenbar war Robert noch nicht fertig. Er dehnte die Pause zwischen seinen Worten in die Länge.

»Ich nenne sie liebevoll ... Ratten.«

»Ich bin mir -«, wollte Jim sich verteidigen, doch Robert schnitt ihm erneut das Wort ab.

»Höre mir gut zu, Jim.« Langsam hob er den Zeigefinger, um seinen Worten Nachdruck zu verleihen. »Wenn ich eine Ratte finde, gebe ich ihr die *Zuneigung*, die sie verdient. Kapierst du das?«

»Ich ... Ich denke schon.«

»Kapierst du das wirklich?« Robert stellte sich so dicht vor ihn, dass Jim seinen Atem auf der Haut spüren konnte.

Er nickte.

Roberts Augen verengten sich zu Schlitzen. »Das da unten, mein lieber Jim ... ist ein Rattengefängnis. Pass besser auf, dass du nicht die nächste Ratte wirst!«

KAPITEL 3

»Polizeistation Holtberg, Schmidt am Apparat? Wie kann ich Ihnen helfen?«

»Ja, hier ist noch einmal Frau Elisabeth Baumann! Sind Sie der gleiche Schmidt, der mir gestern die Nummer von Hübner gegeben hat?«

»Hallo Frau Baumann. Ich erinnere mich an Sie. Genau, wir haben gestern telefoniert.«

»Also ich habe noch am selben Abend mit dem gesprochen. Der Hübner weiß genauso wenig, wo Katharina ist! Sie war gestern auch nicht bei der Verhandlung, die Sie erwähnten!«

Der Beamte am anderen Ende machte eine Pause. Dann sagte er: »In Ordnung, Frau Baumann. Ich schaue einmal schnell in ihr Büro. Bleiben Sie einen Augenblick dran?«

»Ja, ich warte.«

Nervös fasste Elisabeth sich an die Taille. Sie hatte nun bereits seit fast einer Woche nichts mehr von Katharina gehört. Was war nur los? Sie hatten nicht das beste Verhältnis, dennoch sprachen sie wenigstens einmal wöchentlich miteinander. Und obwohl es sich meistens nur um einen Austausch loser Floskeln handelte, wuchs in Elisabeth Baumann die Unruhe. Auch dass Katharina sich am Wochenende nicht zum Geburtstag ihres Vaters gemeldet hatte, kam ihr komisch vor. Nicht einmal eine Karte hatten sie erhalten, geschweige denn Glückwünsche.

Als sie es fast nicht mehr aushalten konnte, klapperte es in der Leitung und der Polizist meldete sich wieder zurück. »Frau Baumann? Sind Sie noch dran?«

»Ja, ja, ich bin hier«, keuchte sie, atemlos vor Ungeduld.

»Also, ich habe mich soeben noch bei den Kollegen erkundigt, Ihre Tochter ist heute auch nicht im Gebäude. Ich sehe aber für Sie noch einmal im Computer nach, wann sie sich mit ihrer Personalkarte das letzte Mal eingeloggt hat.«

Das waren keine guten Neuigkeiten.

Elisabeth war enttäuscht, dass sich die Situation nicht hier und jetzt direkt aufklärte.

Kurz darauf ließ der Beamte ein erleichterndes Aufatmen hören. Er schien den Grund für Katharinas Abwesenheit gefunden zu haben. »Ah, Frau Baumann, ich sehe gerade, dass Ihre Tochter vorübergehend beurlaubt worden ist.«

»Wie bitte?« Elisabeth fiel aus allen Wolken. »Beurlaubt? Davon höre ich ja zum ersten Mal! Was heißt das, *beurlaubt*?«

»Also, um was es sich da genau ... ich meine, weshalb sie beurlaubt wurde, steht hier leider nicht, da habe ich keine Einsicht. Um das herauszufinden, müssten Sie in der Personalabteilung anrufen und sich ausweisen, aber ob Sie da eine Antwort erhalten, kann ich Ihnen leider auch nicht sagen. Wenn Ihre Tochter beurlaubt ist, heißt das, dass sie nicht zum Dienst erscheinen darf.« Er dachte nach. »Vielleicht hat sie die freie Zeit ja mit einem Kurztrip verbunden.«

»Nein, so ist meine Tochter nicht! Da muss ein Irrtum vorliegen! Schauen Sie doch noch einmal genauer nach!«

Der Beamte unterdrückte ein Stöhnen. »Ich kann Ihnen aber dazu nichts weiter -«

»Haben Sie denn gar nichts für mich? Ich habe die ganze Nacht nicht geschlafen!«, log sie.

Der Polizist atmete aus und schnalzte mit der Zunge. »Na ja Frau Baumann, eigentlich dürfte ich Ihnen das ja gar nicht ... also ... es gibt ein *Gerücht*, so ganz unter den Kollegen, dass es wohl ein Problem mit einem Fall gab ... und außerdem hat sie da ja noch das Verfahren wegen dieser Erpressung am Laufen ...«

Elisabeth fiel fast das Telefon aus der Hand.

»Was?«, schrie sie entgeistert und griff sich mit der Hand an die Stirn.

Auch wenn dem Beamten die letzte Bemerkung eher herausgerutscht war, erkannte er nun, dass es wohl besser gewesen wäre, er hätte den Mund gehalten. »Hören Sie, Frau Baumann, ich wollte nur helfen. Am besten, Sie sprechen darüber selbst mit Ihrer Tochter. Aber wenn Sie wirklich der Meinung sind, dass sie nicht aufzufinden ist, können wir gern eine Vermisstenanzeige aufnehmen.«

Elisabeths Gedanken rasten. Wenn sie jetzt eine Anzeige aufgab, würde sich das vermutlich wie ein Lauffeuer im ganzen Revier verbreiten. War das die richtige Entscheidung? Was wäre, wenn Katharina wieder auftauchte und sich fragte, wieso ihre Mutter in ihrer Abwesenheit hier so einen Aufstand gemacht hatte? Elisabeth entschied sich, diese eine, letzte Möglichkeit noch aufzuheben. »Nein, das ist nicht nötig«, sagte sie kühl.

»In Ordnung, Frau Baumann. Kann ich Ihnen sonst noch weiterhelfen?«

»Falls meine Tochter ins Revier kommt oder sich bei Ihnen meldet, informieren Sie mich bitte sofort.«

»Selbstverständlich.«

Der Polizist verabschiedete sich und ließ Elisabeth mit ihren Gedanken und dem tutenden Freizeichen zurück. Wo war Katharina bloß abgeblieben? Dieses Verhalten sah ihr nicht ähnlich.

Aus dem Wohnzimmer meldete sich eine dunkle Stimme: »Lisbeth, mit wem telefonierst du da nun schon wieder?«

»Mit der Polizei, Kurt.«

Ihr Mann stöhnte hörbar. »Mensch, jetzt mach doch nicht so einen Aufriss. Kathi ist erwachsen, die wird schon nicht in Schwierigkeiten stecken! Wahrscheinlich hat sie sich nur mit einer Liebschaft ein paar Wochen in die Karibik abgesetzt.«

Kurz darauf ging der Fernseher an und eine Reporterstimme berichtete über die Sportergebnisse vom Vortag.

Elisabeth wollte das glauben. Sie klammerte sich regelrecht daran. Doch dieses ungute Gefühl, das *Gefühl einer Mutter*, wie sie sich einredete, ließ sich einfach nicht abschütteln. Mit zwei schnellen Schritten war sie am Weinregal in der Küche angekommen und zog eine Flasche Rotwein heraus. Sie entkorkte sie, nahm sich ein Glas und füllte es großzügig.

Während sie trank, spürte sie bereits, wie die Tränen aufstiegen und über ihre Wangen rannen. Weiter unten vermischten sie sich mit einem Tropfen Rotwein, der an ihrem Kinn hinunterlief.

Die Sorge drohte, sie zu übermannen.

In einem plötzlichen Anflug von Zorn knallte sie das Glas auf die Ablage, nahm die Rotweinflasche am Hals und zerschlug sie auf dem Küchenboden.

KAPITEL 4

»Oma! Noch eine Runde!«

Mit je einem Kind an der Hand kam Gudrun aus einem dunklen, zweistöckigen Fahrgeschäft. Irgendwo blitzten Lichter auf, dann ertönte ein lautes, gruseliges Lachen zu stampfender Musik. Kleine Skelette hingen an den Seiten und winkten den Besuchern mit gelb leuchtenden Armen zu, während eine riesige Spinne über dem Schaustellerwagen ihre Beine mühsam auf und ab bewegte.

Norbert massierte seine linke Schulter. Kleine Lämpchen an den Ständen erhellten die Dunkelheit und aus jeder Richtung drangen süßliche Gerüche in seine Nase. Eine halbe Stunde hatte er nun schon davor gestanden und gewartet, während Gudrun mit ihren zwei Enkeln eine Tour nach der anderen in der Geisterbahn fuhr.

Die Gesichter der Kinder leuchteten, als sie johlend zu ihrem Großvater rannten.

»Ich habe euch von drinnen wieder schreien hören«, spöttelte Norbert belustigt. »Wenn ihr so gerne nervenaufreibende Abenteuer erlebt, dann solltet ihr einmal mit mir aufs Revier kommen!«

Als Antwort bekam er nur ein lang gezogenes »Ach Opaaaa« zu hören.

»Was?« Norbert zog in gespielter Ratlosigkeit die Augenbrauen hoch.

Sein Enkel, der vor ihm stand, schaute die große Schwester an, die ihren Opa aufklärte: »Oma erzählt immer, dass du dort sowieso nur den ganzen Tag die Wand anstarrst.«

Gudrun, die bemerkte, wohin sich das Gespräch entwickelte, versuchte, schnell abzulenken. »Norbi, möchtest *du* vielleicht mit den Kindern mal eine Runde fahren?«

Norbert strich dem Jungen über den Kopf und sah seine Frau mit einem schiefen Lächeln an. »Na, Gudi, das mach du mal. Das ist nichts für mich.«

»Okay ...« Sie warf ihm einen schrägen Blick zu. »Aber ich habe versprochen, dass wir uns jetzt noch einmal ans Ende der Schlange stellen.«

Damit hatte Norbert nicht gerechnet.

»Klar«, sagte er schnell, um seine Überraschung zu überspielen. Ein Blick in die Augen der Kinder bestätigte ihm seine Entscheidung. Ihre Enkel hatten sich schon seit Wochen auf den Jahrmarktsbesuch mit ihren Großeltern gefreut. Ohnehin hatten sie selten Besuch von ihnen. Norbert genoss diese Zeit, auch wenn sie für ihn zum größten Teil aus Warten bestand.

Er nickte Gudrun zu. »Ich sehe mich mal um, was es auf diesem Rummel noch so gibt. Wir treffen uns dann einfach in zwanzig Minuten wieder hier.«

Seine Frau nickte und warf sich unter den Jubelschreien der Kinder erneut ins Getümmel.

Der Kommissar lächelte und wandte sich ab. Gemütlich schlenderte er zwischen den Ständen entlang. Unter seinen Füßen federten die Sägespäne und die Luft bestand aus einem Gemisch aus herbem Holz, süßen Leckereien und der gelegentlichen Bratwurst, die sofort seinen Magen zum Knurren brachte. Nachher würde er sich auch noch eine gönnen. Wo befand sich nur der Stand?

Noch ganz in Gedanken über diese Frage fiel Norbert eine Schießbude ins Auge. Er entschied, dass es an der Zeit war, selbst etwas Spaß zu haben, und trat näher.

Als der Inhaber ihn sah, sprach er Norbert direkt an: »Na, eine Runde für den alten Herrn?«

Verdutzt drehte der Kommissar sich um und sah hinter sich. Niemand da. Dann antwortete er schulterzuckend: »Das kann ich nicht sagen, aber ich würde gerne eine Runde spielen.«

»Ganz, wie ich es mir dachte«, erklang es grinsend hinter der Theke.

»Wie meinen Sie das?«, hakte Norbert nach.

Etwas verwundert über den Stumpfsinn seines Gastes ließ der Schießbudenleiter den Witz fallen und fragte: »Spielen Sie nun, oder nicht?«

Norbert stützte sich gemächlich auf die Theke. »Ja, das habe ich doch schon gesagt. Kann man denn hier bei Ihnen auch etwas gewinnen?«

»Alles, was das Herz begehrt! Zum Beispiel den da!« Der Mann zeigte auf einen rosa Plüschelefanten, der fast so groß war wie Norbert selbst. Er hob die Brauen. »Aber da müssen Sie schon alle Treffer landen.«

»Oma, das ist echt der Wahnsinn! Solchen Spaß hatte ich lange nicht mehr!«

Gudrun wurde durch die vielen Fahrten mit der Geisterbahn und das Geschrei allmählich übel. Als sie - hoffentlich zum letzten Mal - aus dem Fahrgeschäft traten, erblickten sie und die Kinder einen rosa Plüschelefanten.

Dahinter stand Norbert.

Fröhlich lief sie erneut auf ihn zu, ihre Enkel an der Hand. »Na, Herr Hübner? Sie haben sich wohl Verstärkung geholt, damit Sie sich zusammen mit den Kindern in die Geisterbahn trauen!« Als die letzten Worte ihres Satzes verklangen, lachte sie bereits herzhaft.

Norbert antwortete mit geschwollener Brust: »Jawohl! Allerdings kann ich jetzt wirklich nicht fahren, weil der Kollege hier«, er wackelte mit dem Plüschtier, »dringend eine Stärkung braucht. Was meint ihr? Wer hat Lust auf Zuckerwatte?«

Das Gebrüll seiner Enkel bescherte ihm fast einen Hörsturz, dann zog es Norbert, Gudrun, die Kinder und den rosa Plüschelefanten in Richtung eines großen Süßigkeitenstandes, von dem es verführerisch nach Schokoladenbananen roch.

Während sie liefen, nahm das Gedränge um sie herum zu. Die Lichter blitzten wie kleine Untertassen durch die Nacht und ab und an hörte man einen Chor aus Geschrei, wenn wieder ein Fahrgeschäft einen waghalsigen Luftsturz aus großer Höhe vollführte.

Norbert war froh und dankbar, dass Gudrun die Fahrerei mit den Kindern erledigte. Er dagegen war dafür zuständig, die Mägen wieder mit dem nötigen Treibstoff in Form von leicht verfügbaren Kohlenhydraten zu füllen. Die drei waren schon vorgelaufen und standen nun staunend und plappernd vor der Auslage des Süßigkeitenstandes, während Norbert mit einem Mal angerempelt wurde.

Empört wandte er sich um. »He, passen Sie doch auf, dass -«, doch bevor er den Satz beenden konnte, ließ ihn ein Ruf aus der Menge erstarren.

»Herr Hübner!«

Katharinas Stimme.

Er runzelte die Stirn und sah sich um. Lichter, Gerüche und Geräusche drangen in den Hintergrund und vermischten sich zu einem Einheitsbrei, als sich vor ihm die Menge wie von Geisterhand teilte und er meinte, in der Flucht eine bekannte Frauengestalt zu erkennen.

»Hallo, Frau Baumann!«, wollte er rufen, doch erneut stieß man ihn von hinten an, wobei Norbert fast das Gleichgewicht verlor. Als er sich wieder aufrichtete, war die Frau verschwunden.

Die Menschenmenge bewegte sich vor ihm wie die Wellen eines Ozeans. Mit Mühe drängte sich Norbert weg vom Süßigkeitenstand und in Richtung der Stelle, wo er die Frau zum letzten Mal gesehen hatte. Dunkelheit umgab ihn und die Gesichter der Menschen wurden nur noch von den bunten Lichtern der Fahrgeschäfte beleuchtet. Die Person hatte ausgesehen, wie seine Kollegin aus Holtberg. Und tatsächlich - nicht unweit von sich erkannte Norbert sie jetzt erneut. Schnellen Schrittes lief er auf sie zu und tippte sie an, während sie mit dem Rücken zu ihm an einem Glücksrad drehte.

»Ah, da sind Sie ja! Wo haben Sie sich denn versteckt, Frau Baumann? Sogar Ihre Mutter hat mich schon Ihretwegen ausgefragt.«

»Bitte?« Die Frau drehte sich zu Norbert um, der den rosa Plüschelefanten in den Händen hielt, als würde er ihm eine herzliche Umarmung geben.

»Kenne ich Sie?«

Der Kommissar erstarrte. Diese Frau war viel älter als Katharina. Kleine Fältchen spielten um ihre Augen, als sie ihn irritiert musterte. Es musste sich um eine Verwechslung handeln.

»Entschuldigen ... Sie bitte«, stammelte Norbert und flüchtete mit seinem Plüschtier schnell in die entgegengesetzte Richtung. Da das Gedränge erneut dichter wurde, setzte der Kommissar sich seinen Gewinn auf die Schultern.

Von Weitem staunten Gudrun und die Kinder nicht schlecht, als ein rosa Plüschelefant förmlich auf der Menge surfte.

In Norberts Kopf drehten sich die Gedanken. Er meinte, Katharina gesehen zu haben. Und jemand hatte doch seinen Namen gerufen. Oder etwa nicht? Ruhelos schaute er sich immer wieder um.

Hatte er sich das alles nur eingebildet? Das konnte gut sein. Solche Dinge passierten manchmal.

Doch ein Gefühl des Unbehagens verdichtete sich in seinem Bauch, als er an das Telefonat mit ihrer Mutter dachte. Immer noch hallten ihre Worte in seinem Kopf nach.

»Sie ist verschwunden!«

KAPITEL 5

Jim lehnte sich in den alten, zerknautschten Autositz zurück. Den linken Arm stützte er auf die Türlehne und sein Kinn lag auf der geschlossenen Faust. Draußen bewegten sich die Bäume.

Heute Morgen war das Wetter noch in Ordnung gewesen, doch jetzt, gegen elf Uhr vormittags, hatte sich die Natur auf einen ausgewachsenen Sturm eingestellt. Unbarmherzig schob der Wind die abgefallenen und längst vertrockneten Blätter vor sich her und unter das Auto.

Robert war bereits ausgestiegen. Die Abholung neuer Ware stand an. Dazu suchten die beiden wie immer eine Apotheke in der Altstadt auf, deren Besitzer ein echter »Geschäftsmann« war, wie Robert es ausdrückte. Jemand, der wusste, wohin man die Grenzen des Gesetzes verschieben musste, um *richtig* Erfolg zu haben.

Die reichen Snobs aus dem südlichen Teil der Stadt hätten diese Gegend wahrscheinlich als Slum bezeichnet, dachte Jim. Müll auf den Straßen, Graffiti an den Fassaden und die allseits bekannten, riesigen

Reklametafeln, auf denen die Werbung längst abgeblättert war. Trotz des schlechter werdenden Wetters waren einige Fußgänger auf den Gehwegen unterwegs und erledigten ihre Einkäufe.

Jim gefiel es hier. In diesem Milieu fühlte er sich zu Hause. Das Einzige, was ihm nicht gefiel, war die Tatsache, dass Robert jetzt, am helllichten Tag, sein Ding abziehen musste und auch noch darauf bestanden hatte, dass sie im Halteverbot parkten. »Dann muss ich nicht so weit laufen. Sollen sie doch alle sehen, dass ich hier der King bin! Wenn dich einer fragt, tust du halt so, als wärst du bescheuert. Darin bist du ja ein Naturtalent!«

Was für ein Idiot, dachte Jim.

Der Apotheker, der ihnen die Substanzen zuschleuste, war sicher auch nicht begeistert davon, diese mitten am Tag weitergeben zu müssen. Außerdem waren viel zu viele Leute auf der Straße.

Jims Blick verschwamm und seine Augenlider sanken hinab. Mit einem Ruck setzte er sich auf, um nicht einzuschlafen. Er blinzelte kräftig. Seine Müdigkeit durfte er sich nicht anmerken lassen. Nur so würde er sein Geheimnis wahren können.

Jim sah in die Außenspiegel des alten DeVille. Es war Roberts Karre und sie hatte sicherlich schon bessere Tage gesehen, aber Jim mochte dieses Auto. Für ihn war das Ding purer Luxus. Selbst so einen alten, gebrauchten Wagen hätte er sich niemals leisten können. Auch, wenn es im Innenraum penetrant nach Nikotin und kalter Asche stank. Die Gerüche waren längst in die ausgesessenen Polster eingedrungen. Und das wahrscheinlich für alle Ewigkeit. Dies lag daran, dass Robert mangels Aschenbecher einfach die Mittelkonsole für seine ausgedrückten Zigaretten verwendete. »Scheiß was auf die Karre«, hatte er letzte Woche erst geschimpft, »die braune Lackierung trifft eh nicht mehr den Zahn der Zeit!«

Als Jim so in Gedanken verloren aus dem Fenster sah, tauchte plötzlich ein Blaulicht mit Sirene hinter ihm auf. Erschrocken riss er die Augen auf, als sich seine Gliedmaßen versteiften und sein Herz wild zu klopfen begann. Wenn die Bullen sie beim Abpumpen erwischten, wäre es das Ende. Dann würde er womöglich das nächste Jahrzehnt im Bau verbringen.

Den Begriff *Abpumpen* nutzten die beiden Kriminellen als Umschreibung für das Einsammeln ihrer Ware beim Apotheker. Für einen Moment war sich Jim nicht sicher, ob es nicht besser wäre, aus dem Auto zu steigen und zu flüchten.

Ein dumpfer Knall erklang hinter ihm und er erschrak. Jemand hatte den Kofferraum eines in der Nähe geparkten Autos zugeworfen. Im selben Moment fuhr der Polizeiwagen mit schrillem Martinshorn an dem braunen DeVille vorbei.

Jim stieß den angehaltenen Atem aus.

Noch einmal Glück gehabt.

Die Sirenen galten nicht ihnen.

Ihm war bewusst, dass hier jederzeit die Bombe platzen konnte. Die Frage war nur, wann das geschah. Es war einfach naiv, bei Tageslicht solche Risiken einzugehen. Aber er traf hier nicht die

Entscheidungen. Wobei er sich langsam nicht mehr sicher war, ob Robert wirklich wusste, was er tat.

Er verlagerte sein Gewicht zur Seite und zog einer spontanen Eingebung folgend sein Portemonnaie aus der Lederjacke. Als er es mit einer Hand schwungvoll aufklappen ließ, fiel ein Foto in den Fußraum. Fünf Euro waren drin. Jim bückte sich, schob das Foto, ohne es eines weiteren Blickes zu würdigen, wieder an seinen angestammten Platz in der Börse und steckte diese zurück in die Jackentasche. Erneut schweifte sein Blick zur Apotheke im Seitenspiegel. Er fühlte, wie sein Mund durch die Anspannung ganz ausgetrocknet war, und wollte gerade nach einer Packung Kaugummi Ausschau halten, da kam Bewegung in die Sache.

Robert trat, bis unter das Kinn mit Schachteln und Tüten beladen, aus der Apotheke hinaus. Hinter ihm konnte Jim den Apotheker, der sich unruhig umsah, durch die Scheiben ausmachen.

Und als hätte er es schon vorausgeahnt, geschah genau das, wovor Jim sich gefürchtet hatte.

Etwas lief schief.

Zwei Kinder bogen um die Ecke und spielten Fangen. Eines der beiden, ein kräftiger Bursche, drehte sich nach hinten, um einem kleinen Mädchen etwas zuzurufen. Diese zeigte mit der Hand nach vorn, doch da war es schon zu spät.

Unter lautem Fluchen stießen Robert und der Junge zusammen, wobei die Tablettenpackungen durch die Luft segelten wie Konfetti. Klappernd schlugen sie auf den Asphalt. Robert war aus der

Balance gekommen und der Junge rappelte sich gerade wieder vom Boden auf, da öffnete Jim die Fahrertür des braunen DeVille und lief mit schnellen Schritten in Richtung Apotheke.

»Du verdammte Mistkröte! Was fällt euch Dreckslöffeln ein, mich anzurempeln!«, schimpfte Robert und trat dem Jungen mit voller Absicht schwungvoll gegen das Schienbein.

Dieser jaulte auf.

»Entschuldigen Sie, ich habe Sie nicht gesehen, wir haben Fangen gespielt und dabei -«, erklärte das Mädchen furchtsam und begann hilfsbereit, Packungen vom Boden aufzuheben.

»Ihr saublöden Hurenkinder!«, fluchte Robert weiter und trat dabei an das Mädchen heran. Drohend erhob er die Hand, um zuzuschlagen, da erreichte Jim die Szene und riss das Kind weg.

Roberts Schlag ging ins Leere. Dafür starrte er nun Jim an, als sei er derjenige, der eine Tracht Prügel verdient hätte.

Blanker Wahnsinn glitzerte in seinen Augen.

Jim schob das Mädchen hinter sich, was gleich danach gemeinsam mit ihrem Freund das Weite suchte. Dann bückte er sich und begann zügig, die Packungen aufzusammeln. Sein Blick klebte am Boden und er konzentrierte sich darauf, nicht zurückzuweichen. Er hatte schon einen guten Teil zusammengerafft, da traten Roberts Stiefel in sein Blickfeld. Als er aufsah, packte dieser ihn am Kragen und presste ihn mühelos gegen die Hauswand der Apotheke.

Jim krächzte und versuchte, sich aus Roberts Griff zu befreien, doch dieser drückte nur noch fester zu.

»Was soll der Mist? Den Gören hätte ich eine klatschen sollen. Jetzt sind sie weg!«, raunzte Robert. Er drehte den Kopf nach links und spuckte auf den Gehweg. »Du widerlicher kleiner Menschenfreund! Willst hier wohl den Helden spielen!«

Sein Gesicht kam ganz nahe an das von Jim heran, als dieser in Anbetracht seiner Lage so gelassen wie möglich japste: »A-Alter, komm ... runter. Ich wollte nur schnell ... die Ware ... wegkriegen. Sieh dich doch mal um. Alle ... gaffen uns an!« Er holte einen rasselnden Atemzug. »Wir ... werden niemals die Stadt übernehmen, wenn ... die Bullen uns am helllichten Tage ... mit den Boxen erwischen!«

Das schien Robert für einen Moment einzuleuchten. Er lockerte seinen Griff, doch sofort festigte er ihn wieder. »Weißt du, was du bist? Hm? Pass auf, ich sage es dir: ein Versager! Ein erbärmlicher kleiner Versager!«

Obwohl er es kaum für möglich gehalten hätte, drückte Robert ihn noch fester an die Wand.

Jim stöhnte auf.

Robert presste seine Hand gegen Jims Kehlkopf und diesem blieb die Luft nun ganz weg. Er wusste, wenn er sich auflehnte, würde die ganze Sache noch viel länger dauern. Also kämpfte er gegen den Drang an, sich gegen den körperlich überlegenen Mann zu wehren, und blieb, so weit es ihm möglich war, ruhig. Als Sterne vor seinem Gesichtsfeld erscheinen und das Blut in seinen Ohren rauschte, schloss er hilflos die Augen.

»Na hören Sie mal, was machen Sie denn da, junger Mann?«, drang eine kratzige Stimme an sein Ohr. Jim öffnete die Augen wieder und war erstaunt, eine alte Dame zu sehen, die Robert tatsächlich mit dem Gehstock drohte.

Dieser drehte den Kopf.

Seine Stirn zog sich zusammen.

»Lassen Sie den Mann in Ruhe, sonst rufe ich die Polizei!«, drohte die Alte.

Jim staunte nicht schlecht über ihren Mut, sich seinem wahnsinnigen Boss entgegenzustellen.

Robert lockerte den Griff um seinen Hals und ließ ihn schließlich ganz los. Erleichtert rutschte Jim an der Hausfassade hinunter und kam auf wackeligen Füßen zum Stehen. Angespannt beobachtete er die Situation. Die Alte würde nicht weglaufen können, so viel war sicher.

Robert schien zu dem Schluss gekommen zu sein, dass weniger Aufmerksamkeit ihrer Sache dienlicher war als zu viel. Entschuldigend steckte er die Hände in die Hosentaschen und lächelte die Dame an.

»Ach, kein Grund zur Beunruhigung, gute Frau«, sagte er und zeigte mit dem Kinn auf Jim, der die Hände auf die Oberschenkel stützte, »mein Bruder hat manchmal diese … krampfhaften Anfälle. Ich helfe ihm nur, dass er sich wieder fängt.«

Krampfhafte Anfälle?

Fast hätte Jim laut aufgelacht.

»Na dann helfen Sie ihm am besten auch, die vielen Packungen da aufzuheben! Das macht er schließlich gerade alleine!«

Robert nickte und ging neben Jim auf die Knie, der mittlerweile angefangen hatte, die Packungen zu stapeln. Ohne dass ihn jemand hören konnte, flüsterte er Jim drohend zu: »Lass dir das eine Lehre sein!«

Jim nickte kleinlaut. Seine Gedanken spulten zurück zu dem Moment, als die Kinder um die Ecke gebogen waren. Er war sich nicht sicher, warum er das Mädchen gerettet hatte. Was gingen ihn die Kinder fremder Leute an? Er selbst hatte in seiner Jugend genügend Ohrfeigen gefangen, eine kleine Tracht Prügel hätte sicher niemandem geschadet. Ob es allerdings dabei geblieben wäre ...

Plötzlich kam ihm eine Erkenntnis.

Selbstschutz. Das musste der eigentliche Grund für sein Verhalten gewesen sein.

Er konnte seinen Boss förmlich hören: *»Du Idiot konntest mir nicht mal dabei helfen, die beschissene Ware einzusammeln! Wozu bist du überhaupt nütze?«*

Hatte Robert schlechte Laune, ließ er das alle um sich herum deutlich spüren. Vielleicht hätte er Jim auch wieder eine Waffe an den Kopf gedrückt, wenn er nicht aus dem Auto ausgestiegen wäre, um seinem Boss zur Hand zu gehen. Wer wusste das schon?

Die Kinder waren nun jedenfalls davongekommen. »Wegen des Mädchens bin ich dazwischen gegangen.

Nur wegen des Mädchens. Sie hätte mir leidgetan«, dachte er und gestand sich den wahren Grund.

Jim lächelte unwillkürlich, im nächsten Moment jedoch verfinsterte sich sein Blick, als er sich widersprach. Er formte seine Hände zu Fäusten, als die Gedanken in seinem Kopf explodierten.

Scheiß was auf die Kinder.

Ich hasse sie!

KAPITEL 6

»Gut erhalten, minimale Gebrauchsspuren. Sofort abholbereit. Chiffrenummer ...«

Norbert saß am Küchentisch und studierte die Zeitungsannoncen für Puzzle. Vielleicht war wieder eines für seine wachsende Sammlung dabei? Gudrun weigerte sich zwar standhaft, den Flur noch weiter mit fertigen und aufgeklebten Motiven zu behängen – *»Wo soll das hinführen, wir haben hier drinnen schon keinen Platz mehr an den Wänden! Hängen wir die Dinger dann an die Hausfassade?«* – aber Norbert genoss sein ausgleichendes Hobby in vollen Zügen. Gerade war er über ein vielversprechendes Inserat gestolpert, in der jemand mehrere Motive mit vier- und fünftausend Teilen anbot. Vielleicht würde er da nachher einmal vorbeifahren.

»Norbi? Wo bist du denn?«

»Ich bin hier, Gudi. In der Küche«, rief er zurück.

Kurz darauf kam seine Frau hereingelaufen. Sie trug bereits einen warmen Wintermantel und hatte sich Handschuhe angezogen. In der Hand hielt sie einen Sportbeutel, aus dem noch der Zipfel eines

Handtuchs ragte. »Ach, hier hast du dich versteckt! Ich wollte jetzt los zum Sport.«

Norbert brummte und blätterte die Zeitung um. »Viel Spaß, Schatz, bis nachher, ich hab dich lieb«, sagte er abwesend.

Doch so leicht ließ sich Gudrun nicht abwimmeln. »Mein Bärchen, willst du nicht doch mal mitkommen? Die Bewegung würde dir sicher ganz guttun. Du weißt doch, was der Arzt bei der letzten Routineuntersuchung gesagt hat.«

Norbert stöhnte. »Nee, das ist dein Sport, Gudi«, erklärte er ausweichend, »du hast da deine Freunde und deine Bekanntschaften und ...«

Sie lachte. »Du hast immer eine andere Ausrede, Norbert! Na los, so ein wenig Wassergymnastik ist auch für alte Herren etwas Gutes!«

In gespielter Empörung drehte er sich um und sah sie an. »Bitte? Ich bin doch nicht alt!«

»Selbstverständlich nicht, aber du tust ständig so, wenn es darum geht, etwas zu unternehmen!« Sie grinste ihn an.

»Ich habe gerade ... ääh ... wichtige *geschäftliche* Dinge zu erledigen«, wich er dem Thema aus und wies beiläufig auf die aufgeschlagene Zeitung.

Gudrun warf einen Blick darauf. »Die Verschenke-Rubrik der Kleinanzeigen?« Zweifelnd verzog sie das Gesicht. »Was suchst du denn jetzt schon wieder?«

»Außerdem haben die gar keine Badehose in meiner Größe«, beschwerte sich Norbert und ging gar nicht auf ihre Frage ein. Er strich ihr über den Rücken. »Fahr du mal, Gudi. Und wenn du zurückkommst, trinken wir eine schöne Tasse Kaffee!«

Sie lachte. »Für heute lasse ich dich noch einmal davonkommen, aber nächste Woche zwinge ich dich, mich zu begleiten! Bis dahin wird sich schon eine passende Badehose auftreiben lassen. Ich habe gehört, dass Ingrid, die Nachbarin zwei Häuser weiter, ganz geschickt mit der Nähmaschine ist.« Sie drückte ihm einen Kuss auf die Halbglatze und kurz darauf hörte er die Haustür zuschlagen.

Puh.

Noch einmal Glück gehabt.

Norbert mochte es nicht, sich vor fremden Leuten auszuziehen. Und auch, wenn Gudrun ihm versicherte, dass beim Schwimmen auch »andere alte Herren« anwesend seien, war er nicht scharf darauf, bei fünfunddreißig Grad in der Schwimmhalle im Wasser herumzuspringen und sich eine Poolnudel zwischen die Schenkel zu klemmen.

Er seufzte, legte die Zeitung beiseite und stand auf. Sie hatten vor einer Stunde Mittag gegessen und noch immer hing der schwache Geruch von Leberkäse und süßem Senf in der Luft.

Norbert schaute aus dem Fenster in den Garten. Es stürmte leicht und die Kronen der kahlen Bäume wackelten im Wind. Ab und an schlug die hölzerne Gartenpforte des Nachbargrundstücks zu, doch draußen war niemand zu sehen. Kaum jemand riss sich darum, bei diesem Wetter irgendwelche Gartenarbeit zu erledigen, wo einem der Wind die Feuchtigkeit durch die Kleidung und bis auf die Haut schob. Norbert gähnte, dann trottete er ins Wohnzimmer, wo er sich in einen Sessel fallen ließ. Vielleicht brachten sie ja im Fernsehen etwas Spannendes. Dass draußen der Wind ums Haus tobte, bestätigte ihn in seinem Entschluss.

Perfektes Fernsehwetter.

Der Kommissar griff sich die Programmzeitschrift und begann, sie durchzublättern. Dazu musste er sie weit von sich halten, um überhaupt etwas lesen zu können. Er sollte wirklich langsam diesen Termin beim Augenarzt wahrnehmen, zu dem Gudrun ihn schon seit geraumer Zeit drängte. Aber er war doch kein Brillenträger? »Norbert, niemand wird mit einer Brille geboren. Man wird zum Brillenträger. So ist das nun mal«, hörte er Gudrun in seinem Kopf.

Norberts Fernsehsessel war eine fantastische Erfindung. Mit etwas Schwung konnte man sich in die Sitzfläche pressen, woraufhin eine Fußstütze ausfuhr und die Rückenlehne nach hinten schwang. So hatte man einen bequemen Liegesessel, auf dem es sich prima lümmeln ließ.

Und das musste man Norbert nicht zweimal sagen.

Sein Dienstverbot bestand erst seit zwei Tagen, aber schon jetzt fühlte er sich um zwanzig Jahre gealtert. Er hatte den ganzen Vormittag damit verbracht, ein Puzzle zu beenden, hatte dann Gudrun in der Küche helfen wollen, doch sie hatte ihn mit den Worten: »Norbert, wir wollen uns beide nicht vergiften, nur weil du am Kochtopf stehst«, wieder herausgeschmissen, und jetzt saß er hier und wusste nichts mit seiner Zeit anzufangen.

Die Fernsehzeitung raschelte auf seinem Schoß, die Bäume bogen sich unter den Böen und langsam, ganz langsam fielen Norbert Hübner die Augenlider zu.

Er begann, zu träumen. Eilig lief er eine Wendeltreppe nach oben. Als er den Blick nach unten über die bereits genommenen Stufen schweifen ließ, erkannte er, wie Wasser das Gebäude flutete.

Schneller, schneller, Norbert würde schneller laufen müssen, wenn er überleben wollte!

Er rannte Treppenstufe um Treppenstufe, stieg höher, immer höher, doch das Wasser stieg ebenfalls. Unaufhaltsam und lautlos verschluckte es Stufe um Stufe. Auf dem letzten Absatz erreichte Norbert schließlich eine Tür.

So flink, wie er nur konnte, zog er an dem goldenen Knauf, doch als sie sich öffnete, erstarrte er.

Statt des Auswegs blickte er auf eine aus Ziegelsteinen gebaute Mauer.

Er schrie auf, als das erste dunkle Wasser um seine Knöchel schwappte und riss die Augen auf.

»Norbi! Ich bin zu Hause!«, rief Gudrun aus dem Flur und kam kurz darauf mit noch leicht feuchten Haaren ins Wohnzimmer. »Nanu? Was hast du denn den ganzen Tag gemacht?«, fragte sie und baute sich vor ihm auf.

»Ich …« Er räusperte sich, den Schreck des Traumes noch in den Gliedern. »Ich glaube, ich bin kurz eingenickt. Sag mal, ist dein Sport ausgefallen oder warum bist du schon wieder hier?«

»Das ist nicht dein Ernst, Norbert! Schau mal auf die Uhr. Weißt du, was mit kleinen Kindern passiert, die über den Tag zu lange schlafen? Die kriegen abends dann kein Auge zu! Das Gleiche gilt für Rentner und alte Leute!«

Der Kommissar war sich nicht sicher, was ihm das sagen sollte, bejahte aber sicherheitshalber.

»Mensch Norbert ... Ruf doch mal bei deinem alten Kumpel Helmut an. Der macht vielleicht etwas Schönes, dann kann er dich doch mal mitnehmen! Mit mir zusammen traust du dich ja anscheinend nicht mehr auf die Straße.«

Norbert setzte sich auf und rieb sich den Schlaf aus den Augen. Dass Helmut seit einem halben Jahr woanders wohnte, schien seine Frau nicht mehr auf dem Schirm zu haben. »Er ist doch schon längst nicht mehr im Lande, Gudi«, sagte er langsam, streckte sich und gähnte erneut.

»Bitte was? Das hast du mir ja noch gar nicht erzählt!«, rief sie und hob die Hände.

Er seufzte. »Habe ich nicht? Wir hatten doch darüber ... ach, ist auch egal. Seine Kinder haben ihn zusammen mit Sigrid nach Amerika geholt.«

»Wie bitte? Die sprechen doch gar kein Englisch!« Gudrun schien sich ernsthafte Sorgen um das Wohlergehen ihrer ehemaligen Arbeitskollegin zu machen.

Der Kommissar zuckte die Schultern. »Das habe ich ihm auch gesagt, aber er meinte, das wäre wie Deutsch, nur rückwärts.«

Seine Frau schüttelte den Kopf. »Ich denke nicht, dass ihm seine Demenz bei dieser Entscheidung geholfen hat. Armer Helmut.«

»Der kommt wieder. Da bin ich mir sicher.«

»Und wie geht es dir damit?«

»Ach, was soll ich sagen. Das Leben ist manchmal so, wie es ist.«

Was für ein Rentnersatz, dachte Norbert.

Gudrun schien etwas anderes einzufallen und sie runzelte die Stirn. »Hat sich eigentlich Frau Baumann noch einmal gemeldet? Ist Katharina wieder aufgetaucht, hast du davon etwas gehört?«

»Nein. Und ich bin auch zufrieden, dass mich das nicht beschäftigen muss.«

Sie setzte sich auf das Sofa. »Aber Norbert, stell dir mal vor ... was, wenn es dein Kind wäre?«

»Ich denke, wenn unsere Kinder wie Katharina durchs Leben gehen würden, wäre ich mir sicher, dass wir als Eltern etwas verkehrt gemacht haben.«

»Mensch, also ich würde ja verrückt werden«, sprach Gudrun, nun sichtbar bedrückt. »Diese Ungewissheit muss einen innerlich fertigmachen. So eine arme Frau.«

Norbert knurrte nur. Ihm wäre es am liebsten gewesen, das Thema zu wechseln. Doch seine eigenen Gedanken gingen zu gestern Abend.

Hatte er Katharina tatsächlich auf dem Jahrmarkt gesehen - oder war das ein Hirngespinst gewesen?

»Ich verstehe nicht, warum mich diese Frau im Geiste so verfolgt!«, schoss es aus einem nunmehr aufgewühlten Norbert heraus.

Gudrun legte ihm tröstend eine Hand aufs Bein. »Norbert ... du weißt doch, manchmal passiert alles aus einem Grund.«

Beide starten sie nun andächtig die Anbauwand an, die direkt gegenüber des Sessels und der übrigen Couchgarnitur stand. Während Gudrun darüber nachdachte, ob sie Norbert noch eben einmal schnell zum Bäcker schicken konnte, um frischen Kuchen zu holen, sprang dieser auf.

»Weib, bring mir das Telefon! Ich habe einen Entschluss gefasst!«

Gudrun traute ihren Ohren kaum: »Also dir geht es wohl ein wenig zu gut, mein Lieber! Werd mir jetzt nicht übermütig, nur weil du ohne Arbeit nicht ausgelastet bist!«

Norbert grinste verlegen. »Ähh nein, ich möchte nur dringend mal telefonieren.«

Er räusperte sich, als sie augenrollend aufstand und rief ihr hinterher: »Ach - und Gudi? ... Kannst du mir bitte die Wahlwiederholung noch anschalten?«

KAPITEL 7

Es klingelte ein paar Mal, bevor jemand abnahm.

»Baumann?«

»Ja ... hallo, hier ist Kommissar Norbert Hübner aus Königsburg«, meldete er sich.

»Haben Sie von meiner Tochter gehört?«, legte Frau Baumann senior ohne ein Wort des Grußes los.

»Nein, ich habe nichts von ihr gehört. Ich denke aber auch nicht, dass sie überhaupt versuchen würde, mich zu erreichen ... Also, Frau Baumann, ich rufe bei Ihnen an, weil meine Frau mir Schuldgefühle eingeredet hat.«

Norbert verspürte einen leichten Schlag auf den Hinterkopf. Ihm war gar nicht mehr bewusst gewesen, dass Gudrun immer noch in der Nähe war.

»Dann muss ich Ihrer Frau wohl danken. Bloß gut, dass Sie mit jemandem verheiratet sind, der so verständnisvoll ist.«

Hinter Norbert kicherte es. Anscheinend war das Telefon so laut, dass man dem Gespräch auch folgen konnte, ohne den Hörer in der Hand zu haben. Er beschloss, das nächste Mal bei Gudruns Telefonaten ebenfalls mitzuhören.

»Das tut jetzt nichts zur Sache«, meinte er, »Erklären Sie mir lieber, warum Sie sich da so sicher sind, dass Ihre Tochter verschwunden ist.«

Ein Rascheln erklang am anderen Ende der Leitung. Dann folgte die Antwort: »Also, wenn ich mal davon absehe, dass sie nicht per Telefon zu erreichen ist, vergisst Katharina einfach keine Termine. Das passt nicht zu ihr. Wir haben zwar nicht das allerbeste Verhältnis, sie meldet sich aber dennoch jede Woche zweimal per Telefon!«

Norbert fuhr sich mit der flachen Hand über die Stirn. Das sollte alles sein? Weil ihre Tochter nicht angerufen hatte, telefonierte ihre Mutter nun durch die ganze Welt, um eventuell jemanden ans andere Ende zu bekommen, der ihre Tochter gesehen hatte?

... Und die Leute meinten, Norbert sei paranoid, wenn es um seine Kinder ging. »Verstehe«, entgegnete er, ohne wirklich zu verstehen.

»Ja ja, ich weiß schon, was Sie jetzt denken! Aber das war ja auch noch nicht alles! Ihr Vater hatte am Wochenende Geburtstag, auch da hat sie sich nicht gemeldet! Weder eine Karte noch sonst etwas ist bei uns angekommen. Und vorbeigeschaut hat sie natürlich auch nicht, sonst würde ich jetzt nicht mit Ihnen telefonieren!«

Norbert war überrascht. Eine intakte Ehe hätte er in der Familie Baumann nicht erwartet. Er fühlte seine Chance gekommen, der Sache etwas den Wind aus den Segeln zu nehmen: »Frau Baumann? Was sagt denn Ihr Mann zu dem Thema?«

»Das spielt jetzt keine Rolle.«

»... Aha«, entgegnete der Kommissar und wartete.

Sie seufzte. »Er macht sich sowieso nie Gedanken. Er meint, das Kind wird schon irgendwo wieder auftauchen. Sie wissen schon, Männer eben! Die haben nicht so feinfühlige Antennen wie wir Frauen! Das sehen Sie ja schon am aktuellen Beispiel.«

Das Letzte, auf was sich der Kommissar jetzt einlassen wollte, war eine Grundsatzdiskussion. Norbert blieb still, drehte sich um und sah zu seinem Erstaunen Gudrun tief in die Augen, die nicht weit von ihm auf einem Stuhl lauerte.

»Wieso sind Sie überhaupt nachmittags schon zu Hause? Sie rufen doch über Ihre private Nummer an«, versuchte Elisabeth Baumann das Gespräch wieder anzustoßen.

Norbert unterdrückte einen Hustenanfall. »Die ... ääh ... Lage ist kompliziert«, wich er aus.

Eine Pause.

»Nein!«, sprach sie in einer Mischung aus Erleuchtung und Empörung. »Sie sind doch nicht etwa *auch* beurlaubt worden wie meine Tochter? Was führen Sie beide eigentlich im Schilde?«

Norbert blieb stumm.

»Sie stecken wohl mit meiner Tochter unter einer Decke! Was verbergen Sie? Wo ist Katharina?«

Dieses Gespräch fing an, komplett in die falsche Richtung zu laufen. Norbert steckte schon seit Langem nur mit Gudrun unter einer Decke.

Als Frau Baumann bemerkte, dass ihr Gesprächspartner keine Antwort für sie übrig hatte, wusste sie, dass sie schärfere Geschütze auffahren musste. »Herr Hübner ... was ist Ihr Preis?«

»Bitte?«

»Wie viel muss ich Ihnen zahlen, damit Sie die Ermittlungen aufnehmen?«

Norbert war empört. »Ein Polizist ist nicht käuflich! Bei mir gewinnen sie keinen Blumentopf mit diesen schmierigen Methoden. So etwas geht gegen meine Polizistenehre!«

Frau Baumann hatte gehofft, dass Norbert so reagieren würde. Nun hatte sie ihn in der Tasche. »Aber Ihre Polizistenehre gebietet nicht, jemandem zu helfen, der Hilfe braucht?«

Norbert blieb die Spucke weg.

Er stand im Abseits.

Nun fragte er sich umso mehr, warum er überhaupt angerufen hatte. Vorsichtig legte er die Handfläche auf die Sprechmuschel und flüsterte: »Gudrun, ich gebe dir jetzt das Telefon und dann tust du so, als wenn ich dringend zu einem Notruf musste!«

Doch seine Frau zog nur die Augenbrauen nach oben. »Norbert, du sitzt den ganzen Tag nur herum und schläfst auch noch. Etwas Bewegung würde dir sicherlich ganz guttun. Nun hab dich mal nicht so und hilf dieser Frau gefälligst, ihre Tochter zu finden!«

Norbert fühlte sich wie eine Fliege, die im Spinnennetz zappelte. Er seufzte tief und zog die Hand von der Sprechmuschel.

»Okay. Anscheinend wird mir hier nicht die Wahl gelassen ... ich helfe Ihnen. Aber nur, weil ich geschworen habe, die Bürger zu beschützen.«

»Sicher«, betonte Frau Baumann tonlos. »Sie sind ein ganz toller Polizist.«

Gudrun, die nun in der Küche stand, wunderte sich, dass ihr Mann das Telefon zwar am Ohr hielt, aber trotzdem nur noch mit Ja antwortete, die nächsten fünf Minuten gar nichts mehr sagte und es anschließend wortlos beiseitelegte.

»Und - alles in Ordnung, Norbi?«, fragte sie, als dieser mit schweren Schritten zu ihr trottete.

»Sie ... kommt morgen nach Holtberg«, erklärte er müde.

»Oh?«

»Mit einem Zweitschlüssel für die Wohnung.«

KAPITEL 8

Norbert stand vor der Haustür von Katharinas Mehrfamilienhaus und hielt sich an der Türklinke fest.

Er war furchtbar müde.

Das war die einzige Beschreibung, die seinen Zustand adäquat in Worte fasste.

Nach dem anstrengenden Gespräch mit Katharinas Mutter hatte Gudrun ihn zur Aufmunterung mit einem neuen Puzzle überrascht, das sie auf dem Nachhauseweg heimlich gekauft hatte. Diese fünftausend Teile wollten ihren angestammten Platz finden. Der gestrige Mittagsschlaf hatte ihm die nötige Energie dafür verliehen und Norbert hatte die Nacht zum Tage gemacht. Er war zwar normal gegen 22.00 Uhr schlafen gegangen, aber einfach keine Ruhe gefunden. Unruhig hatte er sich hin und her gewälzt, bis er schließlich gegen Mitternacht aufgestanden war, sich hinausgeschlichen hatte und so lange im Wohnzimmer saß, bis Gudrun ihn gegen vier Uhr morgens wieder zurück ins Bett scheuchte.

»Wenn du die ganze Nacht Licht anhast, dann bricht uns die Stromrechnung nächstes

Jahr das Genick!« Ein »Ich hab's dir ja gesagt, dass du nicht schlafen kannst«, hatte sie sich jedoch verkniffen.

Er war noch in Gedanken, als auf dem Parkplatz ein Audi A3 neuerer Bauart vorfuhr. Das Dach war schwarz, der restliche Wagen jedoch glänzte makellos in einem femininen Beige-Ton und Norbert erkannte hinter der Windschutzscheibe eine sehr elegant gekleidete Frau. Als sie ausstieg, staunte er nicht schlecht über die farblich zum Auto passenden, beigefarbenen Lack-Pumps.

Schwieriges Schuhwerk zum Fahren.

Sogleich schulterte sie eine schwarz-goldene Handtasche und kam auf ihn zu. Sie trug ein dunkles Etuikleid und einen passenden hellbraunen Mantel. Außerdem hatte sie eine Sonnenbrille mit großen Gläsern auf die Stirn geschoben.

»Ah, ich nehme an, Sie sind Herr Hübner«, sagte sie, als sie ihm entgegenkam, und hielt ihm ihre rechte Hand hin. »Sie sehen aber blass aus. Geht es Ihnen nicht gut?«

Norbert schüttelte die Hand und winkte gleich darauf ab. »Ach, das geht schon. Alles in Ordnung.«

Sie zog einen Schlüssel aus der Tasche und nickte zur Tür. »Wollen wir?«

Gemeinsam traten sie kurz darauf in den Hausflur.

Katharinas Wohnungstür war wie erwartet verschlossen, doch anscheinend nur zugefallen, denn ihre Mutter stieß ein überraschtes Keuchen aus, als sie sich mit nur einer Vierteldrehung des Schlüssels öffnen ließ.

Drinnen herrschte das blanke Chaos.

Norbert ließ Elisabeth den Vortritt und folgte ihr ins Wohnzimmer, das aussah, als habe eine Bombe eingeschlagen. Die Sofakissen lagen zerstreut und aufgeschlitzt auf dem Boden und geradezu obszön quoll die Füllung daraus hervor. Auf dem Tisch standen mehrere Behälter, die Norbert als leere Marmeladengläser identifizierte. Als sein Blick sich nach oben richtete, stockte ihm der Atem.

Die ganze Wand über dem Sofa war mit schwarzem Kugelschreiber vollgekritzelt worden.

Wörter und unlesbare Buchstaben wechselten sich ab. Immer wieder tauchte die Zeichnung eines Schmetterlings auf, die in kruden, brutalen Strichen in die Tapete geritzt worden war.

Elisabeth Baumann schlug die Hände vor den Mund. »Mein Gott«, hauchte sie. »Katharina? Katharina! Bist du hier irgendwo?«, rief sie und lief gleich darauf los, um in alle Räume zu schauen.

Norbert sah sich aufmerksam um. An der Haustür hatte er keinerlei Spuren für einen Einbruch entdecken können, dennoch wies ihn der Zustand des Wohnzimmers darauf hin, dass hier ein Kampf oder ein Raubzug stattgefunden haben musste.

Der Kommissar ging auf die Knie und schaute unter eine Kommode, die neben dem Fernseher auf vier stabilen Füßen stand. Unter ihnen hatte sich der Flor des Teppichs eingedrückt, doch das Möbelstück stand auf exakt den vier ausgebeulten Punkten, die es nach jahrelangem Druck entwickelt hatte. Ein Blick unter die anderen Möbel offenbarte das Gleiche.

Die erste Idee eines Kampfes rückte an die zweite Stelle in der Liste der Ursachen für das Durcheinander. Keines der Möbelstücke schien verrückt oder anderweitig beschädigt worden zu sein.

Bis auf die Sofakissen natürlich.

Norbert stand wieder auf und ging ins Schlafzimmer hinüber. Auch dort war es unordentlich, jedoch bei Weitem nicht so katastrophal wie im Wohnzimmer.

Elisabeth hockte auf der Bettkante und kämpfte mit den Tränen. Als Norbert eintrat, sah sie auf. »Also hatte ich doch recht«, erklärte sie tonlos.

Norbert musste feststellen, dass an der Sache wirklich etwas dran sein konnte. Er ließ sich jedoch noch nicht zu einer offenen Zustimmung hinreißen.

Frau Baumann war derweil wieder in stilles Schluchzen übergegangen. Der Kommissar trat an sie heran und legte ihr tröstend eine Hand auf die Schulter. »Wir finden sie schon«, wollte er sagen, doch bevor er den Mund aufmachen konnte, schüttelte sie seine Hand ab und zischte:

»Lassen Sie das!«

Er trat einen Schritt zurück.

Elisabeth stand auf und glättete ihr Kleid. »Ihretwegen sind wir jetzt zwei Tage zu spät! Vielleicht hätten wir sie noch getroffen, wenn Sie am Montagabend schon auf meine Befürchtungen reagiert hätten!«

Norbert schwieg.

Wütend starrte sie ihn an. »Schön, dass Sie als Polizist anscheinend immer zur Stelle sind, wenn man sie braucht!«

Sarkasmus tropfte regelrecht aus ihren Worten.

»Ich verstehe Ihren Unmut«, begann er und hob beschwichtigend die Hände, »aber bitte lassen Sie uns jetzt nicht die Nerven verlieren. Das bringt Ihrer Tochter gar nichts, wenn wir jetzt anfangen, hier kopflos durch die Gegend zu laufen. Ich denke, es wäre von Vorteil, wenn wir uns noch einmal umsehen und dann die Kollegen von der Spurensicherung rufen.«

Norbert hatte nach den letzten Fällen dazugelernt. Grimmig stapfte er zurück ins Wohnzimmer. Den Kritzeleien an den Wänden konnte er kaum etwas entnehmen. Die Buchstaben und Worte waren bis zur Unkenntlichkeit verzerrt, ganz so, als hätte ein Wahnsinniger hier gewütet. Lediglich der Schmetterling tauchte immer wieder auf. So etwas Verrücktes kannte Norbert sonst nur aus Filmen.

Er runzelte die Stirn und sah sich noch einmal im Flur um, bis ihn ein Laut herumfahren ließ.

Draußen fuhr ein Traktor vorbei.

Das Geräusch der dicken Räder auf dem Asphalt hallte ohrenbetäubend in dem kleinen Raum und Norbert stellte fest, dass das Wohnzimmerfenster offen stand. Durch den Windzug war es anscheinend wieder zugeschlagen, weswegen sie es nicht sofort bemerkt hatten. Nun stand es sperrangelweit offen.

Er ging näher heran und untersuchte Rahmen und Verschluss genauer, doch auch hier konnte er keine Spuren für einen Einbruch finden. Mehr noch, der

Griff stand quer, was bedeutete, dass das Fenster von innen geöffnet worden sein musste.

Elisabeth Baumann kam herein. »Ich brauche eine Zigarette, sonst verkrafte ich das gleich nicht mehr. Ich bin vor der Tür. Falls Sie etwas finden, rufen Sie mich sofort.«

Norbert nickte geistesabwesend und war mit den Gedanken ganz woanders. Je länger er die Wohnung betrachtete, umso verwirrter wurde er. Warum sah es hier drin so aus, als hätten wild gewordene Waschbären randaliert?

Ungeheuerlich.

Definitiv nicht Katharina Baumanns Stil.

Ihm fielen die Substanzen wieder ein und gleich darauf zwang ihn ein neuer Gedanke fast in die Knie: Was war, wenn die Spurensicherung Drogen fand? Sicherlich hatte sie ein Versteck dafür.

Wenn diese auftauchten, würde es geheim bleiben, dass er, Norbert, von ihrem Zustand gewusst hatte?

Der Kommissar beschloss, vorsichtig und mit Akribie danach zu suchen. Solange Frau Baumann draußen war, hatte er gute Chancen, unentdeckt zu bleiben. Er zog sein Stofftaschentuch aus der Hosentasche und schob vorsichtig einige Schubladen der Kommoden und Schränke auf. Als er in Wohn- und Schlafzimmer nichts fand, begab er sich ins Bad und öffnete den Oberschrank.

Bingo. Unzählige Tablettenschachteln standen hier auf einem Regalbrett.

Doch als er sie sich näher betrachtete, breitete sich Enttäuschung aus. Es handelte sich allesamt um frei verkäufliche Mittel wie Aspirin und Paracetamol. Nichts Illegales, nichts Unübliches.

Norbert lief in die Büronische zwischen Wohn- und Schlafbereich und achtete dabei darauf, nichts anzufassen. Er konnte sich jetzt nicht noch einen dummen Kommentar von diesem eingebildeten Edmundson anhören, wenn dieser die Wohnung untersuchte. Nicht heute.

Vorsichtig zog er Schublade um Schublade auf und stieß schließlich in der untersten auf ein kleines, dunkelblaues Metallkästchen.

Verschlossen.

Vorsichtig fasste es der Kommissar mit dem Taschentuch an und schüttelte es. Drinnen klapperte ein Gegenstand hell und klirrend.

Etwa aus Metall?

Mit neuerwachter Energie durchsuchte Norbert das Schränkchen und fand tatsächlich einen Schlüssel. Dieser war mit Klebeband von innen an die Unterseite der darüberliegenden Schublade geklebt worden. Er zog ihn ab, dann kniff er die Augen zusammen und schob den Schlüssel in das winzige Schloss am Kästchen.

Es sprang auf.

Und zum Vorschein kam ...

»Herr Hübner, schauen Sie sich das mal an«, rief Elisabeth Baumann aus der Küche und Norbert zuckte erschrocken zusammen. Er hatte gar nicht mitbekommen, dass sie schon wieder hereingekommen war! Schnell steckte er seinen Fund in die Jackentasche und stopfte das Kästchen zurück in die Schublade. Bei dem Chaos in der Wohnung würde es nicht weiter auffallen, wenn der Schreibtisch etwas durcheinandergeraten war, hoffte er.

Als er durch die Küchentür trat, fuhr ihm erneut der Schreck in die Glieder.

Der ganze Boden war voll mit Messern, Gabeln und Löffeln. Die Besteckschublade war herausgerissen worden und nun befand sich alles im kompletten Durcheinander auf dem Fußboden.

Doch nicht die gewalttätige Art und Weise, in der die Schublade entfernt worden war, schockte ihn.

Nein.

Es war das lange Messer, was bis zum Heft in der Rigipswand steckte.

KAPITEL 9

»Wissen Sie, was das zu bedeuten hat?«, fragte Elisabeth und rang die Hände.

Norbert verneinte. Er wollte sich um den kleinen Gegenstand in seiner Tasche kümmern und versuchte, Katharinas Mutter zu beruhigen. »Ich würde empfehlen, dass Sie jetzt erst einmal nach Hause fahren, Frau Baumann. Ich rufe nun die Kollegen von der Spurensicherung an und gehe mit denen noch einmal den ... den ... den Tatort durch.«

»Wie bitte? Tatort?«, hakte sie sofort ein. »Sind Sie sich sicher, dass eine Gewalttat vorliegt? Verschweigen Sie mir etwas, Herr Hübner?«

»Ganz und gar nicht!«, log Norbert in gespielter Entrüstung. »Ich glaube einfach, dass Sie sich nicht länger als nötig hier aufhalten sollten. Das hilft uns in dieser Situation nicht weiter.«

Sie schüttelte vehement den Kopf. »Ich glaube, bei Ihnen läuft was nicht richtig. Nach Hause fahren? Sind Sie *beschränkt*? Meine Tochter ist verschwunden und der Zustand ihrer Wohnung beweist das jawohl eindeutig! Ich wäre Ihnen sehr verbunden, wenn Sie auf Ihre Wortwahl achten könnten! Und nach Hause fahren tue *ich* mit Sicherheit nicht! Das können Sie vergessen, Herr Hübner. Ich sehe mir jetzt Katharinas Laptop an!«

»Das dürfen Sie nicht«, warf er ein »Das ist Aufgabe der Spurensicherung.«

»Papperlapapp«, meinte sie, »es ist meine Tochter und ich als Mutter habe zuerst ein Anrecht darauf, zu wissen, wo stecken könnte! Ich werde mir ihren Laptop nehmen und selbst recherchieren!«

Machtlos zuckte Norbert die Achseln. Sie lief in die Büronische und schnappte sich Katharinas Arbeitsgerät. Kurz darauf saßen sie beide in der Küche und starrten auf den Monitor. Gerade, als der Startbildschirm erschienen war, wechselte das Bild zu einem schwarzen Terminal mit weißer Schrift.

Passwort:

»Ääh ... vielleicht ihr Geburtsdatum?«, schlug Norbert vor. Er hatte in diesen Dingen nicht so viel Ahnung, aber das eigene Geburtsdatum schien ihm gut merkbar zu sein. Außerdem wussten oft nicht einmal Freunde und Verwandte, wann man Geburtstag hatte, wie sollte also ein Fremder jemals -

»Nur ein Idiot würde seinen eigenen Geburtstag als Passwort nutzen. Haben Sie etwa Ihren Computer zu Hause mit Ihrem Vornamen geschützt?«

Norbert sagte nichts mehr.

Katharinas Mutter überlegte, dann tippte sie schnell eine Zahlen- und Buchstabenkombination ein. Direkt darauf leuchtete auf dem Bildschirm eine Warnmeldung auf:

Es bleiben noch zwei Versuche, dann werden alle Daten auf der Festplatte unwiderruflich gelöscht. Fortfahren? 1=Y, 2= N

Elisabeth tippte die 1, dann sah sie Norbert an. »Ich wollte eigentlich verschiedene Dinge ausprobieren, Namen und Daten der Familie, wichtige Gegenstände ... aber dieses Mistding erlaubt das nicht. Fällt Ihnen noch etwas ein?«

Norbert überlegte. »Wie ist es mit einem Haustier? Oder Geschwistern?«

Bei dem letzten Wort schien ein Schatten über Elisabeths Gesicht zu gleiten. Doch noch als Norbert überlegte, ob er das tatsächlich gesehen hatte, wandte sie sich erneut der Tastatur zu. Sie tippte einige weitere Zahlen ein und drückte Enter.

Es bleibt noch ein Versuch, dann werden alle Daten auf der Festplatte unwiderruflich gelöscht. Fortfahren? 1=Y, 3= N

»Sollten wir nicht doch lieber die Spurensicherung da ran lassen?«, fragte Norbert unsicher und rutschte unruhig auf dem Stuhl hin und her. »Das sind schließlich Profis.«

Elisabeth legte die Hand ans Kinn. »Ich ... muss wissen, wo ... sie ist«, murmelte sie, dann machte sie eine Pause und tippte eine letzte Zahlenfolge ein.

»Jetzt oder nie«, flüsterte sie, sah Norbert noch einmal an und bevor dieser protestieren konnte, drückte sie Enter.

Der Bildschirm wurde schwarz.

Norbert setzte das Herz aus. Wenn der Laptop nun durch diese unachtsame Situation komplett leer war, wären die Kollegen von der Forensik sicher nicht begeistert. Doch zu seiner Erleichterung wurde der Bildschirm kurz danach wieder hellblau und gab den Desktop frei.

Katharinas Mutter stieß einen kurzen Laut des Triumphs aus, dann beugte sie sich über die Tastatur. Kurz darauf war sie bereits im Internet und durchforstete den Browserverlauf.

Norbert versuchte, nicht auf dem Bildschirm zu sehen. Irgendwie kam ihm das unanständig vor, in Frau Baumanns Abwesenheit in ihren privaten Angelegenheiten zu stöbern. Er wusste zwar nicht, wo sie sich derzeit aufhielt, konnte jedoch gleichzeitig nicht akzeptieren, dass sie tatsächlich verschwunden und nicht nur irgendwo untergetaucht sein sollte.

»Sehen Sie, Herr Hübner«, unterbrach Elisabeth seine Gedanken. »Wissen Sie, was das ist?«

»Hm?« Norbert drehte sich zum Bildschirm und las laut vor: *»Heimische Schmetterlingsarten und verschiedene invasive Spezies«* Darunter waren Bilder von unterschiedlichen Faltern zu sehen.

»Was kann Katharina mit Schmetterlingen zu tun gehabt haben? Wissen Sie etwas davon?«

»Nein. Soweit ich weiß, war sie ... also, waren wir bei ... ääh ...« Er brach ab.

»Hören sie auf, zu stammeln. Also hat sie Ihnen davon nichts erzählt«, stellte Frau Baumann fest und Norbert brummte.

»Nein, hat sie nichts. Ich weiß nichts von Schmetterlingen. Mir kommt es vor, als säßen wir vor dem Laptop eines Dokumentarfilmers.« Sein Scherz verklang etwas lahm und Elisabeth machte sich nicht einmal die Mühe, ihn zu kommentieren. Norbert war nun trotz aller Hemmungen doch neugierig, auf welche Dinge sie möglicherweise stoßen würden. Vielleicht brachte es ihm die Person Katharina Baumann etwas näher.

Elisabeth scrollte noch ein wenig, dann stoppte sie urplötzlich und starrte auf den Monitor. Die Suchergebnisse der letzten Woche flimmerten auf dem Bildschirm.

»Ritalin Bezugsquellen«

»Bestandteile Ritalin«

»Medikamente mit Methylphenidat«

»Verschreibungspflichtige Tabletten ohne Rezept«

»Nebenwirkungen Ritalin Absetzen«

Das waren die letzten Einträge.

Norbert schluckte. Auch Elisabeth schien sehr erschrocken zu sein. »Wissen Sie ... wissen Sie denn wenigstens etwas davon?«, fragte sie den Kommissar und sah ihn mit den Augen einer Mutter an, in deren Geist sich Schreckliches abspielte.

Norbert hob die Hände und atmete langsam aus. Sie war beinahe so scharfsinnig wie ihre Tochter. Das konnte gefährlich werden. In seinem Kopf stritt eine kleine Stimme, die endlich die Wahrheit sagen wollte mit einer anderen, die um Stillschweigen bat. War es an ihm, ihrer Mutter von dem Medikamentenmissbrauch zu erzählen? Wie würde sich das auf ihn selbst auswirken? Und würde sie mit dieser Information zu seinem Vorgesetzten gehen und damit seine eigene Dienstzeit endgültig beenden?

»Herr Hübner ... Sie sagen ja gar nichts«, stellte Frau Baumann fest.

»Ich ... also ...«, druckste Norbert herum. Dann seufzte er. »Das sieht nicht gut aus, Frau Baumann. Ich fürchte ... also, ich meine, dass ich ... mmh, bei dem letzten Fall ist mir aufgefallen, dass ...«

»Jetzt spucken Sie's schon aus!«, rief sie ungeduldig und stand auf.

Norbert sah zu Boden. »Ich glaube, Ihre Tochter hat Medikamentenmissbrauch betrieben.«

»Sie hat *was*?«, rief sie. Ungläubig starrte sie ihn an. »Wieso sagen Sie mir das erst jetzt?«

»Es ... es gab vorher noch nicht den richtigen Augenblick«, versuchte er, sich zu rechtfertigen, »außerdem tut das hier ja nichts zur Sache!«

»Nichts zur Sache? *Nichts zur Sache?* Herr Hübner, ich hatte gehofft, dass Sie ein halbwegs fähiger Mann sind – doch damit ist es nun vorbei! Wie konnten Sie so etwas Gravierendes vor mir verheimlichen?«

Norbert atmete aus und stand ebenfalls auf. »Jetzt beruhigen Sie sich mal. Ich glaube nicht, dass das etwas mit der aktuellen Situation zu tun -«

»Sie können das doch gar nicht mehr einschätzen!«, fuhr sie auf. »Und außerdem: Sie hätten ihr helfen müssen!«

Norbert wurde es zu bunt. »Helfen? Dann hätte das ganze Revier davon erfahren!«

»Pah, das ganze Revier! Kollegen, *echte* Kollegen machen so etwas unter sich aus!«

»Wie bitte? Ich bin doch nicht der Therapeut Ihrer Tochter!«, rief Norbert. »Ich denke, Sie haben so ein gutes Verhältnis, hm? Dann hätte sie Ihnen ja schon einmal etwas davon erzählen können!«

»Ich ...«

»Ihre Tochter ist unberechenbar, streitsüchtig und launenhaft! Es war weiß Gott keine Freude, mit ihr zusammenzuarbeiten!«

Sie wirkte eingeschüchtert. »Das kann nicht stimmen ... das denken Sie sich aus! Katharina ist so ein nettes Mädchen!«

Norbert brach in freudloses Lachen aus. »*Nettes Mädchen?* Frau Baumann, wie gut ist das Verhältnis mit Ihrer Tochter wirklich? Haben Sie in der letzten Zeit einmal etwas Persönliches besprochen?«

Sie schüttelte den Kopf und wurde ruhig, dann setzte sie sich und begann leise, zu sprechen. »Katharina ist ... war ... nun, sie ist schon immer ein schwieriges Kind gewesen. Sie hatte ihren eigenen Kopf, von klein auf. Mütterlicher Rat, damit konnte sie nichts anfangen.«

Norbert nickte zustimmend. »Das kann ich mir gut vorstellen.«

»Als sie ausgezogen ist und die Karriere bei der Polizei angefangen hat, hat sie sich immer mehr abgekoppelt von uns. Wir freuen uns ja, wissen Sie, dass Sie so einen tollen Weg geht, so erfolgreich ist ... Meinen Mann trifft ihr Schweigen auch. Zwar äußerlich nicht, aber innerlich schmerzt es ihn ganz schön. Und ich ...«

Norbert wartete.

Frau Baumann schien tatsächlich mit den Tränen zu kämpfen. Sie holte einen langen Atemzug und es sah dabei so aus, als würde sie mit den Spitzen ihrer Pumps eine stumme Unterhaltung führen. Kurz danach sah sie auf und Norbert direkt ins Gesicht.

Unversehens schien es, als säße eine komplett andere Person vor dem Kommissar. Plötzlich, ohne eine Spur von Tränen oder Scham, brannte in ihren Augen ein Feuer, was er sonst nur von Katharina kannte, wenn diese wieder mit dem erstbesten Menschen in ihrer Nähe einen Streit anfing.

»Sie müssen ihr helfen«, sagte Elisabeth mit rauer Stimme, stand auf und packte ihn am Arm. »Herr Hübner, Sie müssen meiner Tochter helfen! Komme, was wolle.«

Norbert trat einen Schritt zurück und stieß dabei an einen Küchenstuhl. »Ich ... also Frau Baumann, ich finde, wir sollten lieber -«

Sie packte auch seinen anderen Arm und schüttelte ihn. Norbert war sich nicht sicher, wo das hinführen sollte, und wollte noch einen Schritt rückwärts gehen, doch sie hielt ihn weiterhin fest an beiden Armen gepackt.

»Herr Hübner. Sie sind der einzige Mensch, der meine Tochter finden kann und gleichzeitig ihre Karriere retten. Sie kennen die Details! Und dass Sie sie bis jetzt noch nicht an einen Vorgesetzten gemeldet haben, sagt mir, dass Sie genauso der

Meinung sind, Katharina habe noch eine Chance verdient. Sie hat so lange dafür gearbeitet, so viele Brücken hinter sich abgebrannt. Wir müssen das für uns behalten!«

Norbert verzog das Gesicht. Warum nur überkam ihn das Gefühl, dass es bei Baumanns immer einen Grund gab, die Sache nicht an die große Glocke zu hängen. Diese Familie hatte wahrscheinlich so viele Leichen im Keller, wie man Bäume in der Nähe von Königsburg fand.

Und Königsburg war umringt von Wäldern.

»Solange Katharina wieder auftaucht, während sie suspendiert ist, lässt sich das alles noch regeln«, bat Elisabeth. Ihr Tonfall hatte einen beschwörenden Singsang angenommen. »Sie dürfen das nicht an die Spurensicherung geben!«

Und dann geschah etwas, was normalerweise von dieser Frau so wie auch von ihrer Tochter nicht zu erwarten war:

»Bitte, Herr Hübner. Helfen Sie mir.«

KAPITEL 10

Der Rottweiler winselte.

»Ja Balu, ist schon gut. Ich bin ja bald wieder hier. Vorerst muss das so gehen, mein Dicker.«

Der Hund schleckte Jim das Gesicht ab und er lächelte. Wie harmonisch das Leben in diesem Moment doch erschien. Jim hatte sich hingehockt und klopfte dem alten Hund noch einmal auf die Flanke, bevor er wieder aufstand. An einer Eisenkette am Halsband angebunden konnte Balu sich nur auf einer kleinen Fläche von circa zweieinhalb Quadratmetern bewegen. Etwas kurz, fand Jim, doch Robert hatte die Länge der Kette bewusst knapp gehalten. So konnte er sich sicher sein, dass der Hund sich nie weit von der Bodenklappe mit den Eisenscharnieren entfernte.

»Jeder von uns hat seine Aufgabe, wenn er etwas zu essen haben will. Balu bildet da keine Ausnahme.«

Seltsam, wie viele Sätze von Robert in Jims Gedanken auftauchten. Er seufzte. In letzter Zeit schien sein Boss mehr als er selbst seinen eigenen Kopf zu beherrschen. Er blickte hinüber in den

Nebenraum und erkannte die Umrisse der Klappe im Boden. Nur deswegen hatte Balu bei ihnen ein Zuhause gefunden. Er bewachte die Tabletten, die dort in der kühlen Erde lagerten.

Die Kette des Hundes lief über einen Holzbalken zu einem Ring in der Wand, den Jim dort gestern fest verankert hatte. Mehrmals hatte er geprüft, ob dieser Balus Zugkraft auch standhalten würde. Jim wollte sich gar nicht ausmalen, was Robert mit ihm anstellte, sollte der Hund Reißaus nehmen.

»Okay, ich muss los, großer«, sprach Jim, schaltete zwei Akkulampen aus, die ihm am Abend Licht gespendet hatten, und lief schnellen Schrittes zur Tür. Als er diese erreichte, stoppte er und schlug sich gegen die Stirn.

»Man, Alter. Ich bin heute echt vergesslich.«

Ein Lächeln stahl sich auf sein Gesicht, als er sich umdrehte, eine der Akkulampen wieder anknipste und an Balu vorbeilief, um zügig das Nebenzimmer anzusteuern. Jim störte es nicht, dass hier hinten nur wenig Licht von der Lampe aus dem Hauptraum ankam. Er wusste, was er vergessen hatte und wo er es finden würde. In der Ecke des Raumes lag ein zerknitterter weißer Stoffbeutel. Selbst in dem schwachbrüstigen Lichtschein erkannte man, dass dieser von oben bis unten mit Flecken übersäht war. Jim hob ihn auf und schüttelte ihn.

Es knisterte.

Ein Griff in den Beutel enthüllte eine alte Papiertüte und eine Tablettenschachtel. Ein verführerischer Geruch breitete sich aus.

Balu begann erneut, zu winseln.

»Nee, du hast dein Abendbrot heute schon bekommen. Werd mir nicht gierig. Ich habe noch mehr Mäuler als deines zu stopfen«, sagte Jim in einem Ton zum Hund, als könnte dieser verstehen.

Hastig stopfte er beide Dinge wieder zurück in den Stoffbeutel, dann lief er in den Hauptraum und stellte Balu noch seine Wasserschüssel näher zur Kette. »Damit du nicht verdurstest. Wasser füllt auch den Bauch, mein Dicker. Sei brav.«

Nahezu gleichzeitig legte sich der Hund lang auf den Boden und bettete den Kopf auf die Vorderläufe.

»Ach, und Balu? Wenn jemand in die Hütte kommt, den du nicht kennst, dann weißt du, was du tun musst: Bring ihn um!«

Jim grinste, fuhr sich durchs Haar und blickte Balu noch einmal tief in die Augen, um seinen Punkt klarzumachen. Dann ließ er ihn alleine.

Erleichtert blickte er in den Himmel auf, als hinter ihm die Tür in die Angeln fiel. Es war bereits spät und der Mond hatte Mühe, durch die dichten Baumkronen des Waldes zu dringen. Der Duft von feuchtem Moos und altem, fruchtbaren Boden erfüllte die Luft. Es würde bald anfangen zu regnen. Jedenfalls vermutete Jim dies, als er meinte, ein paar dunkle Wolken durch das dichte Blattwerk der Bäume zu erblicken.

Er schwang sich seinen Beutel auf den Rücken und rannte los. Äste knackten, als er sich über das weiche, moosbedeckte Erdreich bewegte.

Auf seinem Weg traf er auf einige Bewohner des Waldes, die sofort die Flucht ergriffen. Jim lächelte in sich hinein. Sie hatten nichts zu befürchten. Hier, in der Dunkelheit des Waldes, gab es nichts, was er begehrte.

Nein, Jims Reise führte ihn woanders hin.

Eigentlich war er sein ganzes Leben lang auf Reisen gewesen. Er ließ sich treiben und blieb nie lange am gleichen Ort. Wie ein Vagabund ließ er die Zukunft auf sich zukommen und lief ihr nicht entgegen.

In Holtberg sollte sich nun vieles ändern.

Sobald das Drogengeschäft richtig lief, würde er hier sesshaft werden. Das hatte er sich geschworen. Doch seine Freiheit würde er erst an dem Tag zurückerlangen, an dem er Robert umbringen würde. So liefen die Dinge nun einmal. Jim würde keine Träne vergießen.

So viel war sicher.

Die kühle Luft strömte in seine Lunge und erfüllte seine müden Augen mit neuer Kraft. Er hatte den ganzen Tag noch nichts gegessen und freute sich nun umso mehr darauf, bald eine Mahlzeit zu sich nehmen zu können. Doch auch der Hunger hatte ihn nicht vorzeitig aus seinem Waldversteck locken können.

Fehler konnten in seinem Milieu mit dem Tode enden. Jim hatte sicher sein müssen, dass er, mit Ausnahme von Balu, alleine war und ihm keiner folgen würde. Und wirklich alleine war er für gewöhnlich nur abends.

Der Mond schob sich hinter eine Wolke und der Wald um ihn herum wurde pechschwarz.

Jim sah kaum noch die Hand vor den Augen, doch den Weg zu seinem Ziel hatte er bereits verinnerlicht. Nur noch wenige Minuten, dann würde er es erreichen.

Er hatte keine Zeit zu verlieren.

Jemand wartete auf ihn.

KAPITEL 11

Durchgeschwitzt und außer Atem stolperte er schließlich durch die letzten Ausläufer des Waldes, als sich vor ihm die Bäume lichteten und ein eingezäuntes Gelände in Sicht kam. Er hielt auf einer Anhöhe daneben und stützte die Hände auf die Oberschenkel.

Das Areal sah von dem Hügel, auf dem er verschnaufte, noch verlassener aus. Mehrere lang gestreckte Gebäude verrotteten unter ihm verstreut auf einem riesigen, betonierten Platz vor sich hin. Die Fensterscheiben waren eingeschlagen und einige Metallcontainer standen herum, die niemand mehr abholen würde. Um das Gelände erstreckte sich ein Maschendrahtzaun, dessen Felder hier und da bereits eingedrückt waren. Ganz oben war ein Stacheldraht in Schlingen gelegt worden, der Eindringlinge davon abhalten sollte, unbefugt das Gelände zu betreten.

Jim hielt er nicht auf.

Schnell lief er am Zaun entlang und kroch durch ein Loch, was er sich in mühevoller Handarbeit ausgeschnitten und zurechtgebogen hatte. Sobald er durchgekrochen war, drehte er sich um und schob auf den Knien eine alte Metalltonne vor die Öffnung. Ein letzter Blick zurück versicherte ihm, dass das Loch von innen und von außen kaum zu erkennen war. Zufrieden kam er auf die Füße, blieb jedoch geduckt, und schlug sich den Dreck von der Hose. Der Boden war schon feucht gewesen und er schauderte, als er die Feuchtigkeit spürte, die sich durch den Stoff bis auf die Haut fraß.

Nachdem er gebückt an die Vorderseite des Gebäudes gelaufen war, gelangte er an eine Metalltür mit der Aufschrift A3. Jim öffnete mit etwas Mühe die Tür und schlüpfte hindurch.

Innen grüßte ihn Finsternis. Er blinzelte ein paar Mal, damit sich seine Augen an die Dunkelheit gewöhnten, und erkannte schließlich schemenhafte Umrisse. Er stand in einem kleinen Vorraum, der kaum zwei Meter lang war. Ein vergilbter, halb zerfetzter Plastikvorhang trennte den Vorraum vom eigentlichen Fertigungsbereich im Inneren. Jim trat hindurch und wandte sich nach links. Rechts von ihm öffnete sich die Halle zu einem weiten Teilbereich, in welchem allerhand Maschinen vor sich hin rosteten. Wie übergroße, erstarrte Monster ragten vergessene Förderbänder, Pressen und riesige Transporthaken in die Dunkelheit hinein.

Über sich hörte er etwas klappern.

Jim beschleunigte seine Schritte und lief zu seiner Linken auf eine Metalltreppe zu. Vorsichtig setzte er einen Fuß vor den anderen. Er wusste, dass dieser Aufstieg in der Mitte weggerostet war. Nach sechs

Stufen nahm er Anlauf und sprang über das Loch hinweg. Hinter ihm knarrte es und einige Stückchen Rost rieselten zu Boden, doch das fiel ihm schon gar nicht mehr auf. Jim lief durch das erste Obergeschoss und stieg hinauf in das zweite, wo er durch einen langen Flur und etliche kaputte Türen schlich. Er kam seinem Ziel immer näher, doch wurde dabei zunehmend nervöser. Vor Anstrengung, aber auch vor Aufregung.

Er hatte ein Geheimnis.

Und sollte Robert es eines Tages herausfinden, wäre es wahrscheinlich sein Ende. Daran bestand nur wenig Zweifel.

Jim hielt noch einmal inne, als er schlussendlich die letzte Tür erreichte, die ihn noch von seinem Ziel trennte. Links von ihm gab es eine Fensterfront aus sechzehn Fenstern, von denen zwei keine Glasscheibe mehr hatten. Die Restlichen waren vernagelt worden. Würde er an eines der freien Fensterlöcher treten, könnte er die Sterne sehen, denn es war bereits stockfinster. Nur der Mond beleuchtete nun die alte Fabrikhalle mit seinen silbernen Strahlen.

Jim zog einen kleinen Schlüssel aus der Tasche, löste ein Vorhängeschloss und hebelte mit etwas Mühe einen großen Riegel von der Tür zurück.

Vorfreude durchströmte ihn.

Er lächelte, dann stieß er sie auf.

»Schatz, ich bin zu Hause!«, rief Jim, passierte die Schwelle und schloss die Tür sorgfältig hinter sich.

»Zieh dir die Schuhe aus, ja? Ich habe erst sauber gemacht. Ich hoffe, du hast Abendbrot dabei, Liebling, ich bin am Verhungern!«

Jims Füße traten auf einen kleinen, schmutzig grauen Teppich und er kickte, wie angewiesen, seine Turnschuhe in eine Ecke. Eine nackte Glühbirne hing von der Decke an einem Kabel, notdürftig zusammengeflickt. Er war froh, dass diese Bude überhaupt noch Strom gehabt hatte, als er sie fand. Hoffentlich bemerkte niemand, dass der Zähler weiterlief.

Er drückte den Stoffbeutel an sich und trat in den Lichtkegel. Vor sich, in der Mitte des kahlen Raumes, stand ein Tisch, der mit einer Plastiktüte bedeckt war. Die Glühbirne flackerte über ihm. Neben dem Tisch standen zwei alte Bürostühle, deren Polster bereits mottenzerfressen und schimmelig waren. In einer Ecke lag eine alte Matratze auf dem Boden, davor und darunter einige Pappkartons, um die Kälte abzuhalten. Gegenüber vom Tisch stand eine Campingtoilette, die er vom Jahrmarkt entwendet hatte. In einer anderen Ecke gab es einen Haufen Schutt und Müll, den er nicht mehr hatte abtragen können. Die Entscheidung war zu spontan gewesen.

Eine Kette rasselte und Jim sah auf.

»Wie war dein Tag? Ich rieche etwas zu essen«, sagte eine Stimme.

Er kniff die Augen zusammen. Nach der andauernden Dunkelheit im Wald und der Fabrik kam ihm das Licht hier drin gleißend hell vor. »Komm doch mal her, damit ich dich anschauen kann«, sagte er und winkte. Die andere Hand schüttelte den Stoffbeutel wie einen Preis. »Ich habe dir eine Überraschung mitgebracht!«

»Leise, leise! Sonst weckst du noch die Kleine auf!«, sagte die Stimme.

»Oh klar … sorry«, entschuldigte er sich und sah sich um. »Wo ist sie denn?«

Die Person, die noch im Dunkeln stand, deutete hinter ihn. »Da, in der Wiege.«

Jims Augen fielen auf eine Holzkiste, in der eine Puppe lag. Sie hatte nur noch ein Auge und fast keine Haare mehr. Der vormals rosafarbene Stoffkörper war nun geflickt, schmutzig und an einigen Stellen angerissen. Er nickte und wandte sich wieder um. »Na dann komm, lass uns etwas essen. Ey, ich bin am Verhungern.«

»Oh, hat dich dein Boss wieder so herumgescheucht? Du wolltest ihn doch darauf ansprechen, dass er das sein lassen soll«, sagte die Stimme mitfühlend und trat einen schlurfenden Schritt näher. Die Kette rasselte wieder und schließlich kam sie ins Licht der Glühbirne.

Es war eine Frau. Mittellange, braune Haare, eine schlanke Gestalt, volle Lippen. Ihre Kleidung war verdreckt und die Haare klebten ungewaschen am Kopf. Die hellen Augen jedoch strahlten aus dem schmutzigen Gesicht hervor wie zwei Monde in der Nacht. Sie schlurfte in die Müllecke, in der sich zerbrochene Teller, Plastiktassen und einige Löffel befanden und trug sie zum Tisch.

»Setz mich nicht so unter Druck, Liebes. Es wird schon der richtige Zeitpunkt kommen. Robert ist ein komplizierter Chef«, sagte Jim und lächelte leicht. Er legte der Frau eine Hand auf die Schulter.

Sie zuckte unter der Berührung zusammen, beließ seine Hand aber an Ort und Stelle.

»Nun lass uns erst einmal essen. Und dann erzählst du mir von deinem Tag, okay?«

Sie nickte, setzte sich und gemeinsam verzehrten sie die Reste zweier Currywürste, die Jim heute Morgen auf dem Rummelplatz gefunden hatte. Er gab acht, nicht zu viel zu essen, damit für sie genug übrig blieb. Während sie kaute, bewunderte er ihre Schönheit. Schließlich war sie fertig und schob den Stuhl zurück.

»Weißt du, was ich dir schon die ganze Zeit erzählen wollte?«, fragte sie und Jim schüttelte den Kopf. »Heute hätte ich den Schmetterling fast gefangen!«

KAPITEL 12

Zur gleichen Zeit saß Norbert zu Hause und starrte auf den Gegenstand, den er aus Katharinas Wohnung mitgenommen hatte. Der Tag war anstrengend gewesen, aber die Neugier über seinen Fund ließ ihm keine Ruhe. Nachdem er sich dazu genötigt gefühlt hatte, der Bitte von Frau Baumann senior nachzukommen, hatte er die Spurensicherung doch nicht angerufen. Stattdessen hatte sie ihm den Zweitschlüssel überlassen, falls er die Wohnung noch einmal besichtigen müsste. Außerdem waren er und Elisabeth noch einmal durch die verwüsteten Räume gegangen und hatten sich verabredet, dass Norbert sich melden würde, sobald er etwas Neues erfuhr.

Dem Kommissar widerstrebte der Gedanke. Er musste diese Angelegenheit allein bearbeiten und konnte keine Zivilisten mit sich ziehen, die ihm dabei im Wege standen, ihn bevormundeten oder gar beeinflussen würden. Genau das jedoch konnte er von Elisabeth Baumann durchaus erwarten.

Norbert kniff die Augen zusammen und konzentrierte sich auf sein Fundstück.

Was er da vor sich in der Hand hielt, war nichts anderes als ein kleiner Schlüssel. Erst jetzt hatte er ihn sich genauer anschauen können und war dabei auf ein kleines Schild gestoßen, was auf dem Griff des Schlüssels angebracht war. Jemand hatte es beseitigen wollen, was Norbert deutlich an den tiefen Kratzspuren sah, die das Schild aufwies. Dennoch hatte er mithilfe einer Lupe einzelne Buchstaben ausfindig machen können.

G.. R .. S G .. R ..EN

Außerdem noch eine Nummer: 137

Er hatte die Buchstaben auf ein Blatt Papier notiert, sie in verschiedene Kombinationen geschrieben, umgedreht und neu zusammengesetzt. Doch vergebens.

Ein blauer Rand wand sich um den Schlüsselgriff, der mit gelben Querstrichen akzentuiert war. Es war ein hübscher Schlüssel. Vermutlich gehörte er zu einer Firma. Norbert musste nur noch herausfinden, zu welcher.

Eigentlich hatte er schon längst nachforschen wollen, doch nachdem er den heutigen Tag mit Katharinas Mutter hatte verbringen müssen, war er froh gewesen, endlich nach Hause zu kommen. Gemeinsam hatten sie noch drei geschlagene Stunden die Wohnung durchsucht. Ergebnislos.

Er widmete sich wieder dem ursprünglichen Problem. Schnell wurde klar, dass er zum Entschlüsseln des Schildes Hilfe brauchen würde. Wenn man nicht mehr weiter wusste, musste man sich am besten an jemanden wenden, der gefühlt auf jede Frage eine Antwort hatte. Und Norbert kannte da wen.

»Gudrun!«

»Gudruuun!«, rief Norbert erneut und stand auf. Zielstrebig lief er ins Wohnzimmer, wo seine Frau den Abspann einer ihrer Schnulzenfilme schaute. »Gudrun, ich brauche deine Hilfe. Ich muss wieder ins Internet!«

Keine Antwort.

»Gudrun?«

Norbert trat näher.

»Gudi?«

Doch Gudrun Hübner lag mit offenem Mund auf der Couch und schnarchte leise. Unentschlossen knetete Norbert die Hände vor dem Bauch. Sollte er sie wecken und damit Gefahr laufen, ihren Unmut auf sich zu ziehen? Gudrun mochte es gar nicht, wenn man sie aus dem Schlaf riss. Andersherum – durfte Norbert allein an den Rechner? Was war, wenn er aus Versehen etwas kaputt machte oder einen Virus herunterlud? Er kannte die Horrorgeschichten aus der Zeitung, in denen Personen am Computer ausgespäht worden waren, um an ihre Bankdaten zu kommen. Der Kommissar lief noch einige Runden unentschlossen im Kreis, dann fasste er sich ein Herz und schlich sich ins Büro.

Falls etwas kaputtging, würde er einfach behaupten, nie dran gewesen zu sein.

Bestimmt.

Vielleicht.

Ach Quatsch. Was machte er sich vor? Falls etwas kaputtgehen würde, würde er es Gudrun gleich bei der ersten Gelegenheit beichten. Doch dazu würde es bestimmt nicht kommen. Und außerdem: Den PC zu bedienen konnte kaum schwieriger sein, als einen Mordfall zu lösen.

... oder?

Er zog den Schlüssel wieder aus der Hosentasche und legte ihn vor sich neben die Maus. So weit, so gut. Norbert drückte den Knopf, den Gudrun das letzte Mal auch gedrückt hatte und wartete. Es vergingen fünf Minuten, bevor er auf einen weiteren Knopf am Monitor aufmerksam wurde. Als er auch diesen betätigte, erschien kurz darauf ein Bild.

»Tolle Technik«, sprach ein euphorischer Norbert Hübner, als ein Wort auf dem Bildschirm blinkte.

Kennwort:

Schlagartig rutschte ihm das Herz in die Hose. Sollte das Abenteuer Internet etwa hier schon vorbei sein? Norbert kratzte sich am Kopf. Dann tippte er eine Zahlenfolge ein.

Falsches Kennwort

»Verdammte Technik«, rief der Kommissar laut. Der neu gewonnene Blechfreund war anscheinend schon wieder in Ungnade gefallen. Norbert überlegte. Immerhin keine Nachricht wie bei Katharina, dass bei Falscheingabe die Festplatte gegrillt werden würde. Er rutschte noch etwas auf dem Stuhl umher, dann tippte er eine weitere Zahlenfolge ein.

Bingo!

Er schnaubte. So viel also zu *nur ein Idiot nutzt sein Geburtsdatum*.

Schachmatt, Frau Baumann!

Norberts kurzer Triumph ging allerdings in Anbetracht der Tatsache unter, dass er nun keine Ahnung hatte, wie er ins Internet kommen sollte. Aufs Geratewohl versuchte er, alle Icons zu klicken, die auf dem Desktop angezeigt wurden. Es öffneten sich mehrere Dokumente, ein Programm für den Drucker, ein Antivirenprogramm und sogar etwas für Fotos, das beim Laden fast den Rechner lahmlegte, doch schließlich ging auch die vertraute Oberfläche des Fensters auf, mit dem sie das letzte Mal ins Internet gelangt waren.

Norbert lächelte, dann tippte er ein:

»Welche Firma nutzt blaue Schlüssel?«

8.420.000 Ergebnisse in nicht einmal einer halben Sekunde. Leider waren sie weniger als brauchbar. Einige beschäftigten sich mit Computerspielen, viele andere mit Schließsystemen und einige weitere waren Werbung für Sicherheitstechnik und verschiedene Schlüsseldienste.

Norbert klickte auf alle, las die Webseiten quer, schloss versehentlich mit einem Ein-Klick-Kauf ein Abo ab und schaffte es schließlich, den Weg zurück zur Suche zu finden. Bis hierhin war er schon mächtig stolz auf sich. Was man im Internet alles herausfinden konnte! Der Kommissar war fasziniert. Leider hatte er aber immer noch nicht aufgeklärt, woher der Schlüssel aus Katharinas Wohnung stammte.

Es raschelte vor dem Büro und Norbert blickte plötzlich in das verschlafene Gesicht Gudruns. Sie gähnte und rieb sich die Augen.

»Norbi ... was machst du denn noch hier? Und am Computer? Na hoffentlich hast du mir nicht alles verstellt. Geh mal besser ins Bett«, murmelte sie und schlurfte anschließend hörbar die Treppe zum Schlafzimmer hinauf.

Norbert schaute auf die Uhr. Es war kurz nach halb zwölf. Er hatte tatsächlich fast anderthalb Stunden damit zugebracht, im Internet zu surfen.

Und dabei absolut nichts herausgefunden.

Das Dilemma des 21. Jahrhunderts.

Er errötete und wandte sich wieder dem Bildschirm zu. Hier musste etwas zu finden sein!

Er konnte so leicht nicht aufgeben.

KAPITEL 13

Doch auch nach einer Stunde weiteren Fahndens, in der er bis auf Seite zwölf von Google vorgedrungen war, fand er nicht, wonach er suchte. Müde lehnte sich der Kommissar im Bürostuhl zurück und verschränkte die Hände über der Halbglatze. In seinem Kopf rauschten die Gedanken durcheinander. Doch länger wach bleiben würde gleichzeitig bedeuten, dass er morgen wieder genauso unausgeschlafen auf der Matte stand wie heute.

»Nee, das machen wir nicht«, sprach er zu sich selbst und stand auf. Er wusste nicht, wie er den Computer ausschalten sollte, also ließ er ihn einfach an und ging nach oben, um sich ins Bett zu legen. Morgen würden sich schon Antworten ergeben, da war er sich sicher.

Nach einer Katzenwäsche fiel der Kommissar in einen unruhigen Schlaf, in dem er von seltsamen Träumen über Katharina Baumann und ihre Mutter heimgesucht wurde.

Doch auch nach dem Aufstehen, was Norbert zugegebenermaßen schwerfiel, obwohl es bereits acht

Uhr durch war, kam ihm nicht der erwünschte Geistesblitz, was den Schlüssel anging.

Gudrun trug gut gelaunt das Frühstück für sie beide auf und setzte sich schließlich ihm gegenüber an den Tisch, wo sie ihr Ei köpfte. Kauend sah sie ihn an. Norbert hatte sich nicht bewegt.

»Norbert, was ist los? Du grübelst schon wieder, das sehe ich doch an deinem verkniffenen Blick«, meinte sie stirnrunzelnd.

Keine Reaktion.

Schließlich stieß sie ihn mit dem Fuß unter dem Tisch an. Er zuckte zusammen.

»Hm?«

»Hast du mit offenen Augen geschlafen oder was ist los? Geht es um Katharina oder fehlt beim neuen Puzzle wieder ein Teil?«

Er wischte sich übers Gesicht. »Ja ... ich meine nein ... Also, ich meine natürlich die Sache mit Katharina ... Das Problem ist, dass ich keinerlei Anhaltspunkt habe, bis auf diesen Schlüssel.«

»Was für einen Schlüssel?«, fragte Gudrun und füllte ihm Kaffee nach, den sie mit einem Stück Zucker für sich und einem Schluck Milch für Norbert bekömmlich machte.

»Der Schlüssel aus ihrem Schreibtisch ... davon habe ich dir doch erzählt«, meinte Norbert und nahm einen Schluck aus seiner Tasse.

Seine Frau schüttelte den Kopf. »Du hast nach den Nachrichten irgendetwas gemurmelt und dich dann in die Küche verzogen. Und ich bin, fürchte ich, bei

Rosamunde Pilcher eingeschlafen«, sagte sie etwas zerknirscht und lächelte ihn treuherzig an.

Norbert nickte und biss in sein Brötchen. Mit der freien Hand zog er den Schlüssel aus seiner Hosentasche. »Fällt dir dazu etwas ein?«, fragte er, als er seinen Bissen heruntergeschluckt hatte.

Gudrun griff über den Tisch und nahm den Schlüssel in die Hand. Langsam drehte sie ihn vor ihren Augen hin und her. »Puh, schwer zu sagen ... aber irgendwie kommt mir der bekannt vor ...«

Norberts Augen wurden groß, als das Adrenalin in seinen Kopf schoss.

»Wo? Wo hast du den schon mal gesehen?«

Er stand bei seinen »Ermittlungen«, wenn er sie denn so nennen konnte, ganz am Anfang. Er hatte absolut keine Ahnung, wo Katharina war oder was ihr zugestoßen sein könnte. Jeder noch so kleine Strohhalm konnte dafür sorgen, dass er die Sache aufklärte und die Frau fand. Auf einer unterbewussten Ebene war er sich zwar sicher, sie auf den Bahamas in einem Urlaub vorzufinden, aber eine andere Stimme sagte ihm, dass es sehr wohl etwas Ernstes sein könnte. Dennoch hatte Norbert kaum die Absicht, das alles vor den Kollegen aus Holtberg geheimzuhalten. Wenn es brenzlig wurde, würde er die Polizei hinzuziehen. Egal, was Frau Baumann senior für einen Aufstand machte.

Gudrun hatte den Schlüssel vor sich auf den Tisch gelegt und rieb sich nun die Nasenwurzel mit Daumen und Zeigefinger der linken Hand, während sie die Augen zusammenkniff. »Ich weiß nicht ... wo hast du ihn noch mal gefunden?«

»In Katharinas Schreibtischschublade in einem Metallkästchen«, sagte Norbert.

»Darfst du das überhaupt haben, Norbi?«

Er druckste herum. »Ja ... obwohl ... wahrscheinlich eher ... nein Gudi ... nein, nein höchstwahrscheinlich nicht.«

Sie schüttelte ungläubig den Kopf. »Also wenn ich dich nicht so lieben würde, hätte ich dich glatt angezeigt«, sagte sie, aber das Schmunzeln in ihrem Mundwinkel gab ihm zu verstehen, dass sie ihn nur aufzog.

Norbert antwortete nicht darauf, sondern beugte sich vor, als sie den Schlüssel vor ihren Augen erneut hin und her wendete. »Was war das bloß, was war das bloß ...«, sinnierte Gudrun vor sich hin, während Norbert gespannt auf seinem Stuhl hockte.

Schließlich ließ sie den Schlüssel sinken und sah ihn bedauernd an. »Ach, ich weiß nicht mehr, wo ich das gesehen habe«, sagte sie und gab ihm den Schlüssel zurück. »Tut mir leid, Norbi.«

Seine Enttäuschung musste man ihm angesehen haben, denn Gudrun nickte ihm aufmunternd zu. »Du wirst schon darauf kommen, da bin ich mir ganz sicher!«

Er war sich da nicht so sicher, wollte sich aber nicht mehr weiter damit auseinandersetzen. Vorerst galt es, das Frühstück zu genießen.

Eine Stunde später saß Norbert im Volvo und fuhr in Richtung Holtberg. Er wollte sich noch einmal allein in Frau Baumanns Wohnung umsehen. Vielleicht würde er ja Hinweise finden, die ihm Einblicke über ihren Verbleib oder den mysteriösen Schlüssel mit den seltsamen, zerkratzten Buchstaben gaben.

Norbert fuhr durch den Vormittag und pfiff eine Melodie, die ihn an wärmere Tage erinnerte. Verdutzt stellte er fest, dass es sich um *Alle meine Entchen* handelte. Nur gut, dass er alleine im Auto saß und das niemand mitbekommen hatte. Mittlerweile schlich sich der Winter an und er musste acht auf die Straße geben, damit er nicht (erneut) im Graben landete. Ein weiteres Mal würde das der Volvo nicht mehr wegstecken können.

Die Wintersonne schien durch die Windschutzscheibe und gab ihm Höhenflüge. Vergessen waren die schweren Wochen zuvor und die verschwundene Katharina, vergessen seine Beurlaubung und Gudruns Drohung, dass er nächste Woche mit zur Wassergymnastik kommen würde. Norbert fühlte sich mit einem Mal fünf Jahre jünger als gestern. Obwohl dieser Gedanke an sich bereits unlogisch war, erfüllte er seinen Geist trotz allem mit einer unendlichen Lebensfreude.

Und in diesem glücklichen Zustand entschied er etwas, was den Lauf der Ermittlungen nachhaltig beeinflussen sollte.

KAPITEL 14

Der Kommissar würde heute nicht den gewohnten Weg nach Holtberg nehmen.

Nein. Stattdessen würde er auf der Stadtautobahn um den Ort herum und von der entgegengesetzten Seite hereinfahren. Er freute sich schon jetzt auf das Abenteuer. Eine kleine Stimme in seinem Kopf warnte ihn davor, dass er sich unsagbar weit verfahren und dann die Nacht unter der Brücke verbringen würde, doch er ignorierte sie. Zu schön schien die Sonne auf das Autodach und nahm ihm unter der Blende hindurch die Sicht.

Zur Not würde er nach dem Weg fragen.

Plötzlich blitzten vor ihm die Rücklichter einiger Wagen auf und Norbert trat auf die Bremse. Mit einem Lächeln auf dem Gesicht betätigte er die Warnblinkanlage, als die Fahrer vor ihm das Gleiche taten. Nicht einmal ein Stau würde ihm auf dieser Fahrt die Laune verderben können.

Als er eine halbe Stunde später immer noch im Stop-and-Go unterwegs war, begann Norbert immer mehr an diesem Gedanken zu zweifeln. Der Verkehr rollte zäh wie Kaugummi und manchmal auch gar nicht mehr. Neben ihm war ein Fahrer damit beschäftigt, Zeitung zu lesen, dahinter stützte eine Frau ihre Füße auf das Lenkrad, um sich die Nägel zu lackieren. Manche Menschen waren aufgrund ihrer Beweglichkeit wirklich zu beneiden, dachte Norbert. Hoffentlich holte hier nicht noch jemand einen Fußball heraus und kickte dann um die stehenden Autos herum.

Als er seinen Blick über die Szenerie der Großstadt schweifen ließ, fiel ihm ein kleines, blaues Schild ins Auge. Es war an einem Transporter einige Autos vor ihm angebracht und wäre ihm wahrscheinlich gar nicht aufgefallen, wenn sich nicht das Gelb der gestrichelten Umrandung so scharf vom Blau des Stickers abgehoben hätte. Norbert musste die Augen stark zusammenkneifen, um die Aufschrift zu erkennen. Doch so sehr er sich auch bemühte, er konnte die Buchstaben einfach nicht auseinanderhalten. In der Entfernung verschwammen sie zu einer undefinierbaren, farbigen Masse.

Der Kommissar checkte die Außenspiegel, dann setzte er den Blinker und drängelte sich zwischen zwei Autos auf die Überholspur.

Lautes Hupen begleitete ihn.

»Jaja«, rief Norbert und beachtete den Fahrer gar nicht, der ihm kurz darauf fast in die Heckklappe kroch. Es schien, als habe er im Rückspiegel einen erhobenen Mittelfinger erkannt, doch er konnte es nicht genau sagen.

Der Lieferwagen war plötzlich verschwunden und Norberts Herzschlag beschleunigte sich.

Hatte er ihn etwa verloren?

Hektisch drückte er auf die Hupe und jagte eine ältere Dame in einem verrosteten Toyota von der Spur, um weiter nach vorne zu kommen. Auch wenn die Frau es nicht hörte, sprach Norbert in seinem Auto eine Entschuldigung an sie aus. Dann erkannte er hinter sich Blaulicht.

»Gute Idee«, dachte Norbert und fing gleich darauf an, zu grinsen. Er hatte ja noch die blaue Rundumleuchte im Kofferraum! Sofort begann er, mit einer Hand nach seinem Polizeiausweis zu kramen, da fiel es ihm wieder ein: Er war ja beurlaubt. Und man hatte alle Gegenstände aus dem Volvo entfernt, die etwas mit seiner Polizeiarbeit zu tun hatten. Zu seinem Glück hatte man dabei in einer Ritze zwischen den Verkleidungen des Kofferraumes auch ein altes Butterstück gefunden und dieses gleich mit entsorgt. Nun wusste er also, warum der Kofferraum im Sommer immer so bestialisch gestunken hatte!

Aber leider war ebenso die Rundumleuchte entwendet worden. »Jetzt müssen Sie eben früher aufstehen, wenn Sie beim Bäcker noch frische Brötchen bekommen wollen«, hatte ihn Edmundson von der Spurensicherung verhöhnt.

Als wenn Norbert je das Blaulicht für solch niedrige Zwecke verwendet hätte. Pah.

»Verdammte Axt!«, rief er in einem für ihn untypischen Anfall von plötzlicher Wut und haute auf das Lenkrad. Versehentlich erwischte er dabei jedoch die Hupe und mit einem Mal erklang ein lang gestrecktes Heulen aus der Motorhaube des Volvos.

Vor Schreck riss Norbert die Arme in die Höhe, doch es schien, als sei das passiert, wovor sich jeder Autofahrer fürchtete:

Die Hupe klemmte.

Mittlerweile sahen sich einige Fahrer zu ihm um und wollten wissen, welcher Irre dort lautstark auf sich aufmerksam machen wollte. Mit weit aufgerissenen Augen hieb Norbert auf sein Lenkrad ein, doch es schien nichts zu helfen.

»Alter, wir stehen hier alle im Stau! Mach den Lärm aus«, war die erste Bemerkung, die ein Autofahrer, der weiter vorne stand, zu ihm hinüberschrie. Um Norbert diese wichtige Mitteilung zukommen zu lassen, war der Fahrer extra ausgestiegen und hatte seine Faust beim Sprechen gen Himmel gestreckt. Über die Hupe verstand der Kommissar jedoch keinen Ton.

Gleich danach stieg auch im Auto direkt vor ihm ein muskelbepackter Bubi aus, dessen kurze, straff gegelte Haare wie Stacheln nach oben standen. Die Spitzen seiner Frisur waren blond gefärbt und ein Tattoo zog sich die rechte Halsseite hinauf. Er trug eine Bomberjacke und eine zerrissene Jeans mit Cowboystiefeln.

Auch das noch.

Norbert biss sich auf die Zunge, während der schrille Ton seiner Hupe die Luft zerschnitt. Ein weiterer Mann stieg aus dem Auto rechts vor ihm.

Dieser sah ähnlich irritiert aus wie die anderen beiden. Doch wenigstens nicht so gefährlich wie der Bubi, der es nun bis neben Norberts Fahrzeugtür geschafft hatte.

»Mach das Geplärre aus, Alter, sonst setzt es gleich eine!«, knurrte er, musste jedoch schreien, um über den Ton der Hupe überhaupt gehört zu werden. »Hast du ein Problem, wie ich fahre, oder was?«

Norbert hörte nur bruchstückhafte Wortfetzen wie: »Hach ... deine ... schönen Haare, krass« und fuchtelte in seiner Verzweiflung immer wilder herum.

Auch wenn diese Leute anscheinend nur zu ihm gekommen waren, um ihm Komplimente zu machen, wollte er diese Kerle nicht mit seiner Dauerhuperei verärgern. Wieder und wieder haute er auf das Lenkrad, was den Ton jedoch nicht zum Verstummen brachte. Schließlich stieg er aus und stieß dem tätowierten Typen dabei fast noch die Tür vor den Kopf. Dieser wurde rot vor Wut.

»Es tut mir leid, meine Hupe hat sich verhakt!«, schrie Norbert über den Ton hinweg.

»Was?«, brüllte der Muskelmann.

»Meine Hupe! Meine -«

Er gab es auf. Besiegt zuckte Norbert die Schultern und stieg unter dem Fluchen der Umstehenden wieder ein. Auch der Muskeltyp stieg überraschend wieder in sein Auto und hielt sich dabei die Ohren zu. Norbert schaltete die Zündung aus, doch leider behob dies das Problem nicht.

Und zu allem Überfluss sah er zehn Autos weiter vor sich den Lieferwagen mit dem Aufkleber durch den sich auflösenden Stau davonfahren.

»Das darf doch nicht wahr sein!«, schrie er und knallte, gestresst durch den Lärm, erneut die Hand auf das Steuer.

Ein Glück.

Wie durch ein Wunder erstarb das nervige Geräusch seiner Hupe. Im selben Moment schien der Verkehr wieder ins Rollen zu kommen und Norbert startete erleichtert den Volvo. Er ordnete sich hinter den anderen Wagen ein, die sich in ein Reißverschlussverfahren fädelten, und kam kurze Zeit später an einer abgesperrten Baustelle vorbei, in der ein Wagen in frisch ausgebrachten Asphalt gefahren war. Das Auto steckte mit dem linken Vorderreifen im Bitumen fest, der so neu gewesen sein musste, dass sich das Material direkt mit dem Gummi verband. Bauarbeiter standen darum und gestikulierten mit dem Fahrer, der offenbar in Norberts Alter war.

Er konzentrierte sich auf die Autos vor sich und konnte in der Ferne den weißen Lieferwagen erkennen. Oder zumindest glaubte er, es sei der mit dem Sticker. Dieser fuhr gerade an einer Abfahrt ab. Norbert zögerte nicht, zog das Lenkrad nach rechts und jagte hinter dem Kastenwagen her, der nach der Ausfahrt direkt über Gelb fuhr und Norbert an der roten Ampel stehen ließ.

»Mist ... was für ein Scheißtag«, meckerte der Kommissar und holte schon aus, um wieder auf das

Lenkrad zu schlagen. Im letzten Moment besann er sich und ließ die Hand unendlich langsam auf das Steuer gleiten, um es zart zu streicheln. »Nichts für ungut, ja?«, murmelte er. Komisch. Normalerweise hatte er doch auch keine angestauten Aggressionen. Er beschloss, heute Abend zu Hause einmal das Blutdruckmessgerät zu verwenden.

Die Ampel schaltete auf Grün und Norbert würgte den Wagen ab, weil er zu hastig Gas gab. Beim nächsten Anlauf klappte es und der Kommissar schoss über die Kreuzung. Hoffentlich holte er den Lieferwagen noch ein!

Doch das Glück schien heute nicht auf Norberts Seite zu sein. Als er an die nächste Kreuzung kam, konnte er weit und breit niemanden sehen.

Er hatte den Transporter verloren. Und damit eine mögliche Spur, Katharina zu finden.

Enttäuscht fuhr Norbert noch weiter, drehte um, patrouillierte zurück. Schließlich hielt er am Straßenrand an und schaltete den Wagen ab. Er hatte keine Ahnung, wo er sich befand. Zu allem Überfluss schien die Stadt hier sogar in ein Industriegebiet überzugehen, denn rechts von sich sah er das Gelände einer alten Papierfabrik. Es war mit Maschendrahtzaun und zusätzlich Stacheldraht gesichert, doch irgendwie hatten es die Rowdys, wie überall, hineingeschafft und die alte Fassade mit Graffitis beschmiert. Der Kommissar seufzte und stieg aus. Seine Uhr ging auf Mittag zu und hier war nirgendwo etwas, wo man eine Mahlzeit zu sich nehmen konnte. Dieser Fakt brachte die Laune in einen gefährlichen Tiefstand.

Die Schornsteine der alten Papierfabrik ragten in den Himmel, der sich so langsam bewölkte. Dahin war die gute Stimmung, in der er heute Morgen noch losgefahren war. Norbert wünschte sich nichts sehnlicher, als dass er doch den alten Weg genommen hätte. Sicher wäre er dann sogar schon wieder auf dem Heimweg gewesen. Er verfluchte seinen Übermut und kickte eine leere Konservendose gegen den Zaun.

Ein Schaudern ging durch den Maschendraht und es war ihm, als würde er in der Ferne ein Rasseln vernehmen.

Irritiert kniff der Kommissar die Augen zusammen.

Die Fabrik schloss direkt an den Wald an und die Natur holte sich Stück für Stück zurück, was ihr gehörte. Überall brachen kleine Schösslinge durch den Beton, die den Weg ins Sonnenlicht gefunden hatten. Sie würden kämpfen müssen, ihr ganzes Leben, dachte er.

Das Geräusch wiederholte sich nicht. Norbert stieg in den Volvo und ließ die Papierfabrik im Rückspiegel hinter sich zurück.

Nichtsahnend, dass er Katharina Baumann zum Greifen nah gewesen war.

KAPITEL 15

Fünfunddreißig Minuten später irrte Norbert noch immer durch Seitenstraßen, überquerte Kreuzungen, bremste in letzter Sekunde an Fußgängerüberwegen, die er übersehen hatte, und war hilflos in Holtberg verloren.

»Es reicht«, sprach er wütend und parkte den Volvo an der erstbesten Möglichkeit. Norbert zog das Handschuhfach auf und entnahm sein Portemonnaie. Er musste einfach irgendetwas zum Essen finden, erst dann würde er seine Fahrt mit klarem Kopf und vollem Magen fortsetzen können.

»Passen Sie doch auf, Opa!«, schrie ein Fahrradfahrer, als der Kommissar die Fahrertür des Volvos unbedacht öffnete und diesen fast vor sein Bike drückte. »Was für eine Stadt«, raunte Norbert und lief immer der Nase nach.

Zwei Straßen weiter blieb er abrupt stehen.

Groß und blau-gelb prangte das Schild auf dem riesigen Firmengelände, sodass man es schon von Weitem sehen konnte.

»GERDS GARAGEN«, las er. Es war die gleiche Farbgebung wie auf dem Schlüssel und obwohl dieser fast bis zur Unkenntlichkeit zerkratzt war, war Norbert sich sicher, hier an der richtigen Adresse zu sein.

Vor einem massiven Zaun konnte er ein Gebäude erkennen, das wie ein Pförtnerhäuschen wirkte und hinter ihm Reihen um Reihen mit Garagen. Es mussten an die zweihundert sein, wenn nicht sogar mehr. Norbert wurde schwindelig bei dem Gedanken, dass er diese im schlechtesten Fall alle mit dem Schlüssel durchprobieren musste. Er lief zu seinem Auto zurück, stieg ein und fuhr zu den Garagen. Ungeduld schlich sich ein.

In dem kleinen Pförtnerhäuschen saß niemand. Norbert wartete gute zwanzig Minuten. Doch es kam keiner. So lange konnte doch keine Toilettenpause sein! Es sei denn, es geisterte hier schon wieder ein Magen-Darm-Virus durchs Volk. Er hoffte, Letzteres ausschließen zu können. Der Kommissar beschloss, der Sache auf den Grund zu gehen.

Dem Pförtnerhäuschen.

Nicht dem Magen-Darm-Virus.

Vielleicht gab es ja eine Klingel, mit der man auf sich aufmerksam machen konnte. Zügigen Schrittes näherte er sich dem Häuschen und erkannte, dass es etwas schräg versetzt eine Schranke gab, die derzeit geschlossen war. Von seiner Position aus hatte er sie nicht erkennen können.

Als er näher herantrat, fiel ihm auf, dass das Objekt von innen offenbar schon länger nicht mehr gereinigt worden war. Die Scheibe, die auf den Garagenplatz schaute, war vergilbt und fleckig und im Inneren konnte Norbert Papierstapel, einen umgekippten Kaffeebecher und einen Monitor erkennen, bei dem der Bildschirm eingeschlagen war.

Was war das denn bitte für ein Pförtner?

Wie konnte man so arbeiten?

Kopfschüttelnd lief Norbert um die Pförtnerhütte herum, bis er an der Seite eine Tür fand. Diese war von innen vergittert, schien jedoch offen zu sein. Die Türklinke war rostig und mit etwas Undefinierbarem beschmiert.

Himmel.

Hier hatte man wirklich keinen Anstand, was einen Arbeitsplatz anging.

Als er angeekelt einen Schritt zurücktrat, fiel ihm ein Zettel auf, der in der Tür klebte.

SELBSTBEDIENUNG
Unsere Schlüssel öffnen die Schranke automatisch. Bitte verhalten Sie sich auf dem Gelände ruhig und sauber und neben Sie Rücksicht auf Ihre Garagennachbarn.
Happy storing!
Ihr Team von GERDS GARAGEN

Selbstbedienung? Norbert lief zurück zum Volvo und setzte sich hinters Steuer. Langsam wendete er den Wagen und fuhr an die Schranke heran. Jetzt erkannte er, dass zu seiner Linken ein kleines Terminal angebracht war. Darauf klebte ein Schild:

Hier Schlüssel scannen
Zügig durchfahren
Schranke schließt automatisch

Mit etwas Mühe beugte sich Norbert aus dem Fenster, nachdem er es voll heruntergekurbelt hatte. Doch es reichte nicht. Sein Arm war zu kurz.

Oder der Bauch zu dick.

Na, eher war der Arm zu kurz.

Norbert stieß die Tür auf und rauschte damit versehentlich gegen das Terminal. Fluchend setzte er sich wieder hinters Steuer, fuhr ein paar Schritte zurück, stieg dann aus und lief bei geöffneter Fahrertür und laufendem Wagen zum Bedienfeld. Er hielt den Schlüssel vor eine schwarze Klappe, wartete einen Moment und tatsächlich – ein Rattern ertönte und die Schranke ging nach oben!

Erfreut über seinen Erfolg rannte er zum Volvo zurück und warf sich hinters Steuer. Er gab zu viel Gas und der Wagen machte einen Sprung vorwärts, doch nicht weit genug. Schon schloss sich die Schranke wieder und knirschte auf dem Dach entlang. Norbert versuchte noch, sich zu beeilen, und drückte das Gaspedal heftig durch, doch es war bereits zu spät. Unter kreischendem Lärm rutschte die Schranke einmal komplett über das restliche Dach und dann noch über den abstehenden Kofferraum. Norbert schloss die Augen, hielt inne und tat so, als sei das Ganze gerade nicht passiert.

Er war aufgeregt, das Hungergefühl wie weggeblasen. Er sah sich um und entschied sich dazu, immer der Nase nach zu fahren. »Na dann wollen wir mal sehen, wo hier die 137 ist ...«

Wäre jeder Moment seines Tages so spannend, würde er sicher von seinem Gewicht herunterkommen. Wohin würde ihn der Schlüssel wohl führen?

Grauenhafte Bilder fluteten ab und an seinen Kopf und dämpften das Gefühl der Vorfreude ein wenig. Er fühlte sich schmutzig bei dem Gedanken, in Katharina Baumanns privaten Gegenständen herumzukramen. Andersherum, was lagerte man denn in einer Garage ein? Höchstens Bücher, Schallplatten – CDs korrigierte er sich in Gedanken - vielleicht auch ein paar Kleidungsstücke. So heruntergekommen wie diese Firma aussah, glaubte er nicht, dass Katharina etwas von Wert hier aufbewahrte. Er bog um eine Ecke und ließ eine weitere Reihe Garagen hinter sich. Alle hatten billige Blechtore im gleichen Blauton wie das Firmenschild. Und auf jeder stand eine große, in gelber Farbe gemalte Zahl.

Nur leider nicht numerisch aufsteigend.

Neben der 20 prangte die 142, gleich darauf die 56.

Wer hatte sich das nur ausgedacht? Logische Abfolgen schienen demjenigen kein Begriff zu sein. Oder dieser jemand wollte die Welt einfach nur brennen sehen und erfreute sich an suchenden Mietern, die über das ganze Gelände rennen mussten.

Stirnrunzelnd fuhr Norbert langsam an den Toren vorbei und sah immer wieder abwechselnd nach rechts und links. Zwischendrin musste er anhalten und den Schlüssel herauskramen, um sich zu erinnern, nach welcher Zahl er überhaupt suchte. Doch nach einer halben Stunde des Umherirrens, in der Norbert gefühlt überall ein Dutzend Mal entlanggefahren war, kam er an eine Garage ganz am Ende einer Reihe. Diese sah fast noch heruntergekommener aus als die anderen und trug die große gelbe Nummer 137.

Etwas nervös parkte der Kommissar direkt davor. Die Sache hier fühlte sich wie eine Parodie auf Weihnachten an. Nur dass er statt eines Geschenkes ein Garagentor öffnen würde. Und das mit seltsam abstrakten Gefühlen. Wer wusste schon, was sich hinter dem Tor verbarg?

Hoffentlich keine Kampfhunde.

... bitte keine Kampfhunde!

Norbert, du bist ein Idiot, schalt er sich. Wahrscheinlich war dort drin nichts Besonderes ... und mit an Sicherheit grenzender Wahrscheinlichkeit keine lebenden Tiere!

Sich selbst in Gedanken Mut zusprechend, zog er den Schlüssel aus der Hosentasche hervor und lief zum Garagentor. Er ließ ihn ins Schloss gleiten, atmete noch einmal tief durch und zog dann an dem Griff, der das alte, rostige Tor nach oben fahren ließ. Es ratterte in seiner Führung, als es sich bewegte. Norbert musste die Augen zusammenkneifen, als sich einige Stückchen Dreck lösten und ihm entgegenflogen. Als er sie wieder öffnete, breitete sich kurzzeitig ein Gefühl der Erleichterung in ihm aus.

Keine Kampfhunde.

Wie erstarrt blieb er vor der Garage stehen und besah sich erst einmal alles genau. Auf der linken Seite gab es die nackte Betonwand. Auf der rechten Seite ebenfalls.

Der Gegenstand seines Interesses stand direkt in der Mitte. Präsentiert wie der Hauptpreis bei einer Bingo-Runde, wartete angelehnt an einen dünnen Ständer ein futuristisch aussehendes, schwarzes Motorrad auf den neugierigen Betrachter. Daneben lag ein Bündel dunkler Klamotten sowie ein ebenfalls schwarzer Motorradhelm.

Norbert ging einen Schritt über die Schwelle und besah sich das Bike genauer. Es war schmutzig, schien aber dennoch gepflegt. Die Profile waren bereits etwas abgefahren, aber in ihren Rillen klebte noch etwas Erde. Über dem Lenker hing, flüchtig darüber geworfen, eine schwarze Lederjacke ohne Patches oder Aufnäher, die auf den Besitzer geschlossen hätten. Die Lackierung des Motorrads war durchweg schwarz und matt, was Norbert für ungewöhnlich hielt. Normalerweise kannte man solche Bikes nur von den neuesten Spionagefilmen aus Hollywood oder experimentellen Automobilmessen, wo Konzeptfahrzeuge vorgestellt wurden. Norbert hatte so etwas höchstens einmal im Fernsehen gesehen. Er fand daran auch kein großes Interesse. Für ihn gab es nur eine Marke, ein Baujahr, ein Modell und das parkte draußen vor der

Garage. Dem Kommissar war noch sein Missgeschick vor dem Bikerklub in Erinnerung, weshalb er vorerst lieber Abstand von dem Motorrad hielt.

Er beschloss stattdessen, sich das Bündel auf dem Boden näher zu betrachten, und bückte sich, ohne etwas anzufassen. Es handelte sich offenbar um eine Lederhose. Daneben lagen flüchtig hingeworfen ein paar schwarze Lederboots, deren Schnürung noch halb geschlossen war. Ein Helm, schwarz, aber diesmal nicht matt, sondern glänzend lackiert, lag daneben und war auf das Visier gedreht.

Und was darin steckte, ließ den Kommissar bestürzt begreifen, wie sehr man sich doch in Menschen täuschen konnte.

KAPITEL 16

Eine Handfeuerwaffe.

Was suchte eine Waffe in Katharinas Garage, dazu in einem Motorradhelm, der ihr gehören musste? Norbert kam nicht umhin, nun doch wieder Dinge zu berühren, welche er wahrscheinlich besser nicht berühren sollte. Aber diesmal war er vorbereitet.

Er lief zum Wagen und riss aus dem Handschuhfach eine Tüte mit grünen Haushaltshandschuhen, die er sich überzog. Er hatte sie zu Hause aus dem Schrank unter der Küchenspüle entwendet und es waren die Letzten gewesen. Hoffentlich brauchte Gudrun heute keine zum Abwaschen. Vielleicht würde sie ja dann ein für alle Mal die teure Spülmaschine benutzen, die Norbert ihr vor etlichen Jahren gekauft hatte. Es konnte ja nicht für immer per Hand gespült werden, weil es sich nur um »ein paar Kleinigkeiten« handelte.

Er lief zurück und stieß den Helm an, sodass die Waffe herausfiel.

Es war ein schweres Modell. Auf dem Griff konnte Norbert ein rundes Logo erkennen und auf dem Lauf stand eingraviert: »BERETTA«.

Urplötzlich ließ der Name eine Erinnerung in seinem Gehirn explodieren.

»Sehen Sie nicht, dass das eine klassische Schießerei im Vorbeifahren war? Die Schusswaffe war eine Pistole, wahrscheinlich eine halbautomatische. Die Patrone passt dazu. Ich schätze, SigSauer. Vielleicht auch eine Beretta. Auf jeden Fall selbst nachladend.«

…

»… Vielleicht auch eine Beretta …«

Norbert schwankte kurz, als Übelkeit in ihm aufstieg.

Nein.

Das konnte nicht sein.

Ein Zufall. Nichts weiter.

Niemals hätte Katharina Baumann …

Er stolperte vor die Tür, als die Manifestierung der vermeintlichen Realität ihn ergriff. Tief durchatmend stützte er sich mit einer Hand an der Wand ab. Er hätte alles für ein kühles Glas Wasser gegeben.

Oder für eine Erklärung.

Als die Übelkeit verebbte, richtete er sich auf und lief vor der Garage auf und ab. Immer wieder warf er einen Blick hinein, sah das Motorrad und die Waffe und wusste nicht, was er tun sollte.

»Was für eine verlogene Person Sie doch sind, Katharina …«, murmelte er, »wie tief sind Sie gefallen?«

Der Himmel hatte sich bereits zugezogen und in diesem Moment fielen die ersten dicken Tropfen direkt auf Norberts Kopf. Fluchend lief er zur Garage und knallte das Tor zu, dann eilte er zum Volvo und setzte sich hinters Steuer, ohne den Wagen anzuschalten.

Er musste nachdenken.

Die Erinnerung an ihren Kommentar am Tatort unter der Brücke war wie aus dem Nichts in ihm aufgestiegen. Doch seltsamerweise so plötzlich, als habe sein Unterbewusstsein nur darauf gewartet, ihm diese Erkenntnis zu präsentieren. Als kurz darauf wieder etwas Ruhe in ihm einkehrte und sein Herzschlag sich verlangsamte, wurde ihm klar, dass noch gar nichts bewiesen war. Katharina konnte auch einfach nur Spaß am Motorradfahren haben und ihre Dienstwaffe in der Garage lagern.

Obwohl sie die doch immer aus dem Handschuhfach ...

Norbert kniff die Augen zusammen. Er war sich nicht sicher, ob das, was ihm sein Gehirn hier als Zusammenhang präsentierte, denn auch der Wahrheit entsprechen konnte. Bis er Waffe und Patrone hätte untersuchen lassen, konnte er keine festen Schlüsse ziehen. Dennoch kam ihm die Angelegenheit schon jetzt seltsam vor.

Wieso hatte Katharina Baumann, *Kriminaloberkommissarin* Katharina Baumann, eine Garage im hintersten Winkel von Holtberg?

Wieso war der Schlüssel dazu bis zur Unkenntlichkeit zerkratzt und lag in einer extra gesicherten Schatulle, deren Schlüssel an der Unterseite der nächst oberen Schublade versteckt gewesen war?

Warum hatte sie ein experimentell und sehr teuer aussehendes Motorrad in der Garage, direkt neben einem Stapel Bikerklamotten?

Und was gab es bitte für einen *logischen* Grund, hier eine Handfeuerwaffe zu lagern?

Mord, Norbert.

Mord.

Das ist der Grund.

Der Kommissar rang mit sich.

Laut seinem Kenntnisstand durfte man in Deutschland eine Waffe nur mit einem aktiven Waffenschein führen. Ausgeschlossen davon waren, soweit er wusste, nur Wasserpistolen. Katharina hatte als Polizeibeamtin ja die Berechtigung, eine Schusswaffe zu besitzen. Norbert beschloss, sie sich noch einmal genauer anzusehen.

Mittlerweile hatte der Regen zugenommen und prasselte stetig auf das Autodach, um gleich darauf die Windschutzscheibe herunterzulaufen. Ein Blick in den Rückspiegel versicherte ihm, dass er wahrscheinlich immer noch alleine auf dem Garagengelände war. Der Kommissar stieg aus und rannte die wenigen Meter zurück zur Garage, in der er sich kurz darauf in Sicherheit vor der Nässe brachte. Dann bückte er sich und studierte seinen Fund genauer.

Der bedeckte Himmel tauchte alles ins Schummerlicht, was die Sicht ohne Lampe erschwerte, dennoch konnte Norbert einige Einzelheiten an der Pistole erkennen. Der Griff war breit und schwarz geriffelt. Zwei winzige schwarze Schrauben hielten ihn zusammen und in der Mitte prangte das runde Logo der Firma: Drei nach oben zeigende Pfeile, die ihrerseits drei Kreise kreuzten. Darunter stand, im Halbkreis geschrieben:

P. Beretta.

Weiter oben gab es einen roten Knopf und mehrere Schalter und Hebel. Norbert konnte sich nicht mehr an das letzte Schusstraining erinnern, nur daran, dass er aus Versehen ein Mettbrötchen gegessen hatte, von dem ihm den ganzen Tag schlecht gewesen war. Wozu all diese Knöpfe und Hebel gut waren, wusste er nicht. Er erkannte einen Schalter zum Entladen der Waffe, den Abzugsbügel und die Sicherung. Außerdem den außen liegenden Hahn, der gespannt werden musste.

Auf dem Lauf stand in breiten Buchstaben:

READ MANUAL BEFORE USE.

Wenn Norbert sich auch mit Schusswaffen nicht so gut auskannte, eines wusste er:

Das war definitiv nicht ihre Dienstpistole.

KAPITEL 17

Er widmete sich dem Motorrad. Als er nun näher kam, erkannte er, dass die Karosserie durchaus nicht rein schwarz lackiert war. Vielmehr waren die schwarzen Flächen durch dunkelgraue Akzente durchbrochen, was der ganzen Maschine ein brutales, gewalttätiges Aussehen verlieh. Aggressiv ragten die spitzen Verkleidungen an der Seite vorbei nach hinten. Unter dem Sitz gab es einige bunte Schläuche, die geschickt vom Fahrer verdeckt werden würden, wenn dieser auf der Maschine Platz nahm. Die Speichen waren schwarz und gezähnt und ihre Form ähnelte dem eines fünfzackigen Sterns. Vorne waren sie durchlöchert, als hätte jemand mit der Schrotflinte darauf geschossen. Ein winziges Visier sollte wohl den Fahrer vor Insekten schützen und ja, Norbert konnte einige undefinierbare Flecken darauf erkennen, die wohl zu unglücklichen Krabbeltieren gehören mussten. Der straff gespannte Sitz sah, trotz der eigentümlichen Form, durchaus bequem aus.

Er widerstand dem Drang, darüberzustreichen. Seine Gedanken flogen durcheinander. Die Kleidung fiel ihm ins Auge.

Dadurch, dass er hier zur Sicherheit nichts durcheinanderbringen wollte, konnte er auch nicht die Klamotten aufheben und nach Spuren suchen. Aber wieso eigentlich nicht? Immerhin konnte er ja nicht die Spurensicherung aus Holtberg rufen ... oder etwa doch?

Norbert lief nervös im Kreis. Dabei löste sich einer seiner Schnürsenkel und ließ ihn stolpern. Er beugte sich nach unten, entschied dann jedoch, sich direkt auf den Hintern plumpsen zu lassen, um nicht die Balance halten zu müssen. Zu seinem Erschrecken rannte mit einem Mal ein kleiner Junge im Regenmantel am geöffneten Garagentor vorbei.

Ihre Blicke streiften sich.

»Weniger Moped fahren und mehr laufen Opa, dann hast es auch nicht mehr so schwer beim Sitzen!« Kurz darauf flitzte er lachend durch den Regen davon.

Norbert knurrte. Was man sich alles gefallen lassen musste. Gut, dass der Bengel ihm wenigstens keine dummen Fragen gestellt hatte. Er hatte mit den Schnürsenkeln zu kämpfen. Durch die Gummihandschuhe, die er partout nicht ausziehen wollte, gestaltete sich das Zubinden schwer. Je länger er außerdem an diesem Ort verweilte, umso verwirrter wurde der Kommissar. Normalerweise dürfte er nicht einmal hier sein. Wenn er nun auch noch Dinge durchwühlte, verwischte er am Ende noch Spuren. Das wollte Norbert auf gar keinen Fall. Aber eigentlich hatte er das ja auch schon in Katharinas Wohnung getan. Er steckte da schon wieder viel zu tief drin. Sollte er sich durch seine eigenen Ermittlungen jetzt wieder selbst kompromittieren, würde das Gudruns Nerven auf eine harte Probe stellen. Er würde vorsichtig agieren müssen. Bis jetzt wusste noch niemand von Katharinas geheimem Leben außerhalb der glänzenden Polizeikarriere.

Doch nur, weil er hier eine Waffe und eine Bikerausrüstung fand, bedeutete das noch lange nicht, dass Katharina eine -

Seine Gedanken stoppten.

Eine Mörderin war.

.... Oder aber sie arbeitete undercover, was auch ihr Verschwinden erklären könnte.

Er ließ das einen Moment einsinken, schob es dann beiseite und kam zurück zum eigentlichen Problem: Norbert war beurlaubt. Offiziell durfte er *gar keine* Dinge tun, die mit seiner Tätigkeit als Polizeikommissar zusammenhingen. Dazu gehörte auch, sich in alte Garagen von irgendwelchen Personen hineinzuschleichen.

Oder die Schlüssel dafür aus verlassenen Wohnungen zu klauen.

»Norbert, Norbert ... in was bist du hier nur schon wieder reingeraten?«, murmelte er, als er vollkommen verloren in der Garage stand und das Motorrad anstarrte. Weil er offiziell also gar nicht hier sein durfte, würde er auch nicht die

Spurensicherung rufen, so viel war nun sicher. Das hatte er schließlich in der Wohnung auch nicht getan, obwohl es dafür, weiß Gott, genug Anlass gegeben hätte. Er musste das alleine regeln.

Was gleichzeitig aber auch bedeutete, dass er sich hier doch in Ruhe umschauen konnte. Immerhin hatte er Gummihandschuhe an.

Vielleicht fand er dabei ja etwas, das ihn auf Katharinas Fährte führen konnte?

Norbert atmete tief durch. Wieso nur musste immer *er* sich mit diesen Dingen beschäftigen? Er überlegte. Ohne Hilfsmittel würde er an dem Motorrad und der Waffe kaum Untersuchungen anstellen können, die über bloße Sichtung hinausgingen. Blieb nur noch die Kleidung. Er seufzte und hoffte, er würde nicht wieder irgendetwas finden, was ihn noch mehr aus der Bahn warf.

Zuerst widmete er sich der Lederjacke, die immer noch über dem Lenker hing. Sie war schwarz wie der Rest der Kleidung und hatte an der Seite ungefähr zehn Zentimeter hohe Schnürungen. Auf den Schultern gab es Klappen, die von silbernen Knöpfen gehalten wurden. Ansonsten führte ein schwarzer Metallreißverschluss vom Handgelenk hinauf bis fast zu den Ellbogen. Es gab zwar Taschen, diese stellten sich jedoch als leer heraus, als Norbert darin herumwühlte.

Die Lederhose auf dem Boden war ebenfalls schwarz, glatt und nicht glänzend. Wenn Katharina sie anzog – wenn das denn ihre Sachen waren, was immer wahrscheinlicher wurde – würden sie gut zu den unscheinbaren Boots passen, die daneben standen. Vorsichtig hob er die Stiefel an. Er konnte nichts Ungewöhnliches darauf entdecken. Sie waren dreckig und unter den Sohlen klebte Erde, die einmal feucht gewesen sein musste. Jetzt krümelte sie auf den Boden. Die Boots schienen zwar getragen, jedoch nicht abgetragen zu sein. Sie waren nicht allzu hoch und ganz vorn konnte er eine Schnürung und einige Schmucknieten erkennen. Sie wirkten gefährlich und brutal, was irgendwie zu Katharina passte. Norbert jedoch hatte diese Schuhe noch nie an ihr gesehen, weder sie noch die restliche Ausrüstung hier.

Irritiert runzelte er die Stirn. Die Sache wurde immer rätselhafter. Fast rechnete er damit, dass Katharina gleich um die Ecke kam, ihn mit den Stiefeln bis nach Hause prügelte und ihn dabei anschrie, was er in ihrer Garage zu suchen hatte.

Norbert stellte die Stiefel beiseite und widmete sich wieder der Hose. Eines der Beine war nach innen gekrempelt, als habe Katharina sie zu hastig ausgezogen. Nur wieso hatte sie sie in einer alten Garage versteckt?

Als der Kommissar die Lederhose vorsichtig aufhob, erübrigte sich die Antwort auf seine Frage.

Unter dem Klamottenbündel verbarg sich ein Blutfleck.

KAPITEL 18

Gerade als der Kommissar wieder einigermaßen klar denken konnte, hörte er, wie aus dem Volvo ein Ton erklang. Irgendetwas summte. Bis Norbert begriffen hatte, was es war, vergingen einige Sekunden.

Das Handy klingelte! Wie ein Besessener stürmte er sogleich zum Volvo und riss die Tür auf. Bäuchlings warf er sich über den Fahrersitz, grapschte nach dem Telefon und hielt es sich ans Ohr. Dort klingelte es weiter.

Verdammter Apparat!

Gudrun hatte darauf bestanden, dass Norbert ein Ersatzhandy bekam. Nach seiner Beurlaubung hatte er das Diensttelefon abgeben müssen und damit er nicht ohne eine Möglichkeit herumfuhr, auf der man ihn erreichen konnte, war seine Frau direkt in das nächste Geschäft gelaufen und hatte dort großzügig eingekauft. Norbert wusste nicht, wozu er ein neues Telefon für die nächsten Wochen brauchen sollte. Zur Mittagszeit war er ohnehin immer pünktlich zu Hause. »Irgendwie muss ich dich ja auch erreichen können, Norbert. Was ist, wenn das Haus brennt?«, hatte sie erklärt. Doch Norbert hatte nur die Braue hochgezogen. Komplett aus Glas schien das Gerät nicht für die tägliche Reise mit dem Kommissar geeignet zu sein.

Dazu kam, dass es wieder keine Tasten hatte.

War es so schwer für die Hersteller, mal ein Handy zu erfinden, was man als normaler Mensch tatsächlich bedienen konnte? Er schüttelte den Kopf, als ihm etwas einfiel. Computer hatten ja auch noch Tasten – hatten die kleinen Telefongeräte etwa zu wenig Leistung dafür?

Als er es endlich schaffte, das Gespräch anzunehmen, atmete er erleichtert auf. »Hier Komm-, ääh, hier Norbert Hübner?«, rief er viel zu laut in den Hörer und lauschte.

»Herr Hübner? Hier ist Elisabeth Baumann!«

Er verzog das Gesicht. »Ah Frau Baumann, wie ... *schön*, dass Sie anrufen.«, sagte Norbert langsam und wünschte sich insgeheim, dass er das Gespräch nicht angenommen hätte.

Ohne sich mit Small Talk aufzuhalten, legte sie sofort los. »Also ich habe überall noch einmal angerufen. Katharina ist nach wie vor nirgendwo aufzufinden. Das ist ein Albtraum! Bitte sagen Sie mir, dass Sie bereits etwas herausgefunden haben.«

Der Kommissar hielt inne. Er warf einen Blick auf die Garage, sah auf den Blutfleck, blickte auf die Hose, die er erschrocken fallengelassen hatte. Seine Hand zitterte immer noch. In seinem Kopf schwirrten die Gedanken durcheinander.

»Hallo, Herr Hübner, sind Sie noch da? Haben Sie nun etwas gefunden?«

Norbert räusperte sich. Solange er keine einschlägigen Beweise vorweisen konnte, wollte er der Mutter nicht noch mehr Kummer bereiten. Auch wenn diese eine herrische Art hatte, vermied es Norbert, Menschen unnütze Sorgen zu machen. Und er wusste ja wirklich nicht, ob es für die Sache hier eine natürliche Erklärung gab.

Er entschied, vorerst nur die halbe Wahrheit mit Elisabeth zu teilen. »Ja, ääh ... also ich bin einer Spur nachgegangen, die ... puh ...«

Wie ein Blitz schoss es ihm ein.

Wie sollte er ihr seinen Fund mit der Garage erklären? *Ich habe einen Schlüssel aus der Wohnung Ihrer Tochter geklaut und, ach ja, das habe ich Ihnen vollkommen vorenthalten?*

Der Schweiß brach ihm aus.

»Ich bin zufällig auf eine Notiz in ihrem Notizkalender gestoßen«, log er. »Diese hat mich zu einer Garage in Holtberg geführt. Ich stehe soeben davor.«

»Okay?«, antwortete sie mit unruhiger Stimme. »Und – was haben Sie gefunden? Wissen Sie nun, wo Katharina sein könnte?«

Norbert räusperte sich erneut. »Nein ... ääh, ich denke, mein Fund bringt uns nicht weiter, Frau Baumann.« Er wartete einen Augenblick, dann sagte er ins Telefon:

»Die Garage ist ... leer.«

KAPITEL 19

Frau Baumann senior verabschiedete sich und Norbert ließ das Handy sinken. Für den ersten Moment hatte es sich richtig angefühlt, der Frau nichts von Inhalt der Garage zu erzählen. Doch sobald er das Gespräch beendet hatte, stiegen wieder Zweifel in ihm auf. Er musste die Sache mit Katharina lösen, je eher, desto besser.

Mit in den Nacken gelegtem Kopf blickte er zum Himmel auf. Wenigstens hatte er jetzt eine Aufgabe. Auch wenn er das Puzzeln sehr liebte – die meiste Zeit des Tages nur zu puzzeln war dann auch nicht seine Welt. Würden so auch seine Rententage aussehen und wenn ja …?

Er dachte den Gedanken nicht zu Ende, stattdessen schaute er erneut auf das Smartphone. Der Bildschirm war bereits ausgegangen und ihm schaute eine Reflexion seiner selbst in die Augen. Ungekämmte Haare, ein Ausdruck tiefer Erschöpfung auf dem Antlitz und obendrein dicke Tränensäcke. Norbert ließ seine Schultern hängen. Dann entsperrte er das Gerät etwas umständlich. Er tippte auf den grünen Telefonhörer, der prominent direkt in der Mitte des Bildschirms lag und ein Telefonbuch öffnete sich. Gudrun hatte ihm bei der Einrichtung des Handys alle wichtigen Nummern eingespeichert und das war auch der einzige Bereich, mit dem Norbert mittlerweile einigermaßen gut umgehen konnte. Er ließ die Kontakte in der Liste entlanglaufen und stoppte sie schließlich, als der Name auftauchte, den er suchte. Kurz darauf ertönte bereits das Freizeichen.

»Edmundson?«, meldete sich eine Stimme.

»Hallo, Herr Edmundson? Sören Edmundson?«

»Genau der«, sagte der Forensiker und kaute laut in den Hörer. »Wer ist denn da?«

Norbert stieg die Röte ins Gesicht. »Kommissar Norbert Hübner«, sagte er und schloss gleich an: »Störe ich Sie?«

»Ach i wo«, meinte Edmundson, »ich esse nur gerade. Sie haben Glück, vor fünf Minuten hätten Sie mich noch auf dem Klo erreicht ...«

Dieser Typ war sich wirklich für kein Thema zu schade. »Aha. Wären Sie denn überhaupt ran gegangen?«, entfuhr es dem Kommissar aus der Überlegung heraus, »Ach warten Sie ... darauf brauche ich keine Antwort.«

Der Forensiker grunzte und schmatzte ins Telefon.

Norbert begann, sein Anliegen vorzutragen. »Herr Edmundson, können Sie sich noch an den Fall mit dem Toten unter der Brücke erinnern?«

Der Forensiker lachte kurz, was in einen Hustenanfall überging. »Herr ... Herr Hübner!«, prustete er und wischte sich den Mund ab, »Wissen Sie, wie viele Fälle es unter irgendwelchen Brücken gibt? Welchen wollen Sie haben? Den von letzter Woche oder die zwei, die heute Morgen reingeflattert sind?«

Norbert runzelte die Stirn. Mit so vielen Toten hätte er gar nicht gerechnet. Brücken schienen anscheinend bei den Gewalttätern hoch im Kurs zu stehen. Vielleicht erleichterte ihm dies, den Fakt zu verbergen, dass er in eigener Sache ermittelte.

»Donnerwetter, Sie sind ja richtig gefragt! Aber ich bin mir sicher, dass ein Genie wie Sie gleich die Antwort auf meine Frage kennt«, meinte Norbert etwas spöttisch und sprach weiter, damit der Forensiker nicht eingeschnappt wurde. »Ich brauche einmal die Auswertung über den Fall von ... dem Toten, bei dem wir uns unter der Brücke getroffen haben«, sagte Norbert. »Krol hieß er, glaube ich. Könnten Sie mir die einmal rasch rüberfaxen?«

Edmundson war lange leise. Norbert hörte nur das gleichmäßige Mahlen seiner Kiefer durch den Hörer. Schließlich schien er zum Ende zu kommen. »Herr Hübner, Sie sind aber auch einer von der ganz dollen Sorte, nicht? Sie sind doch beurlaubt! Ich dachte, Sie sind vielleicht mal in der Hängematte oder auf dem Sofa!«

»Ich versuche, Ihren ungesunden Lebensstil nicht nachzuahmen«, entgegnete der Kommissar trocken.

Edmundson brach in schallendes Gelächter aus.

Norbert hatte nicht damit gerechnet, dass der Spurentechniker von seiner Beurlaubung wusste.

Sicherheitshalber stimmte er in das Gelächter ein. Als sie sich wieder beruhigt hatten, sagte Edmundson: »Im Ernst, Herr Hübner. So gerne ich würde, ich kann Ihnen dazu nichts rausgeben. Das verstehen Sie doch sicher.«

Dem Kommissar schoss die Röte ins Gesicht. »Ach kommen Sie! Ich will ja nur noch einmal reinschauen, um mich zu vergewissern, dass da alles glattgelaufen ist.«

»Nein.«

Norbert wurde ungeduldig. »Hören Sie, Herr Edmundson, Sie kennen mich. Könnten Sie nicht einmal eine Ausnahme machen und mir eine Kopie der Akte schicken? ... Es ist wirklich wichtig.« Den letzten Satz fügte er etwas zögerlich an.

Die zunehmende Anspannung des Gespräches war beiden Beteiligten anzumerken. Edmundson saß am längeren Hebel. Nur mit seiner Hilfe würde Norbert Einsicht in die Daten bekommen.

Doch der Forensiker ließ sich Zeit. »Herr Hübner, mal unter uns gesagt, verstehe ich ja, wenn Sie zu Hause noch ein bisschen was tun wollen. Ist ja auch nicht einfach nach 450 Jahren im Dienst ...«

»39« unterbrach ihn Norbert.

»Wie auch immer ... nun, wie soll ich sagen, der Fakt mit der Beurlaubung steht eben noch im Raum. Ich darf Ihnen das gar nicht geben, denn dann würde ich mich selbst ja strafbar machen, Ihnen diese Handlung ermöglicht zu haben. Was wollen Sie überhaupt damit? Wenn Ihnen etwas aufgefallen ist, was mit dem Fall zu tun hat, wären Sie ohnehin verpflichtet, damit jetzt herauszurücken. Erst recht, nachdem Sie mich angerufen haben und nun Druck auf mich ausüben wollen.«

»Ich ... ich übe doch keinen Druck auf Sie aus! Nach jetziger Auffassung habe ich nur vage Theorien«, gab er zu. »Ich brauche die Akte, um eine Information nachzuprüfen. Hören Sie, das ist nur eine simple Idee, wahrscheinlich eh ein Hirngespinst. Sie wissen doch, manchmal will man die Dinge schlicht nur noch einmal nachvollziehen, um das eigene Gewissen zu beruhigen. Können Sie mir nicht einfach eine Auskunft geben?«, fragte er hoffnungsvoll. Ab und zu ließ sich mit Edmundson ja durchaus reden, obwohl der Mann ihm einfach unsympathisch blieb.

»Sie sind kaum kleinzukriegen, nicht wahr? Gut, eine Frage, aber ich beantworte diese aus meiner Erinnerung und sehe nicht in den Akten nach. Das ist gegen die Auflagen.« Er seufzte. »Dann lassen Sie mal hören, Herr Hübner. Auf mich wartet eine weitere Mittagsstulle«, sagte der Forensiker.

Norbert hätte die Faust am liebsten in einer Siegergeste geballt. »Es geht noch einmal um die Tatwaffe und die Patrone«, sagte er, »stand dazu irgendetwas im Bericht von der Gerichtsmedizin oder der Ballistik?«

»Herr Hübner, also bitte. Erstens ist das schon fast zwei Wochen her und zweitens - was sind das denn für Details, die Sie da wissen wollen? Ich bin doch keine Datenbank!«

»Können Sie sich denn nicht mehr daran erinnern, was Herr ... Herr ...« Ihm fiel der Name des Ballistikers und Gerichtsmediziners nicht mehr ein.

»Erdmann?«, warf Edmundson hilfsbereit ein.

»Ja genau, Herr Erdmann! Können Sie sich denn nicht mehr daran erinnern, was er in seinen Obduktionsbericht geschrieben hat?«

»Herr Hübner, ich weiß nicht einmal, was ich vorgestern zum Mittag gegessen habe - und erst recht nicht, was Herr Erdmann vor zwei Wochen in einem Bericht von zehntausend weiteren Berichten geschrieben hat. Ich bin ja nicht mit dem liiert. Außerdem sollten wir den Fall doch nach der Anweisung von Frau Baumann einfach zu den Akten legen«, meinte Edmundson. »Selbst *wenn* er den Toten also obduziert hat, steht da nichts, was Sie interessieren könnte, das können Sie mir glauben. Erst recht nichts über die Waffe oder die Schussverletzung.«

Norbert konnte es nicht fassen. Wie hörig waren diese Kerle Katharina?

Edmundson seufzte. »Setzen Sie sich vor den Fernseher, Herr Hübner. Ich habe gelesen, dass heute Abend im Ersten ein guter Film kommt. Ruhen Sie sich aus und lassen Sie die Profis ihre Arbeit machen.«

Dieser Kommentar machte Norbert wütend. So ein selbstüberzeugter, unverschämter Schnösel! Norbert verabschiedete sich kurz angebunden von dem Forensiker und legte auf. Dann musste er eben anders an die Informationen kommen.

Edmundson starrte auf das Handy in seiner Hand. Das Telefonat mit Hübner hatte in ihm ein paar Fragen aufgeworfen.

Was wollte der Kommissar während seiner Beurlaubung mit dieser Akte? Wieso interessierte er sich plötzlich so für den Fall Krol?

Ihm selbst war das damals schon seltsam vorgekommen, aber er hatte es damit abgetan, dass Ermittlungen nicht in seinen Bereich fielen. Nun jedoch wurde Sören Edmundsons Intuition geweckt.

Der junge Forensiker packte sein Mittag ein und schob seinen Stuhl zurück.

Es wäre doch gelacht, wenn er nicht herausfinden könnte, worum es da ging.

KAPITEL 20

Das Telefonat war nicht so verlaufen, wie Norbert es sich gewünscht hätte.

Der Kommissar fluchte und steckte das Handy wieder ein. Hätte Edmundson ihm nicht einfach die Informationen geben können, die er brauchte? Er seufzte. »Na dann mal los«, sagte er zu sich selbst, schloss die Garage ab und stieg zurück in den Volvo. »Widmen wir uns erst einmal der Sache, die gerade am dringlichsten ist.«

Kurze Zeit später hielt Norbert vor einer zufällig dahergekommenen Imbissbude. Sie wirkte etwas renovierungsbedürftig. Sicher würde man bereits Kilometer gegen den Wind ihren durchdringenden Geruch nach Pommesfett und heißen Fritten riechen können, doch das war ihm und seinem Magen in diesem Moment egal. Norbert aß zwei Buletten im Brötchen und bestrich diese großzügig mit Senf. Anschließend gönnte er sich ein kleines Malzbier in der Dose. Der Blutfleck ging ihm nicht mehr aus dem Kopf.

War es Katharinas Blut oder das von Krol? Hatte sie wirklich etwas mit dem Tod des Mannes zu tun?

Er würde weitere Beweise für ihre Unschuld – oder Schuld? – sammeln müssen und beschloss, ihre Nachbarn aufzusuchen. Gedanklich schlug er sich selbst gegen die Stirn. Das hätte er längst erledigen können. Kein Wunder, dass sein Volvo so viele Kilometer drauf hatte, wenn er über solche Umwege ermittelte. Er gönnte sich noch eine kurze Pause, kaufte sich an einem Kiosk einen Stadtplan und setzte sich damit in sein Auto, um die Route zu planen.

Viel später, deutlich später als es hätte sein müssen, bog er auf den Parkplatz vor Katharinas Wohnhaus ein. Er hatte sich erneut verfahren und war mehrmals an der gleichen Ampel falsch abgebogen. Zudem verwirrten ihn die Kreisverkehre hier. Dreispurig! Für Norbert schien es wie Russisch Roulette, ob er auf der richtigen Spur die Ausfahrt nahm, oder eine weitere Runde im Kreisverkehr drehen musste. Nun stieg er aus und streckte die steifen Glieder, dann lief er auf das Wohnhaus zu.

Er klingelte.

»Hallo?«, fragte eine freundliche Stimme aus der Gegensprechanlage.

»Guten Tag, ich bin ... Kommissar Norbert Hübner aus Königsburg. Ich ... ääh ... ermittle in einem Vermisstenfall. Ich würde mich freuen, wenn ich Ihnen ein paar Fragen stellen dürfte?« Das *Kommissar* und *Vermisstenfall* war derzeit zwar etwas breit ausgelegt, doch Norbert musste die Wahrheit zu seinen Gunsten dehnen.

Der Summer ertönte und der Kommissar lief in den Hausflur. Weiter hinten wurde eine Tür geöffnet.

»Wie kann ich Ihnen denn behilflich sein, Herr Kommissar?«, fragte eine junge Frau, die den Kopf aus der Tür streckte. Sie trug einen hellgrauen Pullover und eine dunkle Jeans, dazu ein Paar Hausschuhe. Ihre blonden Haare hingen ihr über die Schulter. Sie lächelte freundlich, aber auch zurückhaltend.

Norbert nickte und lächelte sie ebenfalls an. »Vielen Dank erst einmal, dass Sie mir geöffnet haben.« Er streckte ihr die Hand hin. »Norbert Hübner. Schön, Sie kennenzulernen!«

»Sylvia Mettner«, sagte die Frau und ergriff seine Hand. Sie schüttelte sie. »Haben Sie denn auch einen Ausweis dabei? Ich würde Sie ungern in meine Wohnung lassen und dann feststellen müssen, dass Sie mir nur etwas verkaufen wollen«, entgegnete sie leicht abweisend, nachdem sie seine legere Aufmachung kurz von oben bis unten betrachtet hatte.

Norbert fasste sich in einer peinlich berührten Geste an den Hemdkragen. Dann klopfte er seine Taschen ab. »Uff, au weia, ich glaube, den habe ich heute im Revier liegen lassen! Ich kann Ihnen aber meine Personalnummer geben, dann können Sie anrufen und sich vergewissern. Oder habe ich vielleicht im Auto noch ...« Er legte den bedauernswertesten Ausdruck an den Tag, den er hervorbringen konnte. Hoffentlich glaubte sie ihm. Sonst war das nach Edmundson heute schon die zweite Abfuhr.

Die Frau überlegte einen Augenblick. »Waren Sie gestern schon einmal da? Mit so einer anderen Frau? Groß gewachsen, schwarzes Kostüm ...?«

Er nickte. »Ja genau! Das ist die Mu-«, fast hätte er *Mutter* gesagt, schluckte das Wort jedoch runter. »Mutschinski, Frau Mutschinski, meine ... ääh ... Kollegin. Wir haben hier ... mmh ... Routinearbeiten erledigt. Ihre Nachbarin haben wir schon befragt. Es geht darum, ob Ihnen in der letzten Zeit hier auf der Straße ... ääh ... etwas aufgefallen ist. Wir ermitteln ... mmh ... in einem Kartellfall, wo es um Aktienbetrug geht.« Norbert tat jede Lüge so weh, als schlüge ihm jemand mit einem Besen in den Rücken. Sobald die Sache geklärt wäre, würde er hier mit Pralinen auftauchen, um sich in aller Form für den Blödsinn zu entschuldigen.

Sie wirkte zwar noch nicht ganz überzeugt, traf jedoch nach einem Blick in Norberts treuherzige Augen ihre Entscheidung. »Na, in Ordnung. Ich will Ihnen mal glauben. Aber nur zehn Minuten. Kommen Sie rein. Ich bin noch alleine, mein Mann sollte aber gleich von der Arbeit kommen. Die Schuhe können Sie ruhig anbehalten«, sagte sie, als er Anstalten machte, sie auszuziehen. Sie ging einen Schritt beiseite, sodass Norbert eintreten konnte.

»Möchten Sie einen Kaffee?«

Dankend nahm der Kommissar das Angebot an. Er lief durch einen sauberen, weißen Flur, in welchem

Bilder einer glücklichen Familie an den Wänden hingen. Die Wohnung war genauso aufgebaut wie die von Katharina, nur spiegelverkehrt und etwas größer. Vom Flur kam man geradewegs in ein Wohnzimmer, von dem weiter hinten eine Küche abging. Vorn in Richtung des Schlafzimmers gab es eine Nische, die auch diese Familie als Arbeitsplatz auserkoren hatte, wie der Kommissar erkannte. Ein Computer zeigte einen Bildschirmschoner und daneben lagen einige aufgeschlagene Bücher.

Frau Mettner deutete seinen Blick und strich sich lächelnd eine Strähne hinter das Ohr. »Ich arbeite derzeit von zu Hause. Unsere Kleine hat noch keinen Platz in der Kita.«

»Ich verstehe«, sagte Norbert und gleich darauf lief ein kleines Mädchen auf seine Mutter zu und verbarg ihr Gesicht in ihrem Pullover. »Das ist Charlotte«, stellte die Frau ihr Kind vor und ließ eine Hand liebevoll auf dem Kopf des Mädchens ruhen. Sie deutete auf die Küche. »Setzen wir uns doch«, sagte sie. »Bitte entschuldigen Sie die Unordnung. Wir sind am Aussortieren, weil wir bald umziehen wollen.«

»Ach? Wann soll es denn losgehen?«

»In einem Monat«, sagte sie und ging an die Kaffeemaschine. Sie machte für sie beide zwei Tassen, setzte dann das Kind auf einen Hochstuhl und gab ihm Malstifte und ein Blatt Papier in die Hand. Sofort fing die Kleine an, wilde Kreise auf das Blatt zu kritzeln.

Frau Mettner rührte in ihrer Tasse. »So. Sie haben gesagt, Sie hätten Fragen wegen eines Vermisstenfalles in Verbindung mit einem Kartellverfahren mit Aktienbetrug? Wie hängt das denn zusammen?«

Mist. Die Frau hatte ein gutes Gedächtnis. Norbert hatte sein Alibi schon wieder zur Hälfte vergessen.

»Ja genau. Ääh, eine komplexe Angelegenheit.« Er biss sich auf die Zunge. »*Vermisstenfall* ist vielleicht etwas breit ausgelegt ... wissen Sie, jemand ... ermittelt derzeit undercover in besagtem Kartellverfahren. Schwierige Geschichte. Sehr gefährlich.«

Ihre Augen wurden groß. »Was soll das mit uns zu tun haben? Sind Sie sich sicher, dass Sie bei den richtigen Leuten geklingelt haben?«, fragte sie sofort und ihre Hand glitt unwillkürlich über den Hochstuhl zu ihrer Tochter.

Norbert beschwichtigte sie und hob die Hände. »Ja, da bin ich mir sicher. Es geht mehr um die Gegend und ob die Anwohner etwas gesehen haben.«

Frau Mettner entspannte sich ein wenig. »In Ordnung. Dann schießen Sie mal los!«

Norbert wusste nicht so ganz, wie er anfangen sollte. Er konnte ja schlecht direkt das Thema Baumann ansprechen. Nach kurzer Überlegung entschied er sich, es trotzdem zu wagen. »Sie wohnen ja hier in einem schönen Häuschen. Ist denn die Nachbarschaft auch so nett?«

Sie runzelte die Stirn, ging aber auf die Frage ein. »Puh ... also wir sind eigentlich eine tolle

Mietergemeinschaft. Jeder kann gut mit jedem, wir greifen uns unter die Arme, wenn man mal Hilfe braucht ... Sie wissen schon. Dabei ist aber jeder privat für sich.«

Er nickte. »Und sehen das alle so? Ich meine, vertragen sich alle in diesem Haus?«

Sie wog den Kopf hin und her. »Ja ... ja, ich würde sagen, bis auf eine Ausnahme schon.«

»Okay, es gibt ja immer ein schwarzes Schaf«, nickte Norbert. »Sagen Sie, wieso ziehen Sie eigentlich um?«

Sie rührte in ihrer Tasse und ein grimmiger Ausdruck huschte über ihr Gesicht. »Das ist eine lange Geschichte.«

»Ich habe Zeit«, sagte Norbert und nahm einen Schluck.

Frau Mettner seufzte. »Es hat mit unserer Nachbarin zu tun. Frau Baumann.«

Norbert zog die Brauen hoch. »Wie das? Ich dachte, die Nachbarn vertragen sich so gut?«

»Na ja, alle, bis auf *die*.« Das letzte Wort betonte sie deutlich und nickte in Richtung der Wand, hinter der Katharinas Wohnung lag. »Eigentlich sind wir immer gut mit ihr zurechtgekommen, aber in der letzten Zeit wurde sie immer ... exzentrischer.«

Norbert brummte etwas und nickte. »Inwiefern?«, fragte er wie beiläufig.

»Wenn so eine neben einem wohnt, fragt man sich schon, ob man sicher ist, wissen Sie? Und vor allem, wenn Kinder im Spiel sind.«

»Wie ... wie muss ich das verstehen?«, fragte er nach und versuchte, seine Aufregung zu verbergen. In diesem Moment klapperte ein Schlüssel im Schloss und die kleine Charlotte blickte auf: »Baba! Babababababababa!«, brabbelte sie sofort.

Frau Mettner lächelte. »Ah, da kommt mein Mann, Florian.« Sie hob einen Arm. »Flori!«, rief sie, »wir sind hier hinten in der Küche!«

Ein hochgewachsener, schlanker Mann mit kurzen Haaren trat in den Raum. Er trug einen dunkelblauen Pullover über einem Hemd, dessen Kragen aus dem Hals schaute. Außerdem eine hellbraune Chinohose und dunkelgraue Socken.

Er runzelte die Stirn, streckte dem Kommissar jedoch ebenfalls die Hand hin. »Florian Mettner«, stellte er sich etwas steif vor. »Und Sie sind ...?«

»Das ist Kommissar Hübner aus Königsburg«, sagte seine Frau hilfsbereit und stand ebenfalls auf. Sie nahm das Mädchen aus dem Hochstuhl, was begeistert die Arme ausstreckte und drückte das Kind ihrem Mann in die Hand. »Hier, sie hat schon den ganzen Tag nur Baba Baba gesagt.«

Er lächelte und küsste das Kind. Dann setzte er es zu Boden, wo es entzückt zu einem Spielzeug wackelte und damit auf einen Teppichläufer schlug.

Der Mann stellte sich hinter seine Frau und legte ihr beschützend den Arm auf die Schultern.

Ein hübsches Paar, dachte Norbert. Florian Mettner wirkte ruhig und ausgeglichen, seine Frau bodenständig und freundlich.

»Hat er dir denn einen Ausweis gezeigt?«, fragte er und sah besorgt aus.

»Den hat er im Revier vergessen«, warf sie ein und tätschelte beruhigend seinen Arm. »Der Kommissar ist hier, weil er einen Vermisstenfall bearbeitet, bei dem es um ein Kartell und Aktienbetrug geht. Er möchte uns ein paar Fragen stellen«, erklärte Frau Mettner ihrem Mann.

»Ah, da verstehe ich die Dringlichkeit!« Herr Mettner schien mit einem Mal Feuer und Flamme für das Thema zu sein. Er zog sich einen Stuhl heran und setzte sich. »Solche Fälle müssen ja schnell aufgeklärt werden. Bevor ich in die Kundenbetreuung gewechselt bin, habe ich jahrelang in unserer Bank den Fonds- und Aktienbereich gemanagt. Um welche Gesellschaft handelt es sich denn?«

Norbert steckte mit dem Kopf tief in der Scheiße.

Er räusperte sich. »Aah ... dazu kann ich momentan ... keine weitere Auskunft geben. Sie wissen ja ... wie kompliziert das mit der ... *Geheimhaltung* in laufenden Ermittlungen ist ...«

Herr Mettner lehnte sich zurück und nickte voller Verständnis.

Norbert rang um Worte. »Wo waren wir noch gleich ...? Ach ja, Sie haben mir von dem Grund für den Umzug berichtet.« Erwartungsvoll schaute er die beiden an. »Es ging um Ihre Nachbarin.«

Unerwartet stöhnte Herr Mettner laut auf.

»Urgh, fangen Sie mir nicht mit *der* an! Diese Frau ist der reinste Albtraum!«

KAPITEL 21

»Wie muss ich das verstehen?«

Sylvia Mettner schaute ihrem Mann ins Gesicht und dieser nickte grimmig. Dann wandte sie sich Norbert zu. »Also ... Frau Baumann war schon immer eine seltsame Nachbarin. Wir wissen ja, dass sie als Polizeibeamtin arbeitet, aber kurioserweise ist sie manchmal erst mitten in der Nacht nach Hause gekommen, hat dann mit den Türen geknallt und das halbe Haus aufgeweckt«, sagte sie. »Manchmal hat sie auch herumgeschrien oder Staub gesaugt. Von Ruhezeiten hält Frau Baumann anscheinend nichts.«

Herr Mettner hakte ein: »Wissen Sie, wir sind ja da nicht so verbohrt. Manchmal hat man eben nur Zeit, wenn man von der Arbeit kommt und da kann man verstehen, wenn manche Dinge noch erledigt werden müssen.«

Norbert nickte.

»Aber für laute Musik um ein Uhr morgens, dazu Krach, als würde jemand Seilspringen und dieses Geschrei - dafür reicht unser Verständnis nicht! Wir müssen auch an unsere Tochter denken.«

»Für Kinder kann das störend sein«, sagte Norbert und ließ es wie eine Feststellung klingen.

Herr Mettner lehnte sich vor. »Erst letzte Woche gab es wieder so einen Vorfall, und der hat das Fass definitiv zum Überlaufen gebracht. Wissen Sie, was sich diese Frau geleistet hat?«

Norbert wollte schon antworten, bis ihm auffiel, dass es eine rhetorische Frage war.

»Sie hat vor unseren Gesichtern mit ihrer *Waffe* herumgefuchtelt! Dabei wollten wir nur, dass sie die Musik leiser macht, weil Charlotte schlafen sollte!«

»Nicht wahr!«, entfuhr es Norbert.

Herr Mettner hatte sich in Rage geredet. »Und als dann diese zwei versifften Typen aufgetaucht sind, die sie hier auch noch herausgetragen haben ...«

Norbert öffnete den Mund.

»Solches Klientel brauchen wir hier nicht!«, fuhr der Mann auf, ohne ihn zu Wort kommen zu lassen. »Wenn die Frau *derartige* Typen anschleppt, solche verwahrlosten, zerlumpten ...« Er raufte sich die Haare. »Also, wenn die hier so etwas herholt, darauf habe ich keine Lust!«

Florian Mettner schob seinen Stuhl zurück und sprang auf. Dann drückte er vor dem Kommissar seinen Zeigefinger auf die Tischplatte, um seinen Punkt zu verdeutlichen. »*Diese* Familie kann sich einen Umzug leisten! Wir müssen hier nicht wohnen, neben *solchen Leuten*!« Die letzten Worte spuckte er Norbert förmlich entgegen. Dann lief er unruhig in der Küche auf und ab.

Frau Mettner beugte sich ebenfalls vor. Während der Rede ihres Mannes hatte ihr Gesicht einen abweisenden Ausdruck angenommen. »Wir müssen auch an Charlotte denken, verstehen Sie? Die Frau ist vollkommen durchgedreht. Sie braucht sicher Hilfe, aber die wollen ... die *können* wir ihr nicht geben. Unser Leben leidet unter dieser Person. Wir kriegen ja im Grunde alles mit. So dick und schallabsorbierend sind die Wände eben auch nicht.«

Norbert nickte.

Er beglückwünschte sich insgeheim zu der Entscheidung, hier hergefahren zu sein, um die Nachbarn aufzusuchen. Andere Leute hätten vielleicht gemeint: »Norbert, das hättest du vorhin gleich machen können!«, aber der Kommissar sah das nicht so verbissen. Dennoch, er war überrascht über die vielen Details, die ihm Familie Mettner über seine Kollegin eröffnete. Er wusste ja, dass er nicht der Einzige war, der nicht mit Katharina Baumann klarkam, aber dass es schon so weite Kreise zog, überraschte ihn doch.

»Sie sagen, da waren zwei Personen beteiligt. Können Sie die beschreiben?«

Herr Mettner wurde unruhig. »Na ja, nicht direkt, es war schon dunkel. Aber anhand ihrer Ausdrucksweise konnte ich sie direkt ins richtige Milieu einordnen. Wäre meine Tochter da noch wach gewesen, hätte ich ihr die Ohren zuhalten müssen! Es sah aus, als würden die drei sich gut verstehen. Frau Baumann hatte ihre Arme um die Schultern des einen geschlungen, der sie herausgetragen hat und andauernd gelacht, und der zweite ist vorweg gelaufen und hat ein Auto aufgemacht. Da ist sie eingestiegen und dann sind sie losgefahren.«

»Und wissen Sie noch, wann das ungefähr war?«

Sie ließ den Blick nach links oben schweifen, als sie überlegte. »Hm, ich glaube, das war Donnerstag Abend, oder Flori? Weißt du das noch?«

Herr Mettner hatte sich wieder beruhigt und war inzwischen zu seiner Tochter gelaufen. »Ja, das war letzte Woche Donnerstag. Ich bin an dem Tag erst spät aus der Firma gekommen, sonst hätten wir das gar nicht beobachten können.«

Norberts Kopf flog über alle denkbaren Möglichkeiten. Doch immer wieder kam er zu der einen sich aufdrängenden Erkenntnis zurück:

War Katharina Baumann entführt worden?

Norbert wusste, er war hier an etwas dran. »Das Auto. Haben Sie das Auto erkannt, in das sie eingestiegen ist?«

Verwundert über sein Interesse an der Sache, blickte Herr Mettner dem Kommissar tief ins Gesicht. Er versuchte, sich einen Reim auf Norberts Neugierde zu machen. »Es könnte sein ... die letzte Zeit parkte ab und an ein brauner, alter Wagen ... glaube Chevrolet ... Cadillac, irgendetwas Amerikanisches, das Modell sagt mir aber nichts, auf der gegenüberliegenden Straßenseite. Der Fahrer hat erst letzte Woche sogar auf unserem Parkplatz geparkt. Da habe ich ihn natürlich weg gehupt. Normalerweise bin ich ja nicht so, aber das ging ...«

»Beschreiben Sie den Fahrer!«, schrie Norbert förmlich und sprang dabei auf. Erschrocken über seinen Ausbruch ließ er sich wieder auf den Stuhl zurücksinken.

»Ist alles in Ordnung mit Ihnen?« Herr Mettner runzelte die Stirn, versuchte jedoch, die Frage wahrheitsgemäß zu beantworten: »Ich habe zwei Silhouetten erkannt. Mehr nicht. Es war schon spät. Nur durch meine Scheinwerfer habe ich überhaupt gesehen, dass es sich um das gleiche Auto handelte.«

Norbert schlug sich auf die Schenkel und wäre fast schon wieder aufgesprungen. »Haben Sie Ihre Nachbarin noch einmal gesehen seit diesem Tag?«

Frau Mettner runzelte nun ebenfalls die Stirn. »Nein, aber ... was hat das mit den Aktien und dem Kartell zu tun? Ich dachte, deswegen sind Sie hier?«

Norbert nickte, trank seine Tasse in einem Zug aus und stand auf. Demonstrativ schaute er auf seine Armbanduhr und ignorierte die Frage. Sein Herz klopfte bis zum Halse. »Mist, ist das spät geworden ... es tut mir leid, aber ich muss eventuell noch einmal auf Sie zurückkommen. Jetzt muss ich aber erst einmal los. Vielen Dank für das Gespräch und die Tasse Kaffee, beides hat mir wirklich sehr weitergeholfen.«

Als der Kommissar sich erhob, sprang Herr Mettner ebenfalls auf und lief ihm hinterher. »Und was ist nun mit dem Aktienfall und dem Kartell? Wollen Sie nicht auf meine Expertise zurückgreifen? Ich könnte Ihnen bestimmt noch viel erklären, wie das alles zusammenhängt und was die Big Player in diesem Spiel sind ... «

Norbert beeilte sich, in den Flur zu kommen.

Herr Mettner folgte ihm.

»Ich habe in den Jahren in der Abteilung wirklich viel gelernt, auch Insiderwissen ...«

»Das glaube ich gern, Herr Mettner. Ich ... ääh ... wie gesagt, wenn ich Hilfe brauche, komme ich noch einmal auf Sie zurück.«

»Soll ich nicht gleich mit aufs Revier? Haben Sie schon einen Experten für den Fall? Ich wollte schon immer mal -«

»Herr Mettner, vielen Dank«, sagte Norbert noch einmal und schüttelte dem Mann die Hand. »Ich ... habe ja Ihre Adresse. Falls ich Hilfe brauche, melde ich mich.« Demonstrativ nickte er und sie verabschiedeten sich.

Als Norbert schon fast aus der Haustür war, rief ihn Herr Mettner plötzlich zurück: »Herr Hübner, warten Sie!« Er lief nach draußen und drückte Norbert etwas in die Hand. »Hier, meine Karte. Damit können Sie mich direkt erreichen! Schade, dass wir es nur geschafft haben, über unsere Probleme mit der Nachbarin zu erzählen. Dafür nehmen Sie bitte meine Entschuldigung an! Sie haben sicher Besseres zu tun. Bitte scheuen Sie nicht, mich wegen des Aktienfalls zu kontaktieren.«

Norbert bedankte sich höflich und steckte die Visitenkarte ein. Dann wandte er der Wohnung den Rücken zu und lief auf den Parkplatz.

Hinter der Tür stellte Florian Mettner kurz darauf die benutzten Tassen in die Spülmaschine. »Was für ein netter Mensch«, sinnierte er und sein Blick schweifte ins Leere.

Norbert fühlte sich, als wenn er gerade durch eine Güllegrube geschwommen wäre, ohne dabei den Mund zu schließen.

Lügen, Versprechungen, Geheimnisse ... Die Entwicklungen wurden immer beschämender.

Die Falschheit seiner ehemaligen Kollegin begann offenbar bereits, auf ihn abzufärben.

Doch die Frage, die ihm auf der Seele brannte, ließ sich nicht so einfach wegdenken:

War Katharina Baumann noch am Leben?

KAPITEL 22

Den Weg nach Hause fand Norbert zu seiner Überraschung beim ersten Anlauf.

Die Sonne befand sich schon auf dem Weg zum Horizont und er musste die Blende herunter klappen, um auf der regennassen Straße etwas erkennen zu können. In seinem Kopf schwirrten die Gedanken hin und her, doch zum ersten Mal fühlte der Kommissar sich, als habe er eine echte Spur.

Zwei Männer sollen Katharina aus dem Haus begleitet haben. Und das schon am Donnerstagabend. Seit Mittwoch hatte Norbert sie nicht mehr gesehen. Wenn er es schaffte, diese beiden Typen ausfindig zu machen, würde er vielleicht auch auf Katharina stoßen.

Und dann?

Was sollte er dann mit ihr machen? Vorausgesetzt, sie lebte noch. Sie an die Polizei verraten? Das würde mit Sicherheit eine Freiheitsstrafe bedeuten. Andersherum würde man ihr im Gefängnis sicher mit ihrer Abhängigkeit helfen können ... und das wäre wahrscheinlich mittlerweile angebracht.

Norbert beschloss, die Frau vorerst zu finden. Wenn er sie erst einmal hatte, würde er sich mit einer Entscheidung beschäftigen können.

Als er auf seine Einfahrt bog, war es bereits dunkel. Drinnen konnte er Gudrun am Küchenfenster erkennen, wie diese irgendetwas vor sich bearbeitete. Norbert hoffte, dass es sich dabei um das Abendbrot handelte. Er schob die Autotür auf, stieg aus und ließ die Tür wieder zufallen. Hierbei stützte er sich für einen Moment auf dem nassen Autodach ab.

Als seine Hand das Blech berührte, trafen ihn Fragen wie ein Blitzlichtgewitter.

Wollte er überhaupt nach zwei Entführern fahnden? War das nicht eine Nummer zu groß für ihn? Und dann auch noch alleine?

Er fand keine Antwort. Noch jedenfalls. Ein Kribbeln in seinem Bauch ließ ihn aber erkennen, dass er die Sache wohl noch einmal würde überschlafen müssen.

Er schloss die Haustür auf und ließ sie hinter sich ins Schloss fallen. »Gudrun ... ich bin zu Hause«, rief er müde in den Flur.

Seine Frau kam aus der Küche und wischte sich die Hände an einem Tuch ab. »Norbert! Mit dir habe ich ja heute gar nicht mehr gerechnet«, meinte sie spöttisch.

Er seufzte. »Du glaubst nicht, was das wieder für ein Tag war ...«

»Na dann komm mal in die Küche zum Essen. Mit vollem Magen denkt es sich leichter.«

Da hatte sie absolut recht. Norbert gönnte sich ein gutes, herzhaftes Abendbrot. Leider ohne Eisbein, dafür mit einem leckeren Broiler, Gemüse und Kartoffeln. Als er sich kurz darauf satt zurücklehnte und die Hände vor dem Bauch schloss, ließ er den Tag in Gedanken Revue passieren.

Seine Entdeckung in der Garage.

Die Irrfahrt dahin.

Das Gespräch mit Edmundson.

Der Besuch bei Mettners ...

Er kniff die Augen zusammen. Edmundson hatte sich einfach quergestellt. Hätte er den Forensiker von seiner Sache überzeugen können, wäre das ein absolut erfolgreicher Tag gewesen. So aber musste er der Information wieder hinterherrennen. Wie sollte er sonst an -

»Ach übrigens, Norbert, das Krankenhaus hat angerufen. Du sollst dich bitte zurückmelden«, unterbrach Gudrun seine Grübeleien.

Siedend heiß fiel Norbert der junge Polizist Eddy ein. Sofort bekam er Schuldgefühle, sich nicht eher über dessen Zustand erkundigt zu haben. »Und haben sie gesagt, wieso?« Er schaute auf die Uhr. »Am besten rufe ich da gleich noch einmal an.«

Sie nickte. »Ja ... es ging um Eduard Meisen, der letzte Woche verunglückt ist. Es ist sicher richtig, wenn du heute noch zurückrufst.«

Norbert hoffte, es war nichts Ernstes und Eddy ging es gut. Mit steifen Schritten stakste er zum Telefon und wählte die Nummer, die Gudrun ihm auf einen Zettel neben das Gerät gelegt hatte. Er fühlte sich ausgelaugt und gleichzeitig angespannt.

Hoffentlich gute Nachrichten ...

Hoffentlich gute Nachrichten ...

»Kreiskrankenhaus Holtberg, Abteilung Neurochirurgie, Schwester Maria?«

»Guten Abend, hier ist Kommissar Norbert Hübner, Sie ... Sie hatten mich angerufen?«

»Ach ja, ich weiß schon. Es geht um Herrn Meisen, nicht? Sie hatten um Rückruf gebeten, wenn er telefonieren kann.«

Norbert bejahte und wurde nicht ohne einen Hinweis auf die späte Zeit und dass er eigentlich gar nicht mehr telefonieren dürfe, durchgestellt. Kurz darauf meldete sich eine vertraute Stimme und dem Kommissar fiel ein Stein von der Größe eines Kleinlasters von Herzen.

»Hier Meisen?«

»Eddy!«, rief Norbert und ein Grinsen breitete sich unwillkürlich auf seinem Gesicht aus. »Bin ich vielleicht froh, Ihre Stimme zu hören!«

»Ah, Herr Hübner! Ja, das geht mir ähnlich! Bloß gut, dass Sie heute noch anrufen. Sie werden nicht glauben, was ich über den Fall mit den Betäubungsmitteln herausgefunden habe. Es war der Zahnarzt! Sie müssen unbedingt die Praxis sperren, bevor es -«

»Schon gut, Eddy. Alles bereits passiert«, beruhigte Norbert den Mann. »Es war die Schwester.«

»Die Schwester? Aber wie -«

»Sie haben das alles hervorragend vorbereitet. Ich konnte direkt mit den Ermittlungen weitermachen und habe noch am selben Abend die Schwester festnehmen können. Ihr Vater hatte mir Ihre Unterlagen ausgehändigt«, er machte eine Pause, »aber damit beschäftigen wir uns jetzt nicht mehr. Sie müssen erst einmal gesund werden. Gönnen Sie sich die Zeit für Ihre Genesung.«

»Ich habe den Fall wirklich gelöst?«

»Ja, Eddy, das war -«

»Boah, das ist ja der Wahnsinn!«, unterbrach ihn der junge Polizist. Dann sprach er weiter: »Ich freue mich schon darauf, Sie wieder im Revier zu treffen! Unglaublich, dass ich etwas zu den Ermittlungen beitragen konnte!« Der junge Mann war begeistert.

»Selbstverständlich, Eddy. Aus Ihnen wird mal ein guter Kriminalpolizist werden ... aber eigentlich sind Sie das ja schon. Es wird leider ein wenig dauern, bis wir uns auf dem Revier mal wieder sehen werden, denn Frau Baumann und ich sind vorerst beurlaubt.«

»Sie sind *was*?« Eddy konnte es nicht fassen.

Norbert zuckte die Achseln. »Ja. Ist aber nicht so schlimm. Manchmal sind die Dinge so, wie sie sind«, sagte er langsam. »Wissen Sie denn schon, wann Sie entlassen werden?«

»Ja. Morgen«, antwortete Eddy prompt. »Die Ärzte hatten mich ein paar Tage in ein künstliches Koma versetzt, weil sie Angst hatten, dass mein Kopf etwas abgekriegt hat. Aber jetzt bin ich schon seit drei Tagen wach und den letzten Untersuchungen nach zu urteilen, wieder vollkommen okay. Na ja, fast.«

»Fast?«, hakte Norbert nach.

Eddy blieb einen Moment still, dann sprach er: »Bei einem Check gestern ist ein EKG-Gerät umgefallen und hat mir den Fuß gebrochen.«

Der Kommissar begann, die Hände zu kneten. »Ist das ein Scherz, Eddy?«

»Ich wünschte, das wäre es, Herr Hübner. Aber nein, ich werde morgen auf Krücken entlassen.«

Dazu fiel Norbert nichts mehr ein.

»Ist aber nicht weiter schlimm. Das wird schon so gehen. Bis nächste Woche bin ich ohnehin erst einmal krankgeschrieben. Und dann sehen wir weiter.«

»Uff ... Okay, dann genießen Sie den Tag morgen zu Hause und ruhen Sie sich noch ein wenig aus«, führte Norbert das Gespräch zum Abschluss.

Eddy bedankte und verabschiedete sich. Bevor er auflegte, fiel dem Kommissar noch etwas ein.

»Ach, und Eddy? Von mir noch einmal persönlich: Vielen Dank für Ihre Hilfe bei den Ermittlungen. Sie haben den Unterschied gemacht.«

Dem jungen Polizisten blieb die Spucke weg. Stolz, doch gleichzeitig rot bis unter die Haarwurzeln, bedankte er sich erneut, bevor er auflegte.

Norbert war immer noch verwundert. Fuß gebrochen durch ein EKG-Gerät. Was sollte man dazu sagen? Nun musste der eh schon gebeutelte Eddy auch noch auf Krücken laufen und keiner konnte etwas dagegen unternehmen, sinnierte er. Doch gerade, als er so darüber nachdachte, fiel ihm etwas ein, was Eddy helfen dürfte.

KAPITEL 23

»Endlich wieder zu Hause, Mirka ... du kannst dir nicht vorstellen, wie gut sich das anfühlt.«

Eddy saß in der Morgensonne mit einer Decke auf der Couch. Die Katze streichelnd zogen seine Gedanken auch heute wieder nur um die eine, sich immer wieder aufdrängende Frage: Was wäre, wenn der Wagen nicht kurz vor der Auffahrt ausgebrochen und damit deutlich schneller gewesen wäre?

Das Leben fühlte sich, auf eine ihm unvertraute Art, plötzlich seltsam vergänglich an. Eddy stand auf und lief zu einem Fenster, das ihm die Möglichkeit gab, die Straße vor dem Haus zu beobachten.

Mirka folgte ihm nicht, sondern streckte sich stattdessen so lang, wie es dem kleinen Katzenkörper nur möglich war.

»Wenigstens kann einer von uns beiden entspannen«, meinte Eddy und seufzte.

Er war vor seinem Unfall schon nicht der beste Autofahrer dieser Welt gewesen. Doch jetzt, nach dem Unfall ... Würde er sich je wieder hinters Steuer setzen können? Allein der Gedanke daran ließ ihn vor

Angst erstarren. Mutlos ließ Eddy den Kopf hängen. Ein Polizist, der nicht Autofahren wollte, war für den Job nicht geeignet. Würde er bei dem Thema auf Verständnis hoffen können? Vielleicht am Anfang, aber irgendwann würde seine berufliche Qualifikation sicherlich infrage gestellt werden.

Seine Hand begann, zu zittern.

Im Kopf fuhr er wieder durch die Nacht, voll beladen mit Akten und seinem Rucksack.

Er fühlte das Gaspedal.

Es war leicht und bot dem Fuß kaum einen Widerstand. Der Passat beschleunigte sofort.

Dann geschah es.

Ein Knall ertönte und Eddy riss die Augen auf.

Die Frequenz seines Atems hatte sich erhöht. Er starrte auf die Fensterbank. Die Farbe begann langsam, zu reißen. Wahrscheinlich lag das daran, dass die Fensterscheiben im Winter jeden Morgen voll mit Wasser hingen. Er schaute wieder auf und blickte auf die Straße.

»Das ist doch ...«

Soeben fuhr ein altbekannter Volvo mit einem Anhänger vor seiner Wohnung vor.

»Kommissar Hübner?«

Unten parkte Norbert derweilen ein, stieg aus und lief in Richtung Haustür.

Es klingelte in Eddys Wohnung.

Ohne zu zögern, schnappte dieser seine Krücken und humpelte zum Summer für die Klingel. Tatsächlich kam Norbert nur wenige Augenblicke danach die Treppe hinauf.

»Eddy, Sie glauben nicht, wie gut das tut, Sie wieder wohlauf zu sehen!«

»Danke, Herr Hübner. Ich freue mich auch, Sie zu sehen. Ich wusste gar nicht, dass Sie vorbeikommen wollten! Ich ... der Kühlschrank ist voll, haben Sie Lust, etwas zu essen?«

»Eddy, vielen Dank«, Norbert winkte ab. »Also ja, ich habe immer Lust, etwas zu essen, aber ich hatte eine Idee und etwas anderes mit Ihnen vor. Haben Sie vielleicht einen Moment Zeit, um mit mir zu kommen? Funktioniert das mit den Krücken?«

Als hätte der Türrahmen, in dem er stand, eine Antwort für ihn vorbereitet, blickte Eddy nach links und nach rechts. »Ääh ... Ja ... ich habe noch ein paar Medikamente, die ich kurz nehmen muss und dann ... könnte ich schnell mitkommen«, antwortete er.

»Perfekt!«

Kurz darauf half Norbert Eddy die Treppen hinunter. Er begleitete ihn bis zur Beifahrertür des Volvos und achtete penibel darauf, dass der junge Polizist gut saß.

Eddys Herz begann, zu rasen.

Ein Krankenhaus-Shuttle hatte ihn erst vorhin nach Hause gebracht, doch das hier war eine ganz andere Nummer.

In ihm stieg die Angst auf.

Er sich so eingezwängt, als habe ihn ein wildes Tier in die Ecke gedrängt.

»Du musst es schaffen. Du musst es schaffen«, sprach er sich in Gedanken Mut zu.

Eddy biss die Zähne zusammen.

Norbert bemerkte nichts von seinem stillen Kampf. Er freute sich, dem Jungen mit einer Überraschung helfen zu können.

Eddy wollte schreien, als sich der Volvo in Bewegung setzte. Doch er blieb still. Nur seine Hand krallte er tief in die Sitzfläche. Dann blickte er aus dem Seitenfenster und schenkte Norbert das Vertrauen, dass er sie beide sicher ans Ziel bringen würde.

Sie waren schon einige Zeit unterwegs, als Eddy wieder Worte fand. »Ist ja ganz schön weit weg, Ihre Überraschung«, meinte er und kratzte sich am Kinn.

Norbert nickte, konnte sich aber ein fröhliches Grinsen nicht verkneifen. Nach einer Weile bogen sie in eine lange, sandige Straße ein. In der Ferne konnte Eddy ein Schild entziffern:

»Königsburger Schlösschen«

»Jetzt sind wir gleich da«, meinte Norbert und warf ihm einen Seitenblick zu. »Wir müssen gleich einmal aussteigen und ein paar Meter laufen, aber das wird es wert sein, Eddy!«

Der junge Mann hatte kurz darauf Mühe, mit seinen Krücken Halt auf dem mit Schotter bestreuten Gehweg zu finden. Immer wieder kam er ins Straucheln. Norbert konnte das gar nicht mit ansehen und half ihm auf die angrenzende Grasfläche. Mit vereinten Kräften erreichten sie schließlich die Eingangshalle, in der sie schon von einer gut gelaunten Seniorin begrüßt wurden.

KAPITEL 24

»Norbert!«, rief sie und kam langsam auf sie zu.

»Grete!«, freut sich Norbert und drückte die alte Dame herzlich an sich. Als sie sich lösten, warf Grete einen Blick auf Eddy.

»Na? Wen hast du mir denn da mitgebracht, Norbert?«, witzelte sie. »So einen gut aussehenden Mann habe ich ja seit der Wende nicht mehr gesehen!«

Eddy errötete über das ganze Gesicht.

Norbert lachte und winkte ab. »Grete, Grete! Du hast es aber auch faustdick hinter den Ohren. Du weißt doch, wieso wir hier sind! Hast du die Empfangsdame auch beschäftigen können?«

Grete gluckste vor Vergnügen. »Ja! Die ist in Zimmer 179 und wischt die Reste des gestrigen Eintopfs auf. Den habe ich da extra ausgegossen und schön eintrocknen lassen, damit sie ein bisschen zu tun hat.« Erfreut über ihre List grinste die alte Frau wie ein Honigkuchenpferd.

Norbert zwinkerte ihr zu. »Na, dann lass uns mal zu Eddy kommen. Dieser fantastische Polizeibeamte braucht dringend einen fahrbaren Untersatz. Hast du da was für uns?«

Sie nickte und wies auf eine Glastür, hinter der sich verschiedene elektrische Seniorenmobile befanden. Die Blicke der Männer folgten ihrer ausgestreckten Hand.

Eddys Augen wurden ganz groß. Abwehrend hob er eine Krücke. »Uff, also, Herr Hübner, das ist doch nicht nötig -«

»Ach was, Eddy!«, meinte Norbert und lief gleich zu den Mobilen hin. »Kommen Sie, setzen Sie sich mal in eines rein! Keine falsche Scheu!«

Eddy atmete tief ein, blieb ihm aber eine Antwort schuldig.

»Wir sind nur für Sie hier, Eddy. Na los doch. Nehmen Sie sich die Zeit, probieren Sie's mal aus.«

Genötigt zu einer Aktion stellte Eddy die Krücken an die Wand und humpelte zu einem der Mobile. Es war feuerrot, hatte einen gemütlichen, mit grauem Kunstleder bezogenen Kapitänssitz und einen Lenker wie ein Trekking-Fahrrad. Eddy stieg ein und schaute sich unglücklich um, als wolle er sagen »Muss das wirklich sein?« Auf beiden Seiten gab es ein Set Außenspiegel und einige wenige Knöpfe in der Mitte, um es anzuschalten und die Geschwindigkeit zu regeln. Wenn er in den Lenker griff, kamen seine Finger an einer Stange an, die für Beschleunigung und Rückwärtsfahren gedacht war. Eddy konnte sie mit seinem Zeigefinger nach vorn und zurückbewegen.

Norbert wandte sich derweil an Grete. »Welches Gefährt können wir uns denn hier aussuchen?«

Sie ließ die Arme wie ein Autoverkäufer in einer weit ausholenden Kreisbewegung schwingen und meinte lapidar: »Für dich können wir hier *alles* möglich machen, Norbert.«

»Und die Schlüssel?«

»Das lass mal meine Sorge sein«, sagte Grete und grinste ein verwegenes Lächeln. »Er soll sich erst einmal für eines entscheiden.«

Norbert nickte und trat zu Eddy. »Na? Wie ist es?«

Eddy sah unglücklich aus. »Also, ich möchte ja nicht undankbar erscheinen, Herr Hübner, aber das ist doch nicht wirklich notwendig, ich -«

»Machen Sie sich mal keine Gedanken über die Kosten, Eddy!«, meinte Norbert jovial. »Ich kümmere mich schon darum. Suchen Sie sich einfach den aus, der zu Ihnen passt. Schauen Sie mal da drüben, der Blaue, wäre das nicht was?«

Eddy ergab sich vorerst seinem Schicksal, stieg aus und in das blaue Seniorenmobil wieder ein. Auch hier gab es zwei Außenspiegel und dieses komische Lenkrad, zusätzlich jedoch auch noch ein Dach aus transparentem Plastik, was den Fahrer vor der Witterung schützen sollte.

Eddy war sich nicht sicher, ob das, was Herr Hübner mit ihm durchzog, ein Scherz sein sollte. Je länger er hier saß, umso realer kam ihm das Ganze jedoch vor. Wie sollte er ablehnen, ohne die Gefühle des Kommissars zu verletzen?

»Also an seiner Stelle würde ich ja das da hinten nehmen«, meinte Grete verständig und zeigte auf ein anderes, ebenfalls rotes Mobil. »Das hat 5 km/h mehr unter der Haube.«

Eddy seufzte, kletterte aus dem Blauen und hinein in das rote Mobil. Unglücklich drehte er sich zu Norbert »Herr Hübner ... muss ich das wirklich ...?«

Der Kommissar nickte und klopfte ihm aufmunternd auf die Schulter. »Na, Eddy, das passt schon. Wenn Ihnen das gefällt, nehmen wir das!«

Der junge Polizist ließ die Schultern hängen. »Ja, dann nehmen wir das wohl«, murmelte er.

»Na, der klingt ja nicht so euphorisch«, schaltete sich Grete ein. »Ich habe oben noch einen Totenkopf Sticker von meinem Enkel, den können wir die Leihzeit über drauf kleben. Dann kommt das Mobil auch bei den jungen Damen an, die Sie damit besuchen fahren.«

»Das Fahrzeug wird Ihnen eine tolle Hilfe im Alltag sein, solange Sie noch nicht wieder Autofahren oder laufen können Eddy.«

»Ich habe doch aber Krü -«

»Wo sind die Schlüssel, Grete?«, unterbrach ihn Norbert.

Die alte Dame lief bereits hinter den Rezeptionstresen und sah sich um. An der Wand hing ein kleiner Glasschrank mit allerhand Schlüsseln, der mit einem Vorhängeschloss gesichert war. Unzeremoniell schnappte sie sich einen Briefbeschwerer und schlug damit gegen die Scheibe.

Diese zersprang und mit sicherem Griff nahm sich Grete einen der Schlüssel aus dem Kasten.

Eddy war indessen aufgesprungen. »Sie können doch nicht einfach -«, doch Norbert drückte ihn mit sanfter Gewalt wieder in den Sitz zurück. Dann reichte er ihm den Schlüssel, den ihm Grete vorher zuwarf. Eddy startete das Seniorenmobil. Gleichmäßig summte es unter seinem Sitz.

»Versuchen Sie mal, rückwärts rauszufahren«, riet Grete, »und passen Sie auf, dass die Reifen nicht durchdrehen. Der Boden hier drin ist glatt.«

Eddy tat, wie ihm geheißen. Als er rückwärts fuhr, piepte es laut und die Reifen drehten tatsächlich einige Male auf dem glatten Boden durch.

»Seht ihr«, sagte Grete und schüttelte den Kopf, »die Profile lassen ab und an zu wünschen übrig. Aber fragen Sie hier in der Anstalt mal nach neuen Reifen.« Sie verdrehte die Augen.

Nach einigen Anläufen schaffte es Eddy schließlich, aus der Empfangshalle der Seniorenresidenz herauszufahren. Kurz darauf rumpelte er den mit Schotter bestreuten Gehweg entlang, dicht gefolgt von Norbert und Grete, die sich beim Kommissar untergehakt hatte.

»Norbert, brauchst du eigentlich noch Pflaster? Wir haben oben im Vorbereitungsraum für die Schwestern noch ein Dutzend voller Packungen. Man verletzt sich ja immer mal. Oder Mullbinden vielleicht? Die sind hier -«

»Was ist denn hier los?«, rief da plötzlich eine Stimme und vor Schreck hielt Eddy sofort an.

KAPITEL 25

»Was machen Sie da mit dem Elektroscooter? Wieso fahren Sie den weg? Wer sind Sie überhaupt?« Ein Pfleger kam den Weg entlanggelaufen und schwenkte die Arme in der Luft. Im Gepäck hatte er eine Menge logisch erscheinender Fragen.

»Machen Sie schnell, Eddy!«, zischte Grete und wedelte unbestimmt zum Volvo. »Fahren Sie weg!« Zu dem Pfleger gewandt sagte sie: »Ach, das ist der Karlheinz, der holt das Fahrzeug für meine Schwester ab.«

Der Pfleger glaubte ihr kein Wort, doch bevor er etwas sagen konnte, trat Grete nah an ihn heran und raunte ihm zu: »Außerdem habe ich Sie bei Ihrer letzten Nachtschicht schlafend erwischt. So kriegt man natürlich die Arbeitszeit gut rum. Sie sind mal ganz leise ... ich bin gut befreundet mit der Heimleitung!«

Der Pfleger wurde blass und wollte noch einmal protestieren, da legte Grete ihre alte, knochige Hand auf seinen Mund und machte »Schschsch ...« Gleichzeitig winkte sie Eddy, sich zu beeilen.

Kommissar Norbert lief zum Volvo und an den dahinterstehenden Anhänger. Mit Schwung warf er die Plane zurück, entriegelte die Rückklappe und schob unter lautem Kreischen eine Rampe heraus. Er gestikulierte Eddy, darauf zu fahren.

Eddy wäre am liebsten ausgestiegen. Aber seine Krücken lagen noch in der Eingangshalle. Also ergab er sich und lenkte das Seniorenmobil die Rampe hinauf.

Norbert stand daneben und strahlte vor Freude. Wie dieses Gefährt Eddy den Alltag erleichtern würde! Das war einfach eine fantastische Idee gewesen! Er wartete, bis der junge Mann das Mobil oben ausgeschaltet hatte, dann half er ihm vom Anhänger hinunter. Dabei musste dieser sich ganz auf die Schulter des Kommissars aufstützen, was Norbert leicht in die Knie zwang.

Grete war sich in inzwischen mit dem Pfleger einig geworden, der daraufhin schleunigst das Weite gesucht hatte. Nun gesellte sich die alte Dame zu den beiden Polizisten. Norbert half Eddy, einzusteigen.

»Bist du dir sicher, dass du keine Pflaster mehr brauchst?«, fragte sie den Kommissar. »So eine Chance bietet sich nie wieder.«

Norbert winkte ab und lachte. »Lass mal, Grete. Sonst verhaften die mich hier heute noch!«

Eddy wurde bleich bei dieser Äußerung, doch Norbert warf die Autotür zu, ohne eine Aussage von ihm abzuwarten. Er verschwand noch einmal in der Eingangshalle und kam mit Eddys Krücken wieder heraus. Kurz darauf verabschiedete er sich von Grete mit dem Versprechen, sie bald wieder zu besuchen, und stieg selbst ein. Erwartungsvoll drehte er sich zu Eddy. »Na? Was sagen Sie? War das nicht eine Überraschung?«

Eddy lächelte bemüht. »... Ja ... also eine *Überraschung* war das wirklich.«

»Damit können Sie jetzt alle Ihre Einkaufstouren machen. Und wenn wir mal wo hinmüssen, sind wir vorbereitet: Ich habe den Hänger für einen ganzen Monat gemietet!«

Der junge Mann unterdrückte ein Stöhnen.

Gut gelaunt fuhr Norbert vom Parkplatz des *»Königsburger Schlösschens«* und winkte noch einmal Grete zu, die vor der Eingangshalle stand, als sei sie die Queen.

Eine Weile fuhren sie schweigend. Norbert war froh, Eddy so gut unter die Arme gegriffen zu haben. Auch war der Nachmittag eine Abwechslung gewesen. Nun jedoch kehrten seine Gedanken zurück zu Katharina. Er brauchte dringend Einsicht in diese Akte vom Fall Krol.

Ein Geistesblitz drängte sich in den Vordergrund: Eddy war nicht beurlaubt. Nur krankgeschrieben. Konnte er nicht einfach für ihn die Daten einsehen?

Gleich darauf berichtigte er sich. Was für ein Mensch wäre Norbert jetzt, wenn er den jungen Polizisten am Tag seiner Entlassung aus dem Krankenhaus um so etwas bitten würde? Eigentlich verlangte der eigene Anstand eine

Abkehr von der Idee, doch wie viel Zeit blieb übrig, um Katharina zu finden?

Falls sie am Leben war.

Eddy derweil war sich nicht sicher, was er mit dem neugewonnenen Seniorenmobil anstellen sollte und wie er es dem Kommissar beichten konnte, dass er vorerst gar nicht selbst würde fahren wollen. Er war noch ganz in ein imaginäres Gespräch vertieft, da begann Norbert, zu sprechen.

»Eddy, ich habe leider keine andere Wahl ... sagen Sie ... könnten Sie nicht für mich, eventuell, falls es möglich ist ... also ich meine, wenn das keine zu großen Umstände macht ... ich bin ja beurlaubt und ...« Er brach ab. »Doofe Idee. Vergessen Sie, was ich gerade gesagt habe.«

»Ist alles in Ordnung, Herr Hübner?«, fragte Eddy.

Norbert zögerte, dann brach es aus ihm heraus. »Nun, ich bräuchte dringend Einsicht in eine Akte, sonst finde ich Katharina nie. Ballistik, Obduktion, solche Sachen. Leider komme ich da wegen meiner Beurlaubung nicht ran. Und Edmundson stellt sich quer. Könnten Sie da nicht vielleicht ... also nur, wenn es keine Umstände macht, wäre das -«

»Wie meinen Sie das, *sonst finde ich Katharina nie*? Was ist denn mit Frau Baumann?«

Oh nein.

Norbert hatte sich verquatscht.

Sein Frust hatte ihn dermaßen mitgerissen, dass er vollkommen vergessen hatte, dass Eddy ja nicht in ihr Verschwinden eingeweiht war.

»Nichts, nichts«, versuchte er es abzutun. »Ich ... hab nur laut gedacht.«

»Sind Sie sicher?«

Norbert seufzte. Kurz rang er mit sich, den jungen Mann einzuweihen. Allerdings würde er sonst vielleicht etwas auf dem Revier fallen lassen ... aber jetzt war es ohnehin schon zu spät. Er würde es vor Eddy ja doch nicht geheimhalten können.

»Also gut. Frau Baumann ist seit letztem Mitt-, ääh, Donnerstag verschwunden. Niemand weiß, wo sie ist. Ihre Mutter hat mich am Montag angerufen und mir das mitgeteilt und jetzt ...«

»Das ist ja furchtbar!«, rief Eddy, »*Verschwunden*? Ganz weg? Haben Sie schon eine Spur? Irgendetwas? Wie kann das sein? Hat sie niemand gesehen?« Er war sichtlich aufgebracht.

»Ich weiß leider auch noch nicht mehr«, sagte Norbert und zog die Stirn kraus. »Hören Sie, Eddy, das soll Ihnen keinen Druck machen ... aber ich glaube, Sie sind meine einzige Chance. Wenn ich die Informationen aus den Akten hätte, wüsste ich eventuell, in welche Richtung ich ermitteln muss.«

»Aber das hätten Sie doch gleich heute Morgen fragen können, Herr Hübner! Frau Baumann braucht unsere Hilfe! Auf wen kann sie sich bitte verlassen, wenn nicht auf uns? Ich gehe da gleich hin und besorge Ihnen die Infos!« Er zögerte. »Aber ... «

»Aber?«

»Welches Team ist denn auf den Fall angesetzt?«

»Gar keines.«

Eddy staunte. »Gar keines? Frau Baumann ist vermisst und das Revier weiß nichts davon? Absolut gar nichts?«

»Da gibt es noch einiges, was die nicht wissen, Eddy. Ich würde es vorerst auch gerne so belassen und Sie bitten, mir zu vertrauen.«

»Klar«, sagte Eddy, ohne auch nur ein winziges Stückchen Neugierde oder ein Zögern erkennen zu lassen.

Norbert kamen fast die Tränen. Der Junge war so loyal, dass es ihm schier das Herz brach. Er hoffte inständig, mit seinen Entscheidungen den richtigen Weg eingeschlagen zu haben. Als er sich ein wenig beruhigt hatte, brachte Norbert Eddy auf den aktuellen Stand der Dinge. »Ich habe gestern mit den Nachbarn gesprochen. Diese haben mir mitgeteilt, dass sie gesehen haben, wie Katharina von zwei Männern aus dem Haus begleitet worden ist. Sie sind dann mit einem braunen Wagen weggefahren, einem Cadillac, Chevrolet oder einem ähnlichen Modell, und seitdem ist sie nicht wieder aufgetaucht.«

Eddy schwieg.

»Herr Hübner«, begann er schließlich, »hat man Ihnen erklärt, wie es zu meinem Unfall kam?«

Der Kommissar nickte zögerlich. »Es ... es schien eine absichtlich in den Reifen gedrehte Schraube gewesen zu sein«, sagte er.

Eddy nickte düster. »Genau. Das haben mir die Kollegen quasi gleich nach dem Aufwachen mitgeteilt. Und wissen Sie auch, wieso es mich getroffen hat und nicht jemand anderen?«

Norbert runzelte die Stirn. »Wie meinen Sie das?«

Eddy berichtete von dem Abend vor seinem Unfall. Wie Katharina darauf bestanden hatte, dass er sie beide fuhr. Wie er mit ihr durch die Gegend gekurvt war und sie immer wieder in den Rückspiegel gesehen hatte. Wie sie ihn dazu gedrängt hatte, mit in ihre Wohnung zu kommen.

Und wie er schließlich das Gefühl gehabt hatte, er habe etwas in der Dunkelheit gesehen.

Norbert blieb die Spucke weg. Für einen Moment kam es ihn so vor, als wenn die Erde aufgehört hätte, sich um die Sonne zu drehen.

Eine Frage. Keine Antwort:

Hatte Katharina von der Gefahr gewusst?

KAPITEL 26

Norbert setzte Eddy auf der Wache in Holtberg ab, blieb aber selbst im Auto sitzen. Er hatte den jungen Mann nicht überzeugen können, mit dem Seniorenmobil hineinzufahren, und machte sich nun Gedanken darüber, wie Eddy es schaffen würde, eine Akte mit Krücken aus dem Gebäude zu tragen.

Der junge Polizist beeilte sich. Jede Sekunde konnte über das Leben seiner Vorgesetzten entscheiden. Vor ihm kam der Bereich der Forensik in Sicht und hinter einer Milchglasscheibe konnte er mehrere Mitarbeiter in Labormänteln sehen.

»Herr Meisen!«, rief eine Stimme und Eddy wäre fast gestolpert, als er sich mühevoll mit den Krücken drehte. Es war Edmundson, der von den Toiletten kam. Erfreut lief er auf ihn zu. »Eddy, Sie hätte ich aber so früh gar nicht auf der Arbeit erwartet. Haben Sie etwa nichts anderes zu tun?« Er pfiff laut und rief: »Achtung an alle: Herr Meisen hier hat letzte Woche heldenhaft einen Fall aufgeklärt!«

Sofort begannen alle Kollegen in Reichweite, zu applaudieren. Eddy lächelte verlegen.

»Keine falsche Scheu, Herr Meisen, genießen Sie den Beifall, den haben Sie sich verdient«, sagte Edmundson und applaudierte mit.

»Vielen Dank, Sören.« Eddy winkte ab. »Danke, danke. Ich wollte nur mal vorbeischauen und gucken. Wie ich sehe, haben Sie aber den Vormittag in der ... *Kantine* verbracht, habe ich recht?« Er grinste, als Edmundson zwinkerte.

»Den Nachmittag verbringe ich auch noch dort. Haben Sie Lust, mir Gesellschaft zu leisten?«, flachste der Forensiker. Dann verblasste sein Lächeln, als er besorgt die Stirn in Falten legte. »Nein, mal im Ernst, Eddy, was treibt Sie in Ihrem Zustand hier her? Sie sind doch bestimmt noch krankgeschrieben. Ein Wunder, dass man Sie überhaupt hereingelassen hat ... in dem Aufzug.« Er musterte den jungen Polizisten von oben bis unten.

Eddy war froh, nicht mit dem Seniorenmobil hereingefahren zu sein. Stattdessen straffte er sich und versuchte, seine Unsicherheit hinter Entschlossenheit zu verbergen. »Ich bin nur hier, weil ich die Akte holen will.«

»Welche Akte?«

»Die von Ludwik Krol. Ich soll den Fall ... weiter bearbeiten, solange Fr -« *solange Frau Baumann verschwunden ist*, hätte er fast gesagt, doch er biss sich auf die Zunge. »... Solange ich noch krankgeschrieben bin. Ich brauche etwas zu tun, Sören, sonst drehe ich zu Hause durch.«

Der Forensiker durchschaute seinen Bluff sofort. »Das ist doch nicht der wahre Grund, Eddy. Ich weiß ja, dass Sie fleißig sind, aber was wollen Sie denn mit dem Fall? Der ist doch schon längst auf Halde gelegt.« Er zuckte die Achseln.

»Deswegen ja. Ich will die Ergebnisse nur noch einmal durchgehen. Beim Zahnarzt hat das ja auch was gebracht. Die ballistische Untersuchung ist doch sicherlich schon abgeschlossen, oder? Hat Herr Erdmann noch eine Obduktion gemacht?«

Sören Edmundson war vielleicht etwas eingebildet, zum Teil auch mal faul und nicht immer ganz ehrlich - doch für dumm hielt er sich nicht.

»Eddy ... Sie wollen das aber nicht nur haben, weil Herr Hübner Sie darauf angesetzt hat, oder?« Misstrauisch kniff er die Lippen zusammen.

Eddys Augen wurden ganz groß. »Neeeiiinnn!«, beteuerte er und schüttelte vehement den Kopf. »Niemals, ich ... ich habe gar nicht mit Herrn Hübner ... also ich meine, er hätte ein berechtigtes Interesse, aber .... nein, wirklich!«

Edmundson lachte und klopfte dem jungen Polizisten auf die Schulter. »War nur ein Witz, Eddy! Beruhigen Sie sich. Ich habe die Akte in meinem Büro, weil ich ... noch etwas nachzutragen hatte«, log er und winkte Eddy, ihm zu folgen. Kurz darauf kamen sie in ein unordentliches, winziges Büro, in dem sich Kartons und Aktenordner auf dem Boden stapelten. Eddy fand kaum Platz mit seinen Krücken, so voll war der Fußraum.

Edmundson schlug sich durch die Unordnung wie ein Dschungelforscher. »Da hinten habe ich sie. Einen Moment«, sagte er und wischte ein halb aufgegessenes Brötchen beiseite, was auf dem Schreibtisch vergessen worden war.

Eddy verzog hinter seinem Rücken das Gesicht.

Der Forensiker zerrte einen Aktenordner aus einem Haufen durcheinandergewürfelter Papiere und reichte ihn mit den Worten: »Hier, das ist die Akte, die Sie suchen«, an Eddy weiter, der sie umständlich unter den Arm klemmte.

Kurz darauf befand er sich bereits, ausgerüstet mit Genesungswünschen und guten Ratschlägen der Kollegen, auf dem Weg nach draußen. Er wunderte sich, wie einfach das gerade gewesen war. Nicht einmal eine Unterschrift hatte jemand von ihm haben wollen.

Edmundson stand am Fenster seines Büros und schaute auf den Parkplatz. Gerade beobachtete er Eddy, der aus dem Hauptgebäude trat. Dieser sah sich einen Moment lang um und humpelte dann zielgerichtet auf einen grauen Volvo zu, der etwas abseits geparkt hatte. Am Auto hing ein Anhänger und eine große Plane spannte sich über dessen Inhalt. Edmundson runzelte die Stirn, doch als er sah, dass Norbert ausstieg, um Eddy zu helfen, setzte er ein grimmiges Lächeln auf.

»Aha! Hab ich es doch gewusst.« Er sah Kommissar Hübner dabei zu, wie dieser Eddy beim Einsteigen half. Dann schnappte Edmundson sich seinen Mantel, klopfte die Taschen nach seinem Autoschlüssel ab und hastete aus dem Büro.

In der Hand hielt er eine Kopie der Akte, die Norbert Hübner soeben auf den Rücksitz des Volvos gelegt hatte.

Unten angekommen startete Sören Edmundson seinen Wagen und ordnete sich in die Ausfahrt des Polizeiparkplatzes ein. Kurz danach sah er vor sich bereits den Volvo mit dem übergroßen Anhänger. Durch die Plane behindert, hätte Herr Hübner ohnehin nicht sehen können, dass er ihnen folgte, aber sicherheitshalber hielt der Forensiker zwei Autos Abstand.

Nur für den Fall.

»Für welchen Fall?«, dachte er laut. »Hübner wird wohl kaum aussteigen und mich verhaften.« Er gluckste über seinen eigenen Witz und bog dem Volvo hinterher ins Industriegebiet ab. Nach einer Zeit wurde der Wagen vor ihm langsamer und hielt an einem Gelände für Garagenvermietung.

Es handelte sich um GERDS GARAGEN, die so ziemlich die halbe Stadt mit ihren Werbeplakaten vollgepflastert hatten. Es war ein Selbstbedienungslager, wusste er.

Was wollten Hübner und Meisen hier?

Sören Edmundson parkte sein Auto gegenüber der Einfahrt und wartete, bis die beiden durch die Schranke und außer Sicht waren. Dann stieg er aus und schlich ihnen hinterher.

KAPITEL 27

Ihr Magen knurrte.

Katharina wischte sich über das Gesicht und blinzelte. Nur langsam gewöhnten sich ihre Augen wieder an das Licht. Sie hatte geschlafen.

Schon wieder.

Nachher würde sie noch eine warme Suppe kochen müssen. Hoffentlich aß die Kleine sie diesmal auch.

Puppe

Puppenmutti

Mein Name ist Katharina Baumann, Kriminaloberkommissarin Katharina Baumann mein Name ist Katharina Baumann, Kriminaloberkommissarin Katharina Baumann mein Name ist …

»Argh!« Katharina haute sich gegen die Stirn. Diese Gedankenfetzen kamen immer öfter! Sie kniff die Augen zusammen und ließ einen Klagelaut aus ihrer Kehle steigen. Erschrocken verstummte sie, als sie das Geräusch ihrer eigenen Stimme hörte.

Ihre Beine waren nackt. Sie trug nur ein hellgraues, knielanges Kleid, aber das war egal, ihr war ohnehin ziemlich warm. Sie musste jetzt aufstehen und das Baby versorgen. Gähnend drehte sie sich auf die Seite und hing noch einen Augenblick dem vergangenen Schlummer nach, ihre Glieder warm und entspannt unter der Daunendecke.

Nur noch fünf Minuten schlafen ...

Das Leben als Mutter war wirklich hart. Gerade auch, weil es so unverhofft gekommen war. Mit einem Mal war die Kleine einfach da gewesen. Katharina streckte sich. Dann schlüpfte sie in ein Paar Hausschuhe, die vor ihrem Futonbett standen. Bei dem Bett handelte sich um ein chinesisches Modell, sehr nah am Boden. Davor lag ein Teppich aus -

Eine Pappe ist das, Dummerchen.

- DAVOR LAG EIN TEPPICH aus Kokosfasern, den sie aus dem letzten Hawaii-Urlaub mitgebracht hatte. Ein schöner Urlaub war das gewesen. Jim hatte ihr erst neulich wieder eine Postkarte davon gezeigt. Sie konnte sich kaum entsinnen, jemals da gewesen zu sein, aber er hatte gelacht und sie geküsst und gemeint, sie würde sich schon noch daran erinnern. Und falls nicht, sei er ja da, um ihr erneut davon zu erzählen.

Sie schlurfte aus der Schlafnische und in den Wohnbereich hinein. Der erste Blick galt der Kinderkrippe. Dort lag sie, ihre Tochter.

Schlafend.

Sie schlief immer, wenn die Mama auch noch schlief. So ein artiges Mädchen.

Eine Puppe! Eine Puppe! Eine -

Wärme erfüllte ihr Herz und Katharina beugte sich hinunter, um das Kind an sich zu drücken. Als sie es hochhob, schlug es die Augen auf. Seine kleinen Lippen bewegten sich sachte, als wollten sie sagen »Mama, schön, dass du da bist.«

»Na, hast du schon Hunger, mein Kleines?«, flüsterte sie sanft und lief mit dem Kind im Arm in die Kochnische. Dort setzte sie es auf einen Stuhl – es konnte wirklich schon gut alleine sitzen mit seinen drei ... vier ... zwei .... Monaten – und füllte ein wenig Milch -

Wasser! Das ist Wasser, siehst du das nicht?

- in einen Topf. Sie nahm eine Pappverpackung neben sich in die Hand und schüttelte sie sachte. Die Schachtel raschelte und Katharina machte sich eine mentale Notiz, Grieß auf den Einkaufszettel zu schreiben, den sie Jim mitgeben würde. Sie schüttete etwas davon in die Milch. Langsam rührte sie das Gebräu, bis es anfing, zu blubbern. Dabei summte sie eine Melodie, das Lieblingslied ihrer Tochter. Ich gehe mit meiner Laterne ...

Ihre Füße wurden kalt.

Plötzlich bemerkte Katharina, wie sie am ganzen Körper zitterte. Nanu? War denn die Heizung ausgefallen? Sie lief zum Bett zurück und fasste an einen Metallkasten, von dem sie annahm, es sei die Heizung. »Es ist eine moderne Anlage«, hatte ihr Mann gemeint.

Du bist nicht verheiratet.

Die Heizung war kalt unter ihren Fingern.

Sie schüttelte den Kopf und lief zurück zur Kochnische. Dort war der Herd, hier war es sicher wärmer. Wenn es so kalt bliebe, würde sie sich einfach zurück ins Bett legen. Jim hatte ihr versichert, dass sie krank sei, aber schon auf dem Weg der Besserung. Andauernd musste sie ihre Medizin nehmen. Große, farbige Tabletten.

Der gute Jim. Er versorgte sie immer mit ihrer Medizin. Aber sie war teuer, oh ja. Deswegen musste sie auch immer alles nehmen und durfte nichts verweigern. »Ich arbeite so hart, um für dich zu sorgen! Du musst wirklich deine Tabletten nehmen, Schatz«, sagte er immer.

Seltsam. Ihre Liebe war noch so frisch, obwohl sie laut Jim etliche Jahre zusammenlebten.

Und Katharina tat, was er sagte. Brav nahm sie ihre Pillen. In der letzten Zeit waren es jedoch weniger geworden, was ihr versicherte, dass sie bald gesund sein würde. Sicher waren es nur noch wenige Wochen. Wenn nur diese ständige Müdigkeit nicht wäre ...

Das Baby saß noch immer auf seinem Stuhl. Es war ganz leise, dabei musste es doch Hunger haben? »Na du? Dein Breichen ist gleich fertig«, säuselte Katharina und tätschelte dem Kind den Kopf.

Sie spürte, wie die Kälte begann, ihre Glieder zu lähmen. Langsam aber stetig wanderte sie ihre Beine hinauf, kroch über ihren Rücken und die Schultern. Gänsehaut explodierte an ihrem Körper. Schwer hing ihre Brust unter dem Kleid, was sich irgendwie rau anfühlte, jetzt, wo sie es bemerkte ...

Sie blinzelte, als sie sah, was sie da trug.

Die Welt rückte in den Fokus.

Die Farben verblassten.

Es war ein Bettbezug.

Er hatte Knöpfe an den Schultern und hing ihr wie ein Sack vom Rumpf. Erschrocken riss sie die Augen auf und betastete ihren Leib. Sie trug keinen BH, keine Unterwäsche.

Gehetzt sah sie sich um. Mit einem Schlag war sie hellwach und Eindrücke stürmten wie Gewehrfeuer auf sie ein.

Es war kein Wohnzimmer, es war eine Fabrikhalle.

Kein Grießbrei, sondern Sandmatsch.

Kein Teppich, sondern Pappkartons.

Kein Baby, sondern eine -

»Nein, Nein, Nein, Nein! Hör auf!«, schrie sie und schlug sich gegen die Stirn. »Das kann nicht sein! Ich bin doch hier! Ich lebe hier! Ich bin verheiratet! Ich -«

Mein Name ist Katharina Baumann, Kriminaloberkommissarin Katharina Baumann mein Name ist Katharina Baumann, Kriminal -

Schwer atmend ließ Katharina sich zu Boden sinken. »Nur ein Albtraum ...«, keuchte sie, »nur ein Albtraum, nur ein ...«

Das war es.

Ihr Herzschlag beruhigte sich.

Es war nur ein böser Gedanke. Gerade schlief sie selig in ihrem Bett und wartete auf ihren Mann, der bald nach Hause kommen würde. Dann würden sie zu Abend essen, sie würde das Baby wickeln und es ins Bett bringen.

Wo es schon wieder schlafen würde.

So wie sie.

Den ganzen Tag.

Katharina begann erneut, zu summen, und hob das Kind aus dem Stuhl. Sie wiegte es hin und her, griff sich einen Löffel von der Ablage und fütterte es direkt aus dem Topf mit seinem Grießbrei. Das Baby drehte sich weg, doch davon wollte sie nichts wissen. Mit einer Hand hielt sie das Köpfchen, mit der anderen schaufelte sie den Brei hinein. »Iss mal, damit du groß und stark wirst, wie deine Mama, so ist das fein, deine Mama ist -«

Katharina Baumann, Kriminaloberkommissarin Katharina Baumann, Katharina Baumann, Katha -

Mit einem Wutgeheul schleuderte Katharina das Baby von sich und hieb sich mit den Fäusten auf den Kopf. Einmal, zweimal. Dann begann sie, sich im Gesicht zu kratzen, als wolle sie die innere Stimme mit Gewalt zum Schweigen bringen. Diese Gedanken! Wann wollten diese schlimmen Gedanken nur aufhören? Es war schließlich nur ein Albtraum! Wieso war sie hier gefangen?

Gefangen

Sie schüttelte sich, atmete durch und drückte die geschlossenen Fäuste auf die Augen. Die Bilder in ihrem Kopf wurden langsamer und verstummten.

»Was habe ich getan?« Schnell lief sie in die Ecke des Raumes, hob das Kind wieder auf, klopfte es kurz ab und drückte es an sich.

Wieso weint es nicht?

Es ist nur eine Puppe, Dummchen!

Puppen weinen nicht.

Sie hielt es an sich gepresst, während sie zur Wiege ging. Dort bettete sie es ein und verharrte noch einen Augenblick. Ihre Tochter hatte schon wieder die Augen geschlossen und schlief nun, nichts ahnend von dem Albtraum, der sie umgab.

Katharina schlurfte zurück in die Schlafnische, gähnte und legte sich auf ihr Futonbett nieder. Sie zog eine warme, kuschelige Daunendecke über sich und schloss die Augen. Nur ein Albtraum. Wenn sie aufwachte, wäre das alles Vergangenheit.

Nur schlafen.

Auf einer schmutzigen Matratze im oberen Stock einer verlassenen Holzfabrik schloss Katharina Baumann unter einer löchrigen Wolldecke die Augen und wünschte sich weit, weit weg.

KAPITEL 28

Als Norbert das Garagentor hochfahren ließ, blieb Eddy der Mund offen stehen. Was war das hier? Blinzelnd humpelte er in den schummrigen Innenraum und besah sich sowohl das Motorrad als auch die Kleidung und den Blutfleck genauer. Dann trat er einen Schritt zurück. Wortlos wandte er sich Norbert zu, der in der Zwischenzeit die Akte vom Rücksitz geholt hatte und darin blätterte.

»Haben Sie denn eine Idee, was uns das alles sagen soll?«, fragte er und wies mit dem Kinn auf die Gegenstände vor sich.

»Das ist Katharinas geheime Garage«, erklärte Norbert düster und wedelte mit dem Papier in seiner Hand. »Jetzt finden wir heraus, was Frau Baumann uns alles *nicht* erzählt hat.«

Eddy verschluckte sich vor Schreck an seiner eigenen Spucke und erlitt einen Hustenanfall. Als er wieder Luft bekam, stammelte er: »Wie können Sie sich sicher sein, dass die Garage Frau Baumann gehört?«

Norbert antwortete: »Na ja, sagen wir mal so – ich kann mir kaum vorstellen, dass irgendjemand anderes den Schlüssel, den ich gefunden habe, in ihrer Wohnung unter eine Schublade geklebt hat.«

Eddy nickte langsam. »Hm, okay. Das leuchtet mir ein.« Er sah sich noch einmal um. »Und … was genau machen wir jetzt hier?«

Norbert war dazu übergegangen, die Akte auf dem Fußboden auszubreiten. Nun kniete er über den Fotos vom Tatort.

Eddy wurde ganz anders.

»Herr Hübner … seien Sie bloß vorsichtig … wenn das dreckig wird, dann macht mir Edmundson nachher noch Luft … Sie wissen ja, wie der ist!«

Norbert war das gar nicht aufgefallen.

»Oh, ääh … Selbstverständlich.« Er holte sein Stofftaschentuch aus der Tasche und legte dieses zwischen Akte und Fußboden. Es half nicht viel, weil die Größe des Aktenordners das des Taschentuchs um ein Vielfaches überstieg. Aber vorerst musste es so gehen.

»Eddy …«, sagte Norbert nach einigen schweigsamen Momenten gedankenverloren, »holen Sie mir doch mal schnell die Spülhandschuhe aus dem Handschuhfach, ja? Der Wagen ist offen.«

Erst als Norbert danach die Krücken klappern hörte, bemerkte er seinen Fehler und sprang auf. »Ach, das tut mir leid. Daran habe ich ja gar nicht mehr gedacht. Ich gehe natürlich selber.« Norbert hastete an seinem Kollegen vorbei und holte sich die Handschuhe. Dabei kam ihm eine Idee.

Kurzerhand koppelte er den Hänger ab und fuhr mit dem Volvo rückwärts in die Garage. Dann stieg er aus und öffnete den Kofferraum. »Hier, dann können Sie sich hinsetzen!«

Dankbar ließ der junge Mann sich im Heck des Autos nieder. Der Kommissar bückte sich erneut und hob nun die Akte ebenfalls in den Kofferraum, wobei ein Blatt herausfiel. Er nahm es auf. »Ah, genau das, was ich gesucht habe«, sagte er und sein Gesicht erhellte sich. »Der Bericht der Ballistik!«

Norbert blickte verkniffen über das Papier. Schließlich seufzte er und gab das Blatt an Eddy weiter. »Können Sie das lesen? Was sagt Herr Erdmann über die Waffe?«

Eddy vertiefte sich in das Schreiben. »Hier steht, dass es sich höchstwahrscheinlich um eine halb automatische Pistole mit dem Kaliber 9 mm handelte. Die ... Verteilung von Schussrückständen weist darauf hin, dass die Waffe beim Abzug nah am Opfer gewesen sein muss. Der Ballistiker schätzt eine Entfernung ... von unter zwanzig Zentimetern.« Er las noch ein Stück weiter. »Er fand Schmauchspuren direkt neben der Eintrittswunde ... ah, hier ist noch etwas Interessantes. Es gibt zwei Eintrittsstellen sehr nah beieinander, jedoch wurde nur eine Patronenhülse gefunden.« Eddy blickte auf. »Hilft Ihnen das weiter?«

Norbert bückte sich und hob die Pistole auf, die vor ihnen auf dem Boden lag. Langsam wendete er sie vor seinen Augen. An der Mündung klebte etwas, das wie getrocknetes Blut aussah.

Außerdem einige Fetzen, die Reste eines Kleidungsstücks sein konnten. »Schauen Sie mal, ob sie geladen ist«, schlug Eddy vor.

»Gute Idee«, sagte der Kommissar und versuchte, seine Unsicherheit zu verbergen. »Das war noch mal …«

»Erst das Magazin entfernen, dann den Schlitten zurückziehen und von oben hineinschauen, ob Patronen drin sind. Ist sie geladen, springt die letzte Patrone raus«, sagte Eddy, als wäre er ein laufendes Schusswaffenhandbuch.

Norbert tat, wie ihm geheißen. Er drückte den Knopf, um das Magazin zu entfernen, was daraufhin auf den Boden fiel. Dann zog er den Schlitten zurück und eine Patrone schleuderte heraus.

»Eieiei. Das ist aber gefährlich«, entfuhr es ihm. »Bloß gut, dass ich eine ruhige Hand habe.« Eddy nickte. Norbert sammelte die Patrone und das Magazin vom Boden auf und lief damit zu dem jungen Polizisten. Gemeinsam befreiten sie die restlichen Patronen aus dem Magazin und zählten nach.

Es waren fünfzehn.

Und damit genau zwei weniger, als das Magazin gehalten hätte. »Okay. Lassen Sie uns das vergleichen mit dem, was in der Akte steht.« Norbert zog ein Foto der gefundenen Patronenhülse aus dem Aktenordner und kurz darauf hatten sie beide Gewissheit:

Es handelte sich um die gleiche Patronenhülse.

Norbert wurde schwindlig.

Lag vor ihnen tatsächlich eine Mordwaffe?

KAPITEL 29

Eddy und Norbert starrten auf ihren Fund.

»Ist es ... ist es wirklich das, wofür ich es halte?«, fragte der junge Polizist und erblasste.

Der Kommissar nickte vorsichtig. »Ich fürchte ja.« Kurz schwiegen sie. Dann nahm Norbert erneut die Akte zur Hand und zog ein weiteres Foto heraus, was die Reifenspuren zeigte, die man am Tatort gefunden hatte. Damit lief er hinüber zum Motorrad. Er kniete sich hin und kniff die Augen zusammen. Dann winkte er Eddy heran. »Können Sie mal einen Blick hier drauf werfen?«, fragte er.

Der junge Polizist stand auf und humpelte zu ihm hinüber. Beide hockten nun vor den Reifen des Motorrads und verglichen die Profile des Fotos mit denen vor sich.

»Sehen Sie, was ich sehe?«, fragte der Kommissar.

Eddy bekundete vorsichtig seine Zustimmung. »Ja. Das sind definitiv die gleichen Profile. Sehen Sie hier«, er deutete auf ein Steinchen, das im Gummischlauch steckte. »Diese Stelle stimmt sogar mit dem Foto überein. Auch hier ist der Abdruck etwas verschoben.«

Norbert atmete aus, als die Wahrheit sich ihnen in aller Deutlichkeit präsentierte.

Die ganze Zeit hatten sie mit einer Mörderin zusammengearbeitet. Vermutlich sogar unwissentlich dabei geholfen, ihre Taten zu vertuschen. Fassungslos fuhr er sich mit einer Handfläche über das Gesicht.

Derweil hatte Sören Edmundson es geschafft, den Volvo wiederzufinden. Er war schon eine ganze Weile auf dem Gelände umhergeirrt und hatte sich insgeheim verflucht, nicht doch irgendwie mit dem Wagen hereingefahren zu sein, als ihm der Anhänger mit der blauen Plane vor einer der letzten Garagen auffiel. In gespannter Erwartung beschleunigte er seine Schritte.

Norbert und Eddy hatten sich beide zurück ins Heck des Volvos gesetzt und berieten, was nun zu tun sei.

»Eddy«, sagte Norbert mit hängendem Kopf, »egal, wie wir über Katharina Baumann denken - wir müssen die Sache melden.«

Eddy antwortete nicht.

»Wir haben es versucht«, sprach Norbert wieder, »bloß ... die Sache hier ist der Gipfel. Wir müssen jetzt verantwortungsbewusst agieren. Oder wir werden uns ein Leben lang Vorwürfe machen.«

Norberts Worte drangen kaum zu Eddy durch.

Seine Welt drehte sich.

War sein Vertrauen missbraucht worden? Erst der Unfall, dann die Frage, ob Katharina, seine Vorgesetzte, etwas davon geahnt hatte - und nun die Feststellung, dass diese Person eine Mörderin war.

Und als wenn das nicht genug Drama wäre, war die gleiche Person nun entführt worden und auf ihre Hilfe angewiesen. Würde Eddy Alkohol trinken, wäre heute definitiv ein Tag dafür. So blieb ihm nur die dicke Packung Vanilleeis, die zu Hause im Gefrierschrank auf ihn wartete.

In Norbert sah es nicht anders aus. Wenn er die Sache nun meldete, würde das auch unangenehme Konsequenzen für ihn bedeuten. In seiner Beurlaubung hätte er nichts tun dürfen, außer mit Gudrun im Garten zu arbeiten und sich seinem Puzzlespiel zu widmen. Stattdessen hatte er Ermittlungen angestellt ... wenn auch nicht ganz freiwillig. Doch es gab einen Ausweg.

»Eddy, wie wäre es, wenn Sie das hier melden?«

Der junge Mann fiel aus allen Wolken.

»Ich? Wieso ich?«

»Überlegen Sie mal«, sprach der Kommissar weiter und stand dabei auf. »Ich dürfte offiziell gar nicht hier sein. Allein die Tatsache, dass ich auf diese Garage gestoßen bin, macht die ganze Sache schon hinfällig. Wenn Sie diesen Fund jedoch melden, muss ich mich nur wegen des Besitzes des Schlüssels verantworten ... den ich Ihnen habe, ääh ... *zukommen* lassen.«

»Aber Herr Hübner ...«

»Wir müssen das tun«, sagte Norbert, »und mit den Konsequenzen gehen wir dann um, wenn sie sich uns präsentieren.«

»Es kann zu Ihrer Suspendierung führen, Herr Hübner«, gab Eddy zu bedenken.

»Dessen bin ich mir bewusst«, bestätigte Norbert, »aber uns sind die Hände gebunden. Heute ist Samstag. Wir lassen es uns noch einmal durch den Kopf gehen, aber Sie müssen die Sache melden. Am besten gleich am Montag.«

Eddy schluckte, nickte jedoch. »Hoffentlich taucht Frau Baumann bis dahin wieder von selbst auf.«

Norbert lachte ein freudloses Lachen.

Als sie gerade noch über ihren Beschluss nachdachten, stand Sören Edmundson mit einem Mal breitbeinig im Garagentor.

»Interessant, was Sie beide sich hier für Geschichten ausspinnen.«

KAPITEL 30

Katharinas Blick war geschärft und der verträumte Ausdruck aus ihren Augen verschwunden. Sie kämpfte mit dem kalten Entzug. Seitdem ihr Jim weniger Tabletten mitbrachte, hatte sie immer mehr »klare« Stunden, in denen sie sich fragte, wo sie hier eigentlich war und wie man sie hierher gebracht hatte. Im nächsten Moment wurde ihr wieder übel. Die Farben ihrer Welt verschwammen. Sie wurden bunter, lebendiger, geradezu intensiv. Dann flatterte ein Schmetterling auf den Kochlöffel, der munter in dem Grießbrei vor ihr rührte.

Das war kein Grießbrei, das war ...

Katharina lief ein Schauder über den Rücken. Schon wieder ein Blackout.

Das Wasser stand in einer alten Tonne, die Jim hier hereingerollt hatte. Wie lange das her war, wusste sie nicht. Es hätten Tage und Wochen sein können. Sie hatte vollkommen die Orientierung verloren. Es gab keine Uhr hier drin. Kein Fenster. Nur eine Tür. Ihre einzige Möglichkeit, die Zeit zu schätzen, war ihr Schlafzyklus. Jedenfalls, falls dieser noch stimmte. Der Junge, der sich Jim nannte, versorgte sie mit dem Nötigsten. Dennoch hatte sie hier drin nichts zu essen – und auch keine weiteren Tabletten.

Ihr Körper beschwerte sich lautstark gegen den Entzug und Katharina beugte sich würgend nach vorne, während sie sich die freie Hand auf den Magen drückte. Schüttelfrost befiel sie und für einen Moment wurde ihr schwarz vor Augen.

Als sie die Lider wieder öffnete, stand Jim über ihr.

Jim ihr Ehem-

Nein. Das war nicht ihr Mann. Das hatte der Nebel, der so lange ihr Gehirn umwabert hatte, bereits freigegeben.

»Alles in Ordnung, Liebling? Du musst dich wieder ins Bett legen. Es tut dir nicht gut, aufzustehen, merkst du das nicht?«, säuselte er.

Sie nickte und ließ sich von ihm zurück auf die dreckige Matratze führen. Auch, wenn es gut war, dass ihr Geist langsam zurückkehrte, hätte sie die Illusion des Futonbetts gern aufrechterhalten. Stattdessen legte sie sich hin und ließ sich von Jim zudecken, der peinlich genau darauf acht gab, sie nirgendwo zu berühren. Nicht zum ersten Mal fragte sich Katharina, wie lange sie bereits seine Gefangene war. Er gab ihr einen Kuss auf die Stirn. »Gute Nacht, mein Engel, Schlaf schön. Bald wird es dir besser gehen«, sagte er leise und stand dann auf.

Er drehte ihr den Rücken zu. So entging ihm der feindselige Blick, den sie ihm hinterherwarf.

KAPITEL 31

Einige Stunden später parkte Jim den Wagen am Rande eines Waldweges. In sich zerrissen bekam er gar nicht mit, wie Robert neben ihm ausstieg und aufs Autodach klopfte. »Nu mach. Wie lange willst du noch im Auto sitzen?«

Jim kannte die Antwort auf diese Frage nicht. Und war das nicht auch seine eigene Entscheidung, wann er ausstieg?

Aussteigen.

Als er dieses Wort in seinem Kopf nachhallen hörte, fühlte es sich sehr befreiend an.

»Alter, was ist jetzt schon wieder los?«, hörte er seinen Boss von draußen fragen. Die Stimme drang nur undeutlich an seine Ohren.

Genau. Was war eigentlich los? Vielleicht war es die Sache, dass sie gerade von einem Internat kamen, wo sie ihre Päckchen an Minderjährige vertickt hatten. Oder der Besuch heute Morgen bei Katharina. Gefährlich, ja. Gewagt auch.

Aber vielleicht ging es auch darum, dass Robert ihn seit Tagen im Grunde nur angeblafft und herumgeschubst hatte. Normalerweise hätte er widersprechen wollen, doch Jim hatte nicht den Mut dazu. Noch jedenfalls nicht.

Kindern verkaufte man keinen Stoff. Das wusste sogar er. Jim selbst hatte in seinem eigenen Leben schon viel verbockt und manchmal war er sich nicht sicher, ob das vielleicht doch an den Drogen lag. Viel zu früh war er damit in Kontakt gekommen. Vielleicht jedoch wäre es ohne Drogen auch nicht anders gelaufen? Wer wusste das schon?

»Ist gut. Ich komme ja«, murmelte er, schnallte sich ab und stieg aus.

»Junge, wenn ich in deinem Tempo Geschäfte machen würde, dann wäre ich nie zu etwas gekommen«, maulte Robert und nahm Kurs auf die vor ihm liegenden Büsche. Sie würden sich nun einige Minuten durchs Unterholz schlagen müssen, um zur Hütte zu gelangen.

»Die Tanknadel hat geklemmt«, log Jim abwesend, ohne sich die geringste Mühe zu geben, authentisch zu wirken.

»Scheiß Auto. Aber ist auch egal. Die Dinge laufen so gut, dass ich mir überlege, einen neuen Wagen zu besorgen«, meinte Robert, als er ein paar Äste beiseite drückte und in den Wald eintauchte.

»Das klingt gut«, entgegnete Jim, immer noch in Gedanken verloren. Die Sonne hatte ihren Zenit schon überschritten und der Wald erstrahlte in den schönsten Farben. Vorhin hatte es kurz geregnet und der Boden war noch immer vollkommen durchnässt.

Sie liefen eine Weile schweigend, jeder in seine eigenen Gedanken vertieft. Einige Augenblicke später konnten sie die alte Holzhütte ausmachen, in der Jim erneut die Nacht verbringen würde.

»Hast du schon mal eine Karre gestohlen?«, nahm Robert das Gespräch wieder auf.

Jim blieb stehen und sah Robert fragend an. »Ääh ... nein? Ich denke, es läuft gut und wir haben langsam das Geld zusammen, um uns eine neue Kiste leisten zu können? Davon hast du doch gerade gesprochen, oder nicht?«

Robert grinste. »Bald Jim, bald. Momentan muss ich noch meine alten Schulden bei jemandem begleichen, der sonst sehr wütend wird.«

»Was?«, Jim fiel aus allen Wolken. »Davon hast du mir nie was erzählt!«

Robert, der ebenfalls stehen geblieben war, tat einen Schritt auf ihn zu. »Du musst nicht alles wissen. Und halt dein Maul. Das ist besser für dich. Sei zufrieden, dass ich die Dinge so regle, wie ich sie regle. Wenn wir das Geld nicht bald zusammen haben, dann kommen die nicht nur meinetwegen, da kannst du dir gewiss sein.« Er schnaubte. »Diese Typen sind nicht so barmherzig wie ich!«

Jim überlegte einen Moment, ob er etwas erwidern sollte, blieb dann aber ruhig und zuckte die Schultern. »Okay.«

Gemeinsam liefen sie weiter, als wäre nichts gewesen, und betraten die alte Holzhütte. Doch die Ruhe währte nicht lange.

»Was ist denn hier passiert?«, schrie Robert, als er die Tür aufriss. Heraus quoll ein bestialischer Gestank nach Urin. Die Decken waren durcheinandergebracht und ein alter Stuhl, der in der Ecke lag, war regelrecht von Bissen übersät.

»Balu, du hässliche Mistkröte!«

Jim sah zu, wie Robert auf den Hund losmarschierte, der den Ärger anscheinend schon gerochen hatte. Balu winselte und legte seinen Schwanz schützend vor sich. Als würde das jetzt noch etwas bringen, dachte Jim.

Robert hob die Faust, doch hielt kurz vor dem Schlag inne. »Nein! Das ist viel zu gut für dich, du dummer Köter!«, schnauzte er das Tier zornig an und drehte unerwartet auf dem Absatz um. Als Jim ihn verdutzt anstarrte, murmelte er: »Ich hole den Kuhfuß aus dem Auto ... Ohne eine Tracht Prügel kommt der mir nicht davon!«

Robert schlug die Tür hinter sich dermaßen heftig zu, dass die gesamte Hütte zu wackeln schien. Er würde Rache nehmen und es bestand die Chance, dass Balu das nicht überleben würde, das ahnte Jim bereits. Der Gedanke daran fühlte sich seltsam an. Weil dieses komische Kribbeln in seinen Bauch so selten auftrat, musste er einen Moment überlegen, um was es sich handelte.

Dann erkannte er es.

Es war Mitleid.

Er wollte nicht, dass der Hund eine Bestrafung erhielt. Der wusste gar nicht, was er getan hatte. Wäre die Kette, die er und Robert besorgt hatten, nur etwas länger gewesen, so hätte Balu sicher seinen Weg nach draußen gefunden und sein Geschäft nicht mitten in der Hütte erledigt. Außerdem hatte der Hund viel zu wenig Bewegung, irgendwann musste er die Bude hier auf den Kopf stellen. Das war nur eine Frage der Zeit gewesen.

Widerstand regte sich ihn ihm.

Langsam setzte Jim einen Fuß vor den anderen. Er wusste noch nicht, ob er den Weg, den er nun antrat, bis zum Ende gehen wollte, aber tief in ihm drin schien sich etwas zu verändern.

Er würde handeln. Es waren nur ein paar Schritte bis zu Balu. Jim löste die Kette am Halsband des Hundes und flüsterte: »Lauf, mein Dicker!«

Doch wider Erwarten regte sich das Tier kein Stück. Jim wurde ungeduldig. Robert würde nicht mehr lange wegbleiben.

»Los, sieh zu, dass du Land gewinnst!«

Robert lief derweilen um den Wagen herum. Er wusste, dass die Brechstange irgendwo sein musste. Eigentlich hatte er das Ding immer im Kofferraum verstaut, um gelegentlich Leuten zu drohen, die es nicht besser verdient hatten. Selten musste er zwar seine Drohungen in die Tat umsetzen, doch er durfte in solchen Dingen nicht zögerlich sein oder Schwäche zeigen. Robert war ein Mann von Wort.

Jim zerrte Balu derweil am Halsband und lief mit ihm ins Hinterzimmer. An der Rückwand trat er zwei morsche Holzbretter ein, die demnächst ohnehin zusammengefallen wären. Er deutete auf den jetzt freien Weg nach draußen und feuerte den Hund an, während er versuchte, ihn am Halsband vorwärtszuziehen: »Los Balu! Renn weg! Solange du noch kannst! Lauf!«

Das Tier schien nicht zu ahnen, was auf ihn wartete. Jim wurde zunehmend frustriert über die Angelegenheit. Er setzte sich neben den Rottweiler und zuckte die Achseln. »Bitte. Dann kann ich dir auch nicht mehr helfen.«

Balu stellte den Kopf schief und machte Sitz.

»Ahh, da ist das gute Stück ja endlich! Komm zu Papa ...« Voll des Glückes nahm Robert die Brechstange aus dem hinteren Fußraum des DeVille. Ihm war nicht bewusst gewesen, dass er diese dort abgelegt hatte. Nachdem er die Autotür zugeworfen hatte, machte er sich auf den Weg zurück zur Hütte.

Jim konnte ihn bereits durch das Fenster sehen. Auch wenn er mit Balu nur im Nebenraum auf der Erde kauerte, war er groß genug, um zu erkennen, wie sein Boss sich unaufhaltsam auf die Holzhütte zubewegte. Wie ein Krieger schwang er dabei die Brechstange in seiner rechten Hand.

Jim drehte sich zu dem Hund. »Letzte Chance Balu. Letzte Chance. Dein Herrchen ist gleich hier. Wir wollen das beide nicht erleben, mein Freund. Los doch! Lauf jetzt! Lauf!«

Ein dumpfer Ton erklang und Jim hörte Robert fluchen. Ihm war das Brecheisen beim Herumwedeln aus der Hand geglitten und auf den Waldboden gefallen. Es dauerte einen Moment, bis er es wieder aufgehoben hatte, doch nun war es bereits zu spät. Niemals würde Balu es schaffen, wegzurennen, dachte Jim. Außerdem schien der Hund zu treu zu sein, um überhaupt Reißaus nehmen zu wollen. Jim verstand nicht, warum ihn dieser Fakt plötzlich so traurig machte. Was war nur mit ihm los?

Und welche Wahl blieb ihm selbst?

Im selben Moment berührte Roberts Hand die Türklinke. Er riss sie auf und lächelte. Mit der Brechstange in der erhobenen Hand marschierte er mit schweren Schritten in den Nebenraum.

Doch etwas war anders als zuvor.

Niemand war mehr hier.

KAPITEL 32

Jim rannte.

Wie viel Vorsprung hatten sie?

Balu und er hetzten durch den Wald. Von weit her hörten sie Robert schreien, der ihre Fährte bereits aufgenommen hatte. Immer wieder blieb Balu stehen und wollte auf seinen Herrn warten, doch unerbittlich zog Jim ihn mit sich. In letzter Sekunde hatte er noch die Eisenkette an Balus Halsband befestigen können. Das andere Ende hielt er während des Laufens nun wie eine Leine fest in der Hand. Gemeinsam rannten sie um ihr Leben.

»Jim, du dreckiger Versager! Ich bringe dich um, wenn ich dich zu fassen kriege! Hörst du? Du dreckiger Versager! Dich und den Scheiß Köter! Ich bringe euch beide um! Euch beide!«, hörte er Robert hinter sich brüllen.

Das galt es zu verhindern, dachte Jim. Er sprang über Geäst und zog den Kopf ein. Robert schien noch wütender als sonst. Wollten er und Balu nicht hier im Wald ihr Begräbnis erleben, so müssten sie mindestens diese Geschwindigkeit beibehalten. Zum

Glück war es noch so hell, dass sie einigermaßen sehen konnten.

Jim wusste, es gab nur einen Ausweg aus dieser Lage. Nur einen Ort, der für ihre Sicherheit sorgen konnte. Er holte alles aus sich heraus. Das Blut strömte in seine Beine und zusammen mit der Panik in seinem Bauch erhöhte es noch einmal seine Laufgeschwindigkeit.

Einer seiner Schuhe verkeilte sich in einem unachtsamen Moment im Unterholz. Ohne zu zögern, zerrte Jim kurzerhand seinen Fuß heraus und lief auf der Socke weiter. Sie durchnässte sofort, doch er schenkte der Sache keine Aufmerksamkeit.

Sein Fokus durfte ihn nicht verlassen.

Nur ein Fehler, ein Fall - und alles war verloren.

Der Hund konnte sicher noch eine Ewigkeit so weiterlaufen, aber was war mit ihm? Er kannte diesen Weg, doch jetzt am helllichten Tag erschien er ihm so anders als bei Nacht. Gerade als er überlegte, ob er überhaupt in die richtige Richtung rannte, erkannte er durch die Bäume das Gelände der alten Papierfabrik. Im Rennen prüfte er die linke Hosentasche. Kein Schlüssel. Er wechselte die Leine in die andere Hand und prüfte auch die Rechte. In dieser befand sich auch kein Schlüssel, aber zumindest sein Handy. Ohne Schlüssel würde sein Plan zum Scheitern verurteilt sein, das wusste er.

Und dennoch. Umdrehen war nicht mehr möglich, jetzt ging es nur noch geradeaus.

»Bleib stehen! Du verfluchter Bastard«, keuchte Robert dicht hinter ihnen.

Doch Jim blieb nicht stehen. Die letzten paar Meter durch den Wald japste er bereits heftig nach Luft. Er war am Ende seiner Kräfte, viel hatte er nicht mehr zu geben.

Zu seinem Glück hatten sie jedoch gute Fortschritte gemacht. Durch ihren Vorsprung schaffte Jim es, die Tonne vom Maschendrahtzaun wegzuschieben, bevor ihn Robert zu fassen bekam. In letzter Sekunde kroch er nach Balu hindurch und entging damit nur um Sekunden Roberts Brechstange, die direkt hinter ihm auf den Boden aufschlug. Jim rannte auf das Gelände der Fabrik und klopfte verzweifelt seine Brusttaschen ab. Dort ertastete er einen Gegenstand.

»Hoffentlich ist es das, was ich denke«, keuchte er unwillkürlich. Jim zog Balu in Richtung des Eingangs und fummelte dabei das Objekt aus seiner Brusttasche heraus. Zu seinem Glück handelte es sich um den gesuchten Schlüssel. Damit würde er das Vorhängeschloss vom Riegel im Obergeschoss entfernen.

Doch Robert holte auf.

Jim musste sich beeilen, er fiel förmlich in die verlassene Fabrik und hetzte die Treppe hinauf.

Robert sprang ihm nach.

Jim hatte wieder etwas Boden gut machen können und war nun nicht mehr weit ab von dem erlösenden Ziel. Nur noch ein Stockwerk. Los Jim, das schaffst du!

Ein bissiger Befehl hallte durch die Halle.

»Balu! Bleib!«

Der Hund gehorchte sofort und setzte sich.

Ein Ruck ging durch die Kette und nur um Haaresbreite schaffte es Jim, sein Gleichgewicht zu behalten. In der Zwischenzeit holte jedoch Robert schnell auf und kam ihnen gefährlich nahe.

Jim zerrte das massige Tier mit all seiner Kraft fort und stürzte durch einen langen Flur in eine freie Etage mit halbhohen Betoneinsätzen. Vor sich schälte sich eine Stahltür aus dem Dämmerlicht, die mit einem Vorhängeschloss verriegelt war. Mit lautem Herzklopfen drückte er den Schlüssel in das Schloss und drehte ihn um. Er riss die Tür auf, zerrte Balu in den Innenraum und wollte sie gerade wieder zuschlagen, als Robert mit der Hälfte seines Körpers die Öffnung blockierte.

Doch etwas Unerwartetes lauerte dort auf ihn.

Roberts Augen wurden groß, als er die eine Person im Raum erkannte, die er schon längst in einer Grube im Wald wähnte.

»Los! Hilf mir!«, schrie Jim zu der Frau hin, »Oder wir gehen alle drauf!«

Robert hatte seine Fassung schnell wiedergefunden. Er wehrte sich und bekam die Tür zu Jims Entsetzen Zentimeter um Zentimeter weiter auf. Der jüngere Mann hatte keine Chance gegen ihn. Erst recht nicht nach diesem Gewaltmarsch durch den Wald. Robert war nicht nur größer, sondern auch deutlich muskulöser als Jim.

Und gleich würde er im Raum stehen und ihrer beider Leben wäre verwirkt.

Benommen besah sich Katharina aus einer Ecke heraus die Situation. Was machten die beiden

Männer da? Sie verstand es nicht. Ruhig ging sie zu ihrem Kochtopf und rührte im Wasserbrei umher. Das Essen würde gemacht werden müssen. Zudem sah es so aus, als würde ihr Mann Besuch mit nach Hause bringen. Der würde sicher mitessen wollen.

»Hilfe!«, schrie Jim verzweifelt auf, doch sie reagierte nicht auf sein Flehen. Schon schaffte es Robert fast, seine Schulter durch die Tür zu schieben. Jims Muskeln zitterten unter der Anstrengung und seine Beine fühlten sich an wie aus Blei.

»Du erbärmliches Stück Scheiße, Jim! Du Verräter! Du solltest die Bullenschlampe ausschalten!«

Jim gingen die Optionen aus. Die Brechstange schlug über seinem Kopf in die Wand, doch Robert hatte ihn um Haaresbreite verfehlt.

»Katharina«, schrie Jim erneut. Seine Stimme gab voller Erschöpfung nach, als er flehte: »Zwischen Rahmen und Tür sitzt der Schmetterling! Komm schnell! Hilf mit, ihn zu erdrücken!«

Katharina riss den Kopf nach oben. Ihre hellen Augen fixierten die Tür. Irgendetwas in Jims Worten hatte sie aufgeschreckt. Auch wenn sie den Fakt nicht prüfen konnte, wollte sie keine Risiken eingehen. Falls sie es schaffte, das Mistvieh von Schmetterling endlich zu erledigen, ja, vielleicht sogar durch den Erfolg wieder gesund zu werden, so wollte sie die Chance ergreifen. Wankend lief sie los und warf sich gegen das Türblatt.

Zusammen mit Jims Gewicht quetschten sie Robert ein, der verletzt aufschrie, als sich die scharfe Türkante in seine Schulter grub. Etwas knirschte, Jim drückte noch einmal, und schließlich stürzte Robert unter Wutgeheul nach hinten.

Die Tür fiel ins Schloss und mit letzter Kraft schob Jim einen Riegel im Inneren davor.

KAPITEL 33

Robert sah zur rechten Seite.

Der Kuhfuß lag neben ihm, als er sich langsam aufrichtete und die Orientierung suchte. Er hatte einen Fehler begangen, so viel war sicher.

Und dieser Fehler trug den Vornamen Jim.

Anscheinend hatte er sich in die Polizistin verguckt oder sonst irgendwelche Sentimentalitäten in den Weg kommen lassen und seinen Auftrag, sie im Wald zu erschießen, nicht in die Tat umgesetzt. Mittlerweile hätte er sich selber schlagen können für die Naivität, die er an den Tag gelegt hatte.

Amateuren überlasst man nicht die Drecksarbeit.

Diesen Fehler, schwor er sich, würde er nie wieder begehen. Robert überflog die Ereignisse des verhängnisvollen Abends in Gedanken.

Katharina Baumann war in ihrer Wohnung herumgerannt und hatte lautstark geschrien. Das hatten sie sogar durch das Fenster in der Küche erkennen können. Nachdem sie wie eine Besessene ein Messer herumgeschwenkt hatte, rammte sie dieses bis zum Heft in die Wand. Jim hatte gleich begriffen, dass die Alte high bis zum Mond sein musste, und war auf die Idee gekommen, einfach an ihrer Wohnungstür zu klingeln. Robert hatte ihn für dämlich gehalten, doch als sie das taten, hatte die Polizistin tatsächlich geöffnet und gefragt, ob sie die bestellten Kammerjäger seien.

Sofort hatte Robert bejaht. Solche Chancen konnte man sich nicht entgehen lassen.

Ein Schuss in der Wohnung hätte zu viel Aufsehen erregt, weswegen Robert entschied, Jim die Sache im Wald erledigen zu lassen. Die Alte war seltsamerweise so verwirrt gewesen, dass sie sich einfach in ihren Wagen hatte schleppen lassen. Robert hatte sie getragen, während Jim vorgelaufen war. Polizisten konnten anscheinend auch drogenabhängig sein.

Wer hätte das gedacht?

Robert lachte, griff dann nach der Brechstange und schlug mit dem Teil vor Zorn auf den Boden ein. Dann stand er auf und lief zur Stahltür, hinter der sich sein Hund, die Polizistin und dieser Versager Jim befanden. Er kniff die Augen zusammen, dann verzogen sich seine Lippen zu einem grausamen Lächeln. »Ha, so wendet sich das Blatt«, flüsterte er, als er auch hier einen Sicherungsriegel erblickte. Robert drückte ihn in die dafür vorgesehene Vorrichtung. Ein Klacken ertönte, als er sich festsetzte. Das Vorhängeschloss, das Jim zusätzlich angebracht hatte, warf er weg. Ohne den dazugehörigen Schlüssel war es nutzlos für ihn.

Robert lachte laut und klatschte in die Hände. »Jim«, rief er in einem spöttischen Singsang, »Jim, du elender Hurensohn! Ich weiß, dass du mich da drinnen hören kannst!«

»Verpiss dich, Robert.«

Er lachte erneut. »Hört, hört! Wer wird denn gleich so heftige Wörter benutzen?« Dann holte er Luft und brüllte vor Wut: »Komm raus und ich zeig dir Pisser, wer hier der Macher ist! Ich poliere dir die Fresse, bis du nicht mehr weißt, wer du bist!«

Er schlug mit dem Brecheisen gegen die Tür.

Jim reagierte nicht.

Als Robert das merkte, sprach er weiter: »Ist sowieso egal! Hörst du Jim? Es ist sowieso *fucking egal*! Du kannst da mit deiner Puppe und meinem Köter verrotten! Ich habe den Sicherungsriegel von außen vorgeschoben! Hörst du Jim? Ihr kommt da nie wieder raus! Und wenn doch, kannst du dir sicher sein, dass ich hier auf dich warte!«

Er drehte sich auf dem Absatz um und flüsterte in den leeren Raum hinein: »Und ich habe eine Menge Geduld, wenn es um so etwas geht.«

Hinter der Tür wusste Jim, dass er in der Falle saß. Nur weil sie verhindert hatten, dass Robert es nicht in diesen Raum hineingeschafft hatte, bedeutete das nicht, dass ihrer beider Leben nicht verwirkt war.

Er war seinem Boss nicht gewachsen, so viel war klar. Jim saß mit angezogenen Knien in einer Ecke des Raumes und blickte hinüber zu Katharina, die nun dazu übergegangen war, die Puppe zu wiegen.

Sie schien wütend auf ihn zu sein. Jedenfalls war Wut die einzige Emotion, die Jim von ihrem Gesicht ablesen konnte. Anscheinend nahm sie ihm die Sache, dass sich im Türrahmen gar kein Schmetterling befunden hatte, auf eine sehr eigenartige Weise übel.

Doch wie übel würde sie ihm wohl alles andere nehmen, sobald auch der Rest der Tabletten aufgehört hatte, zu wirken? Ohne Nachdosierung sollte das nicht mehr allzu lange dauern.

Er hatte sie eingesperrt, unter Einfluss von Drogen ruhiggestellt und ihr eine Welt vorgespielt, die so nie existiert hatte. Würde sie ihn auch noch lieben, nachdem die Mittelchen ihren Blutkreislauf verlassen hatten? Diese Hoffnung war verschwindend gering - und dennoch, er konnte nicht davon ablassen.

»Ich glaube, die Suppe ist mir verkocht«, stöhnte Katharina, »Hast du etwas zum Essen mitgebracht?«

Jims Körper wurde immer noch von Adrenalin geflutet. Hunger war eines der Dinge, die ihm gerade herzlich egal waren. »Nein Liebes ... ich ... ich habe es nicht geschafft, etwas mitzubringen.«

»Wie schade.« Katharina ließ den Kopf hängen. »Weißt du, ich habe vergessen, wie unsere Tochter heißt. Ich habe schon die ganze Zeit überlegt, aber ich komme einfach nicht darauf. Bin ich deswegen eine schlechte Mutter?«

»Ina, Schatz. Ina hast du sie genannt.«

»Ah ja ...« Katharina wiegte das Spielzeug viel zu kräftig hin und her. Nur die Gesetze der Physik hielten die Puppe noch an Ort und Stelle. »Ich denke, sie muss zum Arzt. Sie isst kaum etwas.«

Jim lehnte seinen Hinterkopf gegen die karge Wand und schloss die Augen.

»Wir müssen uns der Wahrheit stellen, Jim. Unsere Tochter hat etwas«, beharrte Katharina vorwurfsvoll.

Jim ließ die Augen geschlossen, als er antwortete: »Klar, dann lass uns morgen am besten gleich einen Arzt aufsuchen.«

»Nein, Jim!« Katharina stampfte auf und ließ dabei die Puppe zu Boden fallen. »Unser kleines Kind ist krank! Ich will, dass du jetzt mit ihr zum Arzt fährst!«

Langsam öffnete Jim die Lider. Er erkannte, dass Katharina breitbeinig und in ungewohnt bedrohlicher Haltung nicht weit von ihm stand. Ludwiks Tod kam ihm in den Sinn. Wie sie kaltblütig abgedrückt hatte.

»Du wolltest Vater werden! Jetzt kümmere dich auch mal um dein Kind! Was soll bloß mit ihr werden, wenn ich ...« Abrupt schienen ihr die Worte zu fehlen.

»Ja?«

»Ins Revier. Ich muss ins Revier, Jim.«

Er starrte die Decke an. Manchmal muss man den Dingen einfach seinen Lauf lassen. Jim war die Sache unangenehm, aber nun würde er es durchstehen. Falls ... *sobald* Katharina wieder zu ihrem eigentlichen Ich fand, würde er damit leben müssen.

Hinter der Tür auf der anderen Seite wartete für sie beide ohnehin nur der Tod. Er hatte keine weiteren Geräusche mehr von Robert wahrgenommen, doch mit hoher Wahrscheinlichkeit schlich dieser ganz in der Nähe herum. Wie ein Wolf, wartend, dass seine Beute einen Fehler beging.

Er konnte hier nicht raus und die Tabletten holen. Sein Blick fiel auf Balu. Auch der Hund war ihm keine große Hilfe. Dass er auf der Treppe auf Roberts »Bleib« gehört hatte, schien eher dafürzusprechen, dass das Tier im Falle eines Kampfes auch auf Roberts Seite stehen würde.

»Jim! Steh auf oder ich gehe mit ihr los!«, schrie ihn Katharina an. In diesem Moment vernahm Jim wieder das Klackern der Brechstange auf der anderen Seite der Tür.

Der Druck auf ihn erhöhte sich.

»Wir können jetzt da nicht raus, versteh das doch, Liebling ... draußen wütend ein Sturm«, log er.

Ihm stand das Wasser bis zum Hals.

»Sturm hin oder her! Ich nehme jetzt unsere Tochter und laufe zum Arzt! Egal, was draußen für ein Wetter ist!«, keifte Katharina ungezügelt. Ihre Augen verfinsterten sich.

»Lassen Sie sich nichts erzählen, junge Frau! Wenn Ihr Kind Hilfe braucht, dann kommen Sie, ich fahre Sie zum Arzt, und zwar höchstpersönlich!«, rief Robert durch die Tür. Ein metallisches Klappern erklang, die Verriegelung von außen wurde anscheinend gerade gelöst.

»Halt die Klappe, Robert!«, rief Jim, doch Katharina nahm die Puppe in den Arm und rannte zur Tür. »Halt!«, schrie Jim und rappelte sich auf, während Balu anfing, laut zu bellen.

Sie hielt inne.

Jims Gehirn arbeitete fieberhaft. »Du ... du hast ihren Regenmantel vergessen!«

Katharina zögerte. Dann wandte sie sich von der Tür ab und lief zu einem kleinen Müllberg, auf dem sich willkürliche Gegenstände stapelten. Gerade als sie begann, darin herumzuwühlen, näherte sich Jim von hinten. Mit einem Mal spürte sie seinen Unterarm um ihren Hals.

Sie keuchte.

Sein Arm war unnachgiebig und presste sich immer stärker auf ihren Kehlkopf. Sie wollte sich wehren, doch ihr Mann ließ nicht locker. Eisern umklammerte er ihren Hals und schnürte ihr die Luft ab.

Ihr Überlebensreflex erwachte.

Katharina trat nach hinten, wollte sich drehen, sich aus seinem Griff winden, ließ sich zu Boden fallen und kratzte mit ihren Fingernägeln auf seinem Unterarm entlang. Es fühlte sich an wie eine Ewigkeit. Sterne explodierten vor ihren Augen und das Blut pochte so laut in ihren Schläfen, dass das Bellen des Hundes im Hintergrund zu einem dumpfen Hämmern verblasste.

Langsam schlossen sich ihre Lider. Während ihr Widerstand immer schwächer wurde, senkte sich Schwärze über ihr Bewusstsein und Katharinas Glieder erschlafften.

KAPITEL 34

»Brrrr mein kleines Pferdchen. So, da wären wir.« Norbert schaltete die Zündung aus.

Eddy blickte aus der Windschutzscheibe. »Ein schönes Häuschen haben Sie, Herr Hübner.«

Norbert nickte. »Noch schöner wäre es, wenn die Maler im Sommer gekommen wären, so wie die Firma es mir versprochen hat. Als ich dort letztens angerufen habe, meinten die, es wäre nun zu kalt. Das bedeutet, weitere vier Monate auf den neuen Anstrich zu warten. Und wer weiß, ob die Handwerker dann kommen?«

Erstaunt warf Eddy einen Blick zum beurlaubten Kommissar hinüber. Dieser zog die Lippen zu einem Schmollmund zusammen. »Selber streichen wollten Sie das nicht?«

Norbert begann, das Lenkrad zu streicheln. »Ich durfte nicht.« Er sah, dass seine Frau ihnen vom Küchenfenster aus zuwinkte. »Gudrun meinte, dass sie das Haus verschönern und nicht danach abreißen lassen will. Aber ist auch egal. Kommen Sie, wir gehen rein. Das Essen ist bestimmt schon fertig.«

Norbert holte Eddys Krücken von der hinteren Sitzbank und half dem jungen Polizisten, ins Haus zu laufen. Er hatte ihn zum Mittag eingeladen und ihn kurzerhand aus Holtberg abgeholt, damit er nicht den weiten Weg mit dem Seniorenmobil zurücklegen musste.

Gudrun begrüßte sie bereits im Flur, als Norbert die Tür öffnete. »Ahh, na wenn das nicht Herr Meisen ist, von dem ich schon so viel gehört habe«, sagte sie lächelnd.

Eddy, der Aufmerksamkeit über seine eigene Person ungefähr so gut verkraftete wie einen Schluck aus dem Whiskeyglas, wurde sofort knallrot im Gesicht. Seine Stimme klang viel weicher als noch im Auto zuvor, als er antwortete: »Hallo. Vielen Dank, dass ich heute bei Ihnen essen darf.«

»Norbert, hilf dem jungen Mann doch mal mit der Jacke und dann kann er sich ja schon einmal hinsetzen. Du kannst mir kurz mit dem Kartoffelpüree und den Rouladen zur Hand gehen.«

Norbert tat, wie ihm geheißen. Nicht lange danach saßen sie alle zusammen an einem quadratischen Tisch in der Küche. Eddy hatte zuerst versucht, seine Krücken hinter seinem Stuhl anzulehnen. Nachdem diese dann aber zweimal unter lautem Knallen zu Boden gegangen waren, hob Norbert sie auf und legte sie auf die Arbeitsplatte der Küchenzeile.

»Oh, Herr Hübner, ich bin mir nicht sicher, ob die dort so gut liegen ... Ich bin damit vorhin noch im Holtberger Stadtpark spazieren gegangen.«

Man merkte dem Kommissar an seinem Gesichtsausdruck an, dass dieser nicht genau wusste, auf was Eddy gerade hinauswollte.

»Ach, machen Sie sich keine Sorgen«, warf Gudrun ein. »Mein Mann hat keine Probleme damit, wenn sein Brot heute Abend zwischen den Zähnen knirscht. Ich schmiere mir dann mein Essen nachher im Wohnzimmer auf einem Brettchen«, sagte sie und zwinkerte Eddy zu.

Wie vom Blitz getroffen schob Norbert seinen Stuhl nach hinten, schnappte sich die Krücken und stellte sie in den Flur. Kurz danach reinigte er mit weit ausholenden Bewegungen die Arbeitsplatte der Einbauküche.

»Sehen Sie sich das an, Herr Meisen, wie gut der das macht. Ein Mann, der auch putzen kann, kommt bestens bei den Damen an, habe ich aus erster Hand erfahren.« Sie machte eine Pause und fügte hinzu: »Nun setz dich schon hin, Norbert.«

»Ja doch Gudi, ich wollte nur schnell ...«, murmelte der Kommissar und nahm wieder Platz.

»Ich weiß das ja, aber wenn das Essen kalt ist, schmeckt es nicht mehr so gut. Ach und Norbert? Warum hast du zum Abwischen der Platte bitte einen Waschlappen genommen?«

Eddy fand, dass nun ein guter Moment gekommen war, um eine Idee zu präsentieren, die ihm am Abend zuvor gekommen war. Bevor Norbert auf die Frage seiner Frau antworten konnte, sprudelte er hervor: »Ich weiß, wie wir in Frau Baumanns Fall eventuell weiterkommen!«

Interessiert hob Norbert die Brauen. Er blickte zu Gudrun. »Hast du an das Püree Muskatnuss rangemacht?«

Seine Frau verdrehte die Augen. »Nur ein bisschen, Norbert. Nun tu nicht so, als wenn dich das«, sie nickte zu Eddy, »nicht interessieren würde!«

Norbert schaute den jungen Polizisten an. »Handelt es sich dabei um Ermittlungen vom Schreibtisch aus? Sie sind ja immer noch verhindert.« Er zuckte die Schultern. »Und ich bin beurlaubt. Es sei denn, Edmundson hat uns beide gestern verraten – dann können wir genauso gut einen Gemüseladen aufmachen.«

Eddy schüttelte den Kopf. »Nein, Herr Hübner, es geht um eine In-Field-Operation.«

Norbert verschluckte sich fast an seinem Püree.

»Bitte was?«

»Eine In-Field-Operation.«

»Was? Müssen Sie schon wieder ins Krankenhaus zurück?«, fragte er bestürzt.

»Herr Meisen, Sie müssen verstehen, mein Mann und Englisch ... in solchen Dingen verhält er sich wie ein Fisch an Land«, erklärte Gudrun.

Eddy räusperte sich, um diese Peinlichkeit zu überspielen. Ihm war es unangenehm, Norbert bloßgestellt zu haben. Er merkte sich, in Zukunft nur noch deutsche Begriffe zu verwenden oder von vorneherein gleich für den Kommissar zu übersetzen. »Es geht darum, dass Sie sich in Frau Baumanns

Wohngebiet einmal nach einem Dealer für ihre ... Mittel umhören könnten.«

Er schaute Norbert mit großen Augen an, als ihm auffiel, dass sie nicht alleine an diesem Tisch saßen.

Dieser winkte ab. »Sie können ruhig Klartext sprechen. Meine Frau wusste das sogar vor mir.«

Dem jungen Polizisten schien ein Stein von Herzen zu fallen. »In Ordnung. Vielleicht kommen Sie über den Dealer an diese zwei Typen, die Frau Baumann gekidnappt haben. Ein Versuch wäre es wert.«

Der Kommissar legte den Kopf schief. »Das könnte eine Idee sein ...«

Gudrun, die bisher still neben ihnen gesessen hatte, wurde ganz schlecht bei dem Gedanken, ihren Mann undercover ins Drogenmilieu zu schicken und ihn dort mit Dealern verhandeln zu lassen. »Norbert, jetzt denk doch mal nach!«, fuhr sie auf und legte ihre Hand auf seine. »Was da alles passieren kann!«

»Gudi, du kennst mich doch«, versuchte er, sie zu beschwichtigen, und tätschelte ihren Handrücken.

»Richtig, Norbert! Das ist ja das Problem! Ich habe keine Lust, dass du dann festgenommen wirst wegen Drogenbesitzes! Du bist da ganz alleine auf dich gestellt«, gab sie zu bedenken.

»Nein, das stimmt doch gar nicht, Gudrun. Ich habe doch Eddy dabei!«

Eddy wurde mulmig zumute. Er hatte von seinem Glück noch gar nichts gewusst. Wieso musste er auch mit solchen Ideen ankommen? Hätte er doch bloß die Klappe gehalten.

Gudrun warf die Arme in die Luft. »Aber Norbert! Er ist doch gehandicapt! Was ist, wenn ihr schnell weglaufen müsst?« Sie deutete mit dem Kinn auf Eddys Gipsfuß und schüttelte vehement den Kopf.

»Wenn wir weglaufen müssen, Gudi«, sagte Norbert sanft, »dann bin ich sowieso geliefert.« Er blickte über den Tisch. »Sie sind doch dabei, Eddy – oder etwa nicht?«

Eddy zögerte. Dann bejahte er. Schließlich war es seine Idee gewesen.

»Okay, das passt ja. Dann fahren wir gleich nach dem Essen wieder nach Holtberg zurück und sehen uns dort um.«

»Norbert, Mensch, schlaf wenigstens noch eine Nacht drüber«, bat seine Frau.

Ihren Protest im Keim erstickend, gab der Kommissar ihr einen Kuss auf die Stirn. »Keine Angst. Ich bin zum Abendbrot wieder da.«

Mit diesem Beschluss gefasst, aßen sie noch einen Nachtisch und begaben sich schließlich in den Flur, wo Eddy sich noch einmal überschwänglich für das Essen bedankte. Draußen hängte Norbert den Anhänger mit den Worten, »Falls wir doch flüchten müssen« wieder an den Volvo und sie setzten sich ins Auto. »Wir fahren kurz vorher noch einmal zu Ihnen nach Hause, Eddy«, sagte er und startete den Wagen.

»Ach so?«

Der Kommissar nickte düster. »Erstens, um das Seniorenmobil auf den Hänger zu laden. Und zweitens nehmen wir Ihre Dienstwaffe mit.«

KAPITEL 35

Vierzig Minuten später hielt der Volvo samt Anhänger bereits vor Eddys Wohnung. »Eigentlich brauchen Sie sich nicht die Mühe machen und das Seniorenmobil aufladen, Herr Hübner. Ich nehme einfach meine Krücken mit und dann geht das«, sprach Eddy und hoffte, dass Norbert auf seine Aussage positiv ansprechen würde.

»Eddy, das ist überhaupt kein Problem. Ich lade das Ding schnell auf, und Sie holen in der Zeit aus Ihrem Safe die Waffe.«

Der Polizist ließ die Schultern sinken. »Na gut, wenn Sie meinen.«

»Das ist absolut kein Problem«, betonte Norbert wiederholt. Beide stiegen aus und kümmerten sich um die jeweilige Aufgabe. Norbert hatte das Seniorenmobil schnell selbst auf den Anhänger gefahren und befestigte es gerade mit den Transportgurten, als Eddy aus der Wohnung humpelte. Auf dem Rücken trug er wieder seinen Rucksack, der auch seinen Unfall miterlebt hatte.

»Entschuldigen Sie, Herr Hübner, aber meine Katze Mirka musste ich noch füttern, sonst wäre ich schon eher hier gewesen.«

»Macht nichts. Haben Sie Ihre Waffe mitgebracht?«, fragte Norbert, als er Eddy den Rucksack abnahm und ihn dabei unterstützte, wieder im Auto Platz zu nehmen.

»Ja, ich habe auch ein Schulterholster mitgebracht.« Er zeigte auf seinen Rucksack. »Ist alles da drin.«

Norbert verfrachtete die Krücken auf die Rücksitzbank. Dann schnallte er sich das Holster um, jedoch nicht, ohne es vorher auf die maximale Riemenweite eingestellt zu haben, und verstaute darin Eddys Dienstwaffe. Er hatte Glück. Durch seine Winterjacke würde man die Pistole darunter nur bei raschen Bewegungen erkennen können.

Norbert setzte sich ins Auto. »Die ersten Jahre habe ich immer noch gedacht, dass man sich die Dienstwaffe auch vorne in die Hose stecken kann. So wie in den Filmen.«

»Ach wirklich?«

Norbert nickte. »Ja, aber das war naiv. Ich habe dann von den vielen Berichten gehört, wo so etwas schiefgelaufen ist. In Anbetracht der Tatsache, dass Gudrun sich damals noch Kinder gewünscht hat, wollte ich keine Risiken eingehen.«

»Aha.«

Rasch fügte Norbert hinzu: »Nicht, dass das heute egal wäre ... ääh, lassen Sie uns lieber losfahren. Wir haben viel zu tun.« Der Kommissar parkte aus und drückte aufs Gas.

Sie fuhren in Richtung von Katharinas Wohnung und patrouillierten dort die Straßen im Auto entlang. Doch ihnen fiel nichts Ungewöhnliches auf. Nach anderthalb Stunden der fruchtlosen Suche entschied Norbert, dass es Zeit wäre, für einen kleinen Kaffeesnack und er parkte kurzerhand auf dem Parkplatz eines Supermarkts. Da er mit dem langen Anhänger keinen Stellplatz fand, fuhr er herum zum Ladebereich und stellte sich dort an die Seite.

Neben der Einfahrt für Lkws kauerte ein älterer Mann mit verfilztem Backenbart und einem Pappbecher vor sich unter einer Decke. Zwei leere Bierflaschen begleiteten ihn durch diesen Sonntagnachmittag.

Eddy deutete auf ihn. »Herr Hübner, sehen Sie! Lassen Sie uns doch den mal fragen.« Gemeinsam stiegen sie aus und traten an den Mann heran.

»Habt ihr mal nen Euro für mich?«, nuschelte er und zeigte auf seinen Becher.

Norbert zog einen Fünfeuroschein aus seinem Portemonnaie und warf ihn hinein.

Eddy holte neben ihm tief Luft. »Fünfzig Euro, Herr Hübner?«

Erst jetzt bemerkte Norbert seinen Fehler.

»Danke, Mann! Danke!«, sagte der Bettler und konnte sein Glück kaum fassen. »Ich trink heute einen für dich mit! Ihr könnt mir auch gerne Gesellschaft leisten – aber jeder zahlt selbst.«

Norbert schluckte schwer, dann sagte er: »Sag mal, kennst du dich hier in der Gegend aus?«

»Ja … warum?«

»Nun, wir suchen jemanden, der uns vielleicht ein paar …« Er kramte in seinem Gedächtnis. »Drogen, also ganz speziell *Ritalin* besorgen kann.«

»So abhängig seht ihr beide gar nicht aus«, bemerkte der Bettler.

Norbert wusste, wenn er jetzt Erfolg haben wollte, würde er sehr dick auftragen müssen.

»Ja, also … mein Kollege hier«, er wies auf Eddy, »hat durch den vielen Drogenmissbrauch was mit den Beinen bekommen … deswegen auch die Krücken, verstehst du?«

»Ach so? Ich hätte jetzt gedacht, das ist wegen des Gipsbeins.«

Norbert hätte sich am liebsten gegen die Stirn gehauen. Der Mann vor ihnen war zwar betrunken, aber anscheinend nicht doof. Bevor er sich erklären konnte, sprach der Typ weiter. »Also … sagen wir mal, ich *wüsste*, wo man so etwas herbekommt.«

»Ja?« Norbert konnte seine Aufregung kaum verbergen. Anscheinend war der erstbeste Typ, den sie hier fanden, gleich ein Volltreffer.

»Die Information kostet aber.«

Der Kommissar blinzelte. »Ich habe dir gerade fünfzig Euro da reingelegt!«

»Ja, ist teurer«, lautete die Antwort.

Eddy wollte schon zu seinem Portemonnaie greifen, als Norbert beschwichtigend die Hand auf seinen Arm legte. »Ist gut. Das geht auf meine Kosten, Eddy.«

Zehn Minuten und einhundertfünfzig Euro später hatten sie eine Adresse.

»Achtung Reisende, auf Gleis sieben fährt nun ein: Der Intercity Express nach Müngholz, bitte treten Sie vom Bahnsteig zurück und warten Sie, bis sich die Türen öffnen.«

Eine Dreiviertelstunde war vergangen. Norbert und Eddy liefen einen Bahnsteig entlang. Die Adresse hatte sie zum Hauptbahnhof von Holtberg geführt und nun hielten sie Ausschau nach dem Kontaktmann, von dem der Bettler behauptet hatte, er könne ihnen weiterhelfen.

Norbert murmelte vor sich hin. »Strohhut, Sonnenbrille und ein Jogginganzug ... da hätten wir auch selber drauf kommen können.«

»Da kann man nur hoffen, dass der Typ die einhundertfünfzig Euro wert ist«, fand Eddy.

Ganz am Ende des Gleises, wo der Bahnsteig in einen Servicebereich für die Mechaniker überging, stießen sie auf einen Schwarzen, auf den die Beschreibung tatsächlich passte. Er trug einen Strohhut und eine gespiegelte Sonnenbrille, durch die er wahrscheinlich die Umgebung genauer beobachten konnte, ohne dass jemand es bemerkte. Außerdem hatte er einen schwarzen Jogginganzug mit hellblauen Streifen an, der locker um seinen kräftigen Körper schwang, wenn er sich bewegte. Er war glattrasiert und duftete nach einem unaufdringlichen Männerparfüm.

Für Norbert sah dieser Mann nicht so aus, als habe er in der Drogenszene zu tun. Er wirkte gepflegt und intelligent, ganz im Gegensatz zu dem Bettler am Supermarkt. Als sie ihn erreichten, räusperte sich der Kommissar.

»Der Adler fliegt im -?«

Der Mann schaute sie verständnislos an. »Was?«

Norbert versuchte es erneut. »Na, *der Adler fliegt im -?*«

Der Schwarze schüttelte den Kopf. »*Im Wind*? Keine Ahnung, bin ich hier bei der Quizshow gelandet? Wer seid ihr Typen?«

Verdammt. Dieses nutzlose Passwort hatte ihn weitere dreißig Euro gekostet!

Eddy entschied, die Karten vorsichtig auf den Tisch zu legen. Er stützte die Krücke an seinem Körper ab und fragte leise und hinter vorgehaltener Hand: »Wir suchen nach jemandem, der uns Drogen verkaufen kann.«

Der Schwarze nickte. »Alles klar. Und der dicke Typ neben dir ist anscheinend schon high.«

Norbert blieb gelassen. »Wir suchen speziell nach Ritalin«, sagte er. »Hast du so was?«

Nachdenklich guckte der Dealer aufs Bahngleis, dann nickte er. »Na dann kommt mal mit, meine Hübschen.«

Sie liefen den Bahnsteig entlang und bückten sich in einem unbeobachteten Moment unter einer Absperrung hindurch. Zielgerichtet steuerte der

Dealer einen Bereich an, in dem sich rohe Rigipsplatten an den Wänden stapelten, und lief durch einen schmalen Gang auf eine Tür zu. Er öffnete diese und schlüpfte hindurch. Beim Folgen erhaschte Norbert einen Blick auf das Piktogramm, was an der Tür klebte.

Damen-WC.

Dieser Bereich des Bahnhofs war anscheinend noch im Bau. Es klebten zwar schon Fliesen an Wänden und Decke, aber die Waschbecken fehlten noch. Einige Schritte weiter kamen sie in einen Raum, in dem Toilettenkabinen standen. In jeder gab es über der Toilette einen gefliesten Absatz, der etwa zwanzig Zentimeter breit war und später das Nachfüllbecken verstecken würde.

Auf einem dieser Absätze saß eine Frau und säuberte ihre Fingernägel mit einem Klappmesser. Ihr Blick heftete sich auf den Schwarzen. »Hast du sie durchsucht?«

Der Mann wurde nervös. Norbert ebenfalls. Er hob die Hände. »Oh, ääh ... also, ich hab eine Knarre, aber ... ich bin Polizist! Ich bin Polizist, deswegen hab ich die Waffe dabei, aber, aber ich will Drogen kaufen!«

Der Dealer griff Norbert am Arm und wollte ihn herauszerren, doch dieser wehrte sich vehement. »Nein! Nein, ich will wirklich Drogen kaufen! Ich rühre meine Waffe nicht an, das schwöre ich! Ich bin sogar beurlaubt worden!« Er hob die Hände und hielt sie in die Luft. Eddy wollte es ihm gleichtun, erkannte dann jedoch, dass das mit den Krücken nicht so einfach war.

Die Frau auf dem Absatz über der Toilette begann, zu sprechen. »Was ist das nur für eine Welt, in der Polizisten Drogen kaufen ...« Sie legte das Klappmesser neben sich und zündete sich eine Zigarette an, bevor sie weitersprach. »Beurlaubt worden? Haben die dich erwischt mit dem Zeug?«

Notgedrungen stimmte der Kommissar zu, um die Situation zu entschärfen und Vertrauen zu gewinnen.

»Also gut. An was für Stoff hängst du denn?«

Vor Schreck durchwühlte Norberts Kopf alle Möglichkeiten gleichzeitig, doch ihm fiel nur eine Sache ein.

»Heroin!«

Die Frau schien zu staunen. »Oh, oh, da hast du dir aber eine Plage angelacht ... Wenn sogar die Bullen schon an der Nadel hängen ...« Sie schnipste einen unsichtbaren Krümel von ihren Fingern. Dann machte sie eine Pause und schaute Norbert und Eddy tief in die Augen. »Also wollt ihr jetzt hier ein Geschäft mit uns abschließen? Aber wir haben kein Heroin.«

»Ja«, sagte Norbert, ohne nachzudenken.

Eddy schaltete sich ein: »Nein ... nein, wir sind hier eigentlich wegen Ritalin.«

»Also wollt ihr euch damit das Hirn auch noch wegschießen«, sagte sie in einem leicht angeekelten Tonfall.

Die beiden Männer nickten eifrig.

»Also noch mal: Ihr wollt jetzt hier von mir Ritalin kaufen, ja?«

Norbert kam das irgendwie komisch vor. Wieso fragte sie das so seltsam? Doch er bejahte noch einmal.

Die Frau zog ein Walkie-Talkie aus der Hosentasche, drückte ein paar Tasten und sprach hinein: »Zwei mal Ritalin für unseren Freund und Helfer.« Dann sah sie die beiden erneut an und hob erklärend eine Hand. »Kann sich nur noch um Sekunden handeln.«

Norbert fiel etwas ein. »Haben wir schon über den Preis gesprochen?«

»Das machen wir im Anschluss«, erklärte die Frau leichthin. In diesem Moment knallte die Tür hinter ihnen auf und drei vermummte, bewaffnete Männer mit schusssicheren Westen stürmten hinein.

»Drogenfahndung!«

»Hände hoch, Sie sind verhaftet!«

KAPITEL 36

Eddy blickte auf eine nackte Betonwand. Die Beamten von der Drogenfahndung hatten keiner ihrer vielen Erklärungen Aufmerksamkeit schenken wollen. Nun fanden sich die beiden Polizisten in einer Zelle im Revier Holtberg wieder.

Eddy hockte auf einer Bank, die in die Wand eingelassen war und Norbert lief unruhig auf und ab. Schließlich blieb er vor dem jungen Kollegen stehen und sah ihm tief in die Augen. »Ich nehme das alles auf meine Kappe, Eddy, darauf können Sie sich verlassen.«

Der junge Polizist zuckte die Achseln. Er hoffte, sie würden hier nicht zu lange festgehalten werden. Er hatte niemandem Bescheid gesagt, dass Mirka gefüttert werden musste. Hoffentlich stellte die Katze in seiner Abwesenheit nicht bereits die ganze Wohnung auf den Kopf.

Norbert setzte seine Wanderung durch die Zelle fort, als es an der Tür klapperte und diese sich öffnete. »Herr Hübner, Herr Meisen? Sie dürfen jetzt einen Anruf tätigen.«

»Na endlich!«, rief Norbert. Er gestikulierte hysterisch mit beiden Armen in der Luft. »Meine Frau ist sicherlich außer sich vor Sorge! ... Oder vor Wut – ich werd's erfahren, lassen Sie mich durch!«

Auch Eddy stand jetzt von seiner Sitzgelegenheit auf. Der Beamte, der sich den beiden namentlich nicht vorstellte, führte sie in ein Nebenzimmer, in dem mehrere Telefone standen. Norbert lief sofort zu einem hin und rief zu Hause an. Nach dem zweiten Klingeln meldete sich Gudrun. »Ja, hier Hübner?«

»Hallo Gudrun, mein Schatz ...«

»Norbert? Wo bleibst du denn, du wolltest längst hier sein!«

»Ja.«

»Meine Güte, bin ich froh, deine Stimme zu hören. Hat alles geklappt? Wo ist dein Kollege? Geht es euch gut?«

Der Kommissar entschied, die Sache hinter sich zu bringen. »Also das Wichtigste ist, dass es uns gut geht. So viel sei schon einmal gesagt.«

Gudrun spürte bei dem Satz, wie ihre Knie weich wurden. »Das fängt ja schon toll an.«

»Es ist alles in Ordnung. Gudi ... ich komme heute Abend nicht nach Hause. Es gibt da ein paar Komplikationen, um die ich mich hier persönlich kümmern muss.« Erneut legte der Kommissar die Wahrheit großzügig aus.

»Was? Wieso nicht? Was machst du denn?«

»Ich ...«, Norbert spielte an seinem Hemdkragen herum. »Ich übernachte bei Eddy.«

»Norberrrrrt?«, knurrte sie. »Bei Eddy?«

»Na ja, weißt du, wir haben hier ... ein Zimmer.«

Gudrun roch den Braten sofort. »Bitte sag mir, dass du nicht wieder im Gefängnis sitzt ... bitte Norbert.«

Wie hatte sie so schnell kombinieren können? Manchmal fragte er sich, ob er seinen Job als Kommissar wohl lieber an den Nagel hängte und mit Gudrun eine private Detektei aufmachte. Er seufzte und versuchte, seine Frau zu beruhigen. »Also ich kann dir anbieten, dass wir beide so tun, als würde ich zusammen mit Eddy *nicht* im Knast sitzen. Würde dir das helfen, Gudi?«

Er hätte ihr Stöhnen aus Königsburg auch bis nach Holtberg gehört, wenn er kein Telefon in der Hand gehabt hätte. Sofort fühlte er sich schuldig, so als habe er die frisch gebackenen Kekse schon auf dem Blech aufgenascht.

»Norbert, ich werde noch wahnsinnig mit dir!«

Der Kommissar hoffte, dass seine Frau, wahnsinnig vor Liebe meinte, aber in dem Kontext des Telefonates erschien ihm das eher unwahrscheinlich.

»Und wann kommst du da wieder raus?«, fragte sie schließlich, nun einigermaßen gefasst.

»Puh ... das weiß ich noch nicht«, gab er zu, »das hängt sicher davon ab, wie der Drogentest ausf-«

»Wie bitte? Drogentest? Warum bist du dir da so unsicher, wie der ausfällt, Norbert? Der wird jawohl negativ sein, oder habe ich was verpasst?«

Er erklärte ihr die Situation. Sie tauschten noch einige Floskeln aus und Norbert beteuerte, er würde die Angelegenheit so schnell wie möglich aus der Welt schaffen, dann legte er auf und bekam am Rande noch mit, wie Eddy jemandem die Anweisungen gab, wo er das Katzenfutter aufbewahrte.

Erneut wurden sie nach den Telefonaten in die Zelle geführt. Das Gespräch mit seiner Frau war relativ gut gelaufen. Nun verlagerten sich die Sorgen auf das nächste Bedürfnis. Die normale Abendbrotzeit war sicher schon vergangen. Er fragte sich gerade, ob es für oder gegen ihre Sache sprach, ein Sandwich zu verlangen, als die Tür erneut klapperte. »Sie werden verlegt«, sagte eine Polizistin, die hereinkam.

Norbert erkannte sie. »Sofia?«

Sie lächelte. »Herr Hübner! Na, heute mal auf der anderen Seite der Gitterstäbe?«

»Hören Sie bloß auf«, klagte er.

Sie grinste. »Ich bin hier, um Sie zu verlegen. Sie verbringen die Nacht auf dem Revier.«

Norbert schloss die Augen und atmete tief durch. »Auf wessen Anordnung?«, fragte er.

»Frau Latzkes«, meinte Sofia und zuckte die Achseln. Norbert kannte niemanden mit diesem Namen.

Doch Eddy schien geschockt. »Frau ... Frau Latzke ist hier?«, fragte er leise und Sofia nickte.

»Ja, Sie ... Sie werden sie morgen beide *kennenlernen*«, sagte sie langsam und machte eine kurze Pause. Dann sprach sie weiter: »So hat sie sich jedenfalls mir gegenüber ausgedrückt. Und jetzt bringe ich Sie zu Ihrer Schlafstätte.«

Sie führte sie durch einige lange Gänge, die Norbert bekannt vorkamen und betrat mit den beiden unfreiwillig Gefangenen den Zellenbereich für längere Aufenthalte. Ihre »Schlafstätte« stellte sich als schmaler Raum mit einem vergitterten Fenster und einem Doppelstockbett heraus. Ein abgetrennter Bereich beherbergte einen Spiegel aus Plastik, eine Toilette und ein kleines Waschbecken. Kurz darauf schloss sich die Tür hinter ihnen. Norbert fiel noch etwas ein: »Sofia!«, rief er und stellte sich an die Tür. »Bekommen wir noch etwas zum Abendessen?«

»Selbstverständlich Herr Hübner, ich komme gleich noch einmal vorbei und bringe Ihnen etwas.«

»Bitte lass es frisches Brot mit Leberwurst und Senf sein«, flüsterte Norbert, ohne dass dies außer ihm jemand mitbekam. Beruhigt setzte sich der Kommissar neben Eddy und sah ihn an. Seitdem sie von dieser Frau gehört hatten, hatte der junge Polizist nichts mehr gesagt. Er war immer noch kreidebleich.

»Stimmt etwas nicht?«, fragte Norbert.

Eddy schüttelte den Kopf. »Frau Latzke«, murmelte er, »ausgerechnet Latzke! Hätte es nicht jemand anderes sein können ...«

»Was ist denn los, Eddy? Kennen Sie die Frau?«

»Kennen?« Eddy lachte freudlos. »Fürchten ist wohl eher das richtige Wort. Mit Frau Baumann konnte man noch reden. Doch von Frau Latzke nehmen Sie nur Befehle entgegen. Sie ist Frau

Baumann weit überstellt. Als Leiterin der Kriminalpolizei ist sie für ihre rigorosen Maßnahmen bekannt.«

Das klang alles andere als beruhigend. Doch auch nachdem Norbert eine gefühlte Ewigkeit nachgefragt und gebettelt hatte, aus Eddy war nichts mehr herauszukriegen. Einige Zeit später aßen sie schweigsam einen Kartoffelauflauf aus der Mikrowelle und gingen schließlich ins Bett.

Kummer und Sorgen wollten Norbert nicht schlafen lassen.

Was würde ihn am morgigen Tag erwarten?

KAPITEL 37

Die Nacht war für den Kommissar kurz gewesen. Immer wieder hatte er sich von der einen auf die andere Seite gerollt und einfach keine Ruhe gefunden. Als er dann endlich eingeschlafen war, kam der Morgen schneller als erwartet. Nach dem Aufstehen putzten die beiden Inhaftierten sich mit zwei Einweg-Zahnbürsten die Zähne und aßen ein karges Frühstück aus belegtem Toast, einem kleinen Joghurt und einem starken Kaffee. Kurze Zeit später wurden sie auch schon von Sofia abgeholt, die gut gelaunt vor ihnen herlief.

Kein Wunder. Sie hatte die Nacht ja auch nicht auf einem Doppelstockbett unter einer dünnen Decke verbracht. Norbert meinte, die Latten immer noch im Rücken zu spüren.

Zu ihrer Überraschung führte sie Sofia direkt in das Büro von Katharina Baumann. Norbert fragte sich, ob die Kommissarin in der Zwischenzeit aufgetaucht war, doch als sich die Tür öffnete, konnte er seine Überraschung kaum verbergen. Hinter ihrem Schreibtisch saß eine untersetzte Frau in seinem

Alter. Sie hatte dunkelblonde, kurze Haare, die in einer Dauerwelle fixiert waren. Kleine, hellbraune Augen schauten durch eine rot geränderte Hornbrille, die mit einer Kette am Herunterfallen gehindert wurde. Die Gläser waren so klein, dass sie zwangsläufig darüber schauen musste. Die Frau trug eine Uniform und war beschäftigt, sich Notizen zu machen. Als sie vor dem Schreibtisch stehen blieben, hustete Norbert hörbar, doch Frau Latzke dachte nicht daran, aufzublicken.

Eddy schien vor Angst zu zittern.

Schließlich blickte sie auf und musterte sie über den Rand ihrer Brille hinweg. »Aha. Das sind also die beiden drogenabhängigen Polizisten in unserem Revier.« Norbert wollte sich verteidigen, doch sie schnitt ihm das Wort ab und hob die Hand. »Bitte, Herr Hübner. Ich weiß zwar nicht, was hier bei Ihnen los ist, aber wenn das die Polizeiarbeit ist, die unter Frau Baumanns Supervision stattfindet, dann können Sie beide«, hier schaute sie erst Eddy, dann Norbert streng ins Gesicht, »sich auf etwas gefasst machen. Da kommen *ganz* schwarze Zeiten auf Sie zu, das garantiere ich Ihnen.«

Eddy schluckte. Auch Norbert hatte es die Sprache verschlagen. Schließlich fasste er sich und sagte: »Nun, das ist ja alles ganz anders -«

»Sparen Sie sich Ihre Worte, Herr Hübner. So wie ich das sehe, sind Sie ohnehin noch beurlaubt. Solange Frau Baumann das ebenfalls ist, vertrete ich sie hier. Und ich werde diesen Laden erst einmal aufmöbeln, darauf können Sie Gift nehmen.«

Der Kommissar würde sich das nicht bieten lassen. In ihm erwachte der Kampfgeist. Er war im Recht und hatte ermittelt, um seine ehemalige Kollegin zu finden. Wenn diese Frau Latzke meinte, ihn hier kleinmachen zu können, hatte sie sich geschnitten.

Er räusperte sich und sagte: »Frau Latzke, erst einmal schön, Sie kennenzulernen. Ich bin mir sicher, dass wir uns, wenn wir uns näher kennen, ziemlich gut verstehen werden. Auch ich bin nicht immer einverstanden mit der Art -«

»Ach, sparen Sie sich das für den Haftrichter auf. Ihr Süßholzraspeln wirkt bei mir nicht«, unterbrach sie ihn unfreundlich. »Ich habe den Fall hier schwarz auf weiß. Polizist wird beurlaubt, Polizist wird drogenabhängig und zieht einen zweiten Kollegen«, sie deutete auf Eddy, »mit hinein. Schämen Sie sich, Herr Hübner. Und dann auch noch Ritalin? Was wollen Sie denn damit überhaupt?«

Bevor Norbert antworten konnte, sprach sie weiter: »Na, ist ohnehin egal. Wir warten jetzt noch das Ergebnis des Drogentests ab, dann erwarte ich eine schriftliche Erklärung von Ihnen beiden. Und in logischer Konsequenz, falls der Test positiv sein wird, ihren Rücktritt, Herr Hübner.«

Aufgewühlt über diese Äußerung versuchte Norbert, die Sache zu bereinigen: »Nun warten Sie doch erst einmal ab! Wir können das alles erklären!«

»Das will ich gar nicht hören«, sprach Frau Latzke herrisch und deutete auf den Kommissar: »Sie befinden sich in dieser Lage, ob sie das wollen oder nicht! Seien Sie zufrieden, wenn ich Sie nicht die restliche Wochc in der Zelle verhungern lasse! Für einen Polizisten sind Sie ziemlich aus der Form gekommen, Herr Hübner!«

Norbert sah auf seine Füße. Er würde wohl besser schweigen und das Testergebnis abwarten müssen. Eine Sache lag ihm dennoch auf dem Herzen.

»Sie ... ääh ... haben Sie meinen Wagen auch beschlagnahmt?«

»Groß, grau, Volvo mit Anhänger?«

Er nickte energisch. »Ja, genau.«

»Darauf wollte ich gerade zu sprechen kommen. Unter der Plane haben meine Leute ein Seniorenmobil entdeckt. Seltsamerweise ist das auf einen Herrn Karlssen registriert, 86 Jahre, Rentner. Und die Beschreibung passt haargenau auf ein Mobil, was vom *Königsburger Schlösschen* als gestohlen gemeldet worden ist. Wie kommt es denn, dass *Sie* das herumgefahren haben?«

Norbert stieg das Blut in den Kopf. »Nun ... also ...«

Sie winkte ab, als sie bemerkte, dass er nur stammelte. »Das wird eine Untersuchung klären müssen. Ich denke mir meinen Teil dazu, Herr Hübner.« Sie klopfte zweimal auf den Tisch. »Weil ich ja nun hier bin, um Frau Baumanns Chaos aufzuräumen, habe ich ohnehin beschlossen, dass das Revier in Königsburg nach Ihrer Beurlaubung endlich geschlossen wird.«

»Was?«, entfuhr es Norbert. Eddy versteifte sich.

»Ich muss Sie hier unter Beobachtung haben. Die Beurlaubung wird außerdem gekürzt. Sollte der Drogentest negativ ausfallen und Sie eine angemessene Erklärung für mich haben, stehen Sie hier ab nächsten Montag um sieben Uhr morgens auf der Matte.«

»Aber -«

»Kein Aber. Von jetzt an sind Sie Pendler, Herr Hübner. Das heißt, falls Sie dann hier noch arbeiten.«

»Muss das sein?«, fragte Norbert klagend. Das bedeutete, dass er um fünf Uhr aufstehen musste. Und das jeden Tag. Es graute ihm schon jetzt davor.

Doch mit Frau Latzke war nicht zu spaßen. »Wenn Sie jetzt weiter reden, bleiben Sie für immer beurlaubt. Sie können von Glück sprechen, dass wir in einer Zeit mit Personalmangel leben!«

Norbert war verstummt. Vor seinem inneren Auge zog die Zeit in Königsburg an ihm vorbei. Die nachbarschaftlichen Gespräche, die gelegentliche Tasse Kaffee, die Kekse, die man ihm zusteckte. Das alles würde nun der Vergangenheit angehören. In ihm machte sich Verzweiflung breit. Wie sollte er das nur Gudrun erklären? Bevor er weiter denken konnte, ergriff Frau Latzke erneut das Wort.

»Und noch etwas, Herr Hübner«, sagte sie und bedachte ihn und Eddy mit einem unnachgiebigen Blick. »Nach Ihrer Beurlaubung sehe ich mir das eine Woche mit Ihnen und Herrn Meisen an. Sollte das nicht klappen, reiße ich Sie als Team auseinander.«

Eddy warf ein: »Aber wir waren bis jetzt noch -«

Ein Stoß von Norberts Ellbogen in seine Rippen brachte ihn zum Schweigen. »Selbstverständlich«, nickte der Kommissar eifrig.

Frau Latzke sah die beiden mit einer erhobenen Augenbraue an. »Denken Sie an meine Worte«, sagte sie und widmete sich dann erneut ihren Notizen. »Bitte verlassen Sie nun mein Büro, ich habe zu tun. Frau Baumanns Ablagesystem ist einfach grauenhaft.«

Als sie das Büro verließen, sah Eddy sichtlich erleichtert aus. Ja, sogar schon etwas fröhlich.

Norbert konnte sich kaum über den Sachverhalt freuen, dass sie von nun an zusammenarbeiten würden. Zu sehr lag ihm die Sache mit der Schließung seines Reviers im Magen. Mangels Alternative begaben sich die beiden erneut in die Zelle zurück, wo sie sich auf das untere Bett setzten.

»Das ist ja gerade noch einmal gut gegangen«, brach Eddy schließlich das Schweigen.

Norbert brachte nur ein Brummen zustande.

»Tut mir leid wegen der Wache in Königsburg«, meinte der junge Mann zerknirscht und legte Norbert kurz eine Hand auf die Schulter. »Ich weiß ja, wie sehr Sie daran hängen. Aber sehen Sie es mal so, wenn Sie hier arbeiten, bekommen Sie auch einen neuen Dienstwagen.«

»Ich will aber keinen neuen Dienstwagen, Eddy, ich möchte meine Stelle zurück, ich ... ach, ist ja auch egal. Lassen Sie uns einfach schauen, wie wir hier rauskommen.« Eddy konnte nichts für den Verlust, dachte Norbert. Kein Grund, seine Enttäuschung an dem jungen Mann auszulassen. Und irgendwie freute er sich ja auch schon darauf, mit ihm zusammenzuarbeiten.

Ein Klopfen an der Zellentür überraschte sie und Sofia schaute herein. »Ach hier sind Sie! Ich habe das Ergebnis des Drogentests mitgebracht. Bis auf die Schmerzmittel bei Herrn Meisen, die als üblich bei der Heilung eines Bruchs eingestuft werden, sind Sie beide absolut clean. Herzlichen Glückwunsch!«

Norbert fragte sich, was sie erwartet hatte.

»Hier ist Ihr Autoschlüssel, Herr Hübner. Die Kollegen haben ... nun, sie haben den Inhalt des Anhängers beschlagnahmt. Sie können aber mit Ihrem Wagen wieder nach Hause fahren. Vorne an der Rezeption müssen sie beide nur noch den Papierkram unterschreiben.«

Der Kommissar nickte und nahm seinen Schlüssel dankend entgegen. Sofia warf beiden noch einen aufmunternden Blick zu, dann ließ sie die Zellentür offen und verschwand.

Eddy klopfte sich auf die Oberschenkel und griff nach seinen Krücken. »Na dann. Wollen wir?«

Am frühen Nachmittag setzte Norbert Eddy zu Hause ab. Statt in Richtung Königsburg zu fahren, blieb er noch ein Moment still im Auto sitzen. Nun hatte er zusätzlich zu Katharinas Verschwinden auch noch mit eigenen Problemen zu kämpfen. Norbert lag die Sache mit seinem neuen Arbeitsort schwer im Magen.

Holtberg war eine sehr große und komplizierte Stadt, die allerlei Möglichkeiten bot.

Doch für Polizisten war sie nur eines:

Gefährlich.

KAPITEL 38

Als Katharina wieder wach wurde, brannte die Wahrheit wie ein Lauffeuer in ihrem Kopf. Ihre Beine kribbelten. Jim, der wieder in einer der Ecke des Raumes kauerte, schien erleichtert.

»Gut, dass du nicht mehr schläfst. Du bist vorhin bewusstlos geworden, mein Schatz.«

Katharina blieb ihm eine Antwort schuldig. Er stand auf und beugte sich zu ihr auf den Boden. Langsam streichelte er ihr übers Haar. Für einen Moment meinte er, Abscheu auf ihrem Gesicht erkennen zu können, doch als sie kurz darauf sanft lächelte, war er sich nicht mehr sicher, ob er sich das nicht eingebildet hatte.

»Ist alles in Ordnung mit dir, mein Liebling?«, fragte Jim, als sein Hirn nach Sicherheit verlangte. Eine Sicherheit, die, wie er selbst wusste, nur noch Tage, wenn nicht sogar Stunden anhalten würde.

»Ja ... alles okay. Wo ist Ina?«

Jim zuckte einige Zentimeter nach hinten, doch stoppte dann in der Bewegung. »Sie ist dort drüben«, sagte er und zeigte auf den Boden nicht unweit von ihnen. Er setzte ein Lächeln auf. Dann berührte er Katharina am Arm und sagte: »Alles wird gut.«

Doch nichts würde gut werden. Das ahnte Jim bereits, als er wieder zurück an seinen angestammten Platz in der Ecke ging und sich dort niederließ.

Dies war das erste Mal, dass Katharina den Namen der Puppe wusste, ohne vorher nachgefragt zu haben.

Von nun an würde er vorsichtiger mit ihr umgehen müssen. Auch wenn er ohnehin keine Möglichkeit mehr hatte, sie mit Tabletten zu betäuben, wusste er nicht, wie er diese Person einzuschätzen hatte. Er dachte an Ludwik.

Jim bemerkte, dass ihm die Augen zufallen wollten. Ohne in den letzten Stunden Schlaf gefunden zu haben, zog er sein Telefon heraus, was ihm anzeigte, dass sie bereits seit fast einem Tag hier drin gefangen waren. Sie hatten noch ein paar Liter Wasser in der Tonne, die er zur Vorbereitung auf Katharinas Gefängnis nach drinnen geholt hatte, doch nichts zu essen. An irgendeinem Punkt würde er gezwungen sein, Hilfe zu rufen.

Müdigkeit überkam ihn und er gähnte, dann stand er auf. Zur eigenen Sicherheit hatte er Katharina mit Balus Kette erneut an einem Wandhaken angebunden. Leise lief er zu der Metalltür, die sie von dem Verrückten trennte, der draußen immer noch mit seiner Brechstange herumlungerte.

Doch mittlerweile war er sich nicht mehr sicher, ob Robert noch dahinter wartete. Jim hatte in der Nacht keine Geräusche mehr von außerhalb wahrgenommen. Gestern noch hatte Robert wie ein

Besessener dort herum gehämmert und immer wieder versucht, Katharina herauszulocken, doch diese hatte geschlafen. Tief und fest.

Er schämte sich, dass er sie hatte bewusstlos würgen müssen. Aber es war zu ihrem eigenen Schutz. Wer wusste schon, was Robert mit ihnen anstellte, sollte er sie in die Finger kriegen? Immerhin hatte sie kaltblütig seinen Cousin erschossen und Robert war niemand, der vergab.

Jim schlich zurück und setzte sich auf ein paar alte Pappkartons, die auf dem Boden lagen. Der Hund kam auf ihn zu und legte sich an seine Füße, wo er die Augen schloss. Abwesend streichelte Jim dem Tier über den massigen Kopf und sah zu, wie Balus Schwanzwedeln schwächer wurde, als dieser in den Schlaf hinüberglitt.

Seine Sinne spielten ihm Streiche.

Was war, wenn Robert längst geflüchtet war? Würden sie es in diesem Raum überhaupt bemerken? Immerhin gab es keine Fenster und nur diese eine Tür wies den Weg in die Freiheit.

Er gähnte erneut und streckte sich leicht. Dabei schloss er die Augen. Seine Augäpfel verdrehten sich nach oben und für einen winzigen Moment fiel Jim in einen Sekundenschlaf.

Mit klopfendem Herzen schrak er auf.

Du Idiot! Schlaf jetzt nicht ein!

Katharina würde sicher bald aufwachen und wenn er dann im Reich der Träume weilte, konnte das ebenfalls sein Todesurteil sein. Kette hin oder her. Jim schüttelte sich, um wach zu bleiben und versuchte, an seinem Fluchtplan zu feilen. Es waren nur ein paar Hundert Meter zum Waldrand, dort würden sie sich sicher verstecken können. Zur Not würde er Balu zurücklassen müssen, auch wenn es ihm das Herz brach. Aber der Hund hatte bereits gezeigt, wem er treu war und trotzdem ihn Jim die ganze Zeit in der Hütte über gefüttert hatte, schien das Tier doch mehr an Robert - oder zumindest dessen Befehlen - zu hängen, als er vermutet hatte. Er tätschelte dem Rottweiler erneut den Kopf. Man konnte dem Hund nicht böse sein. Das Tier tat, was sein Instinkt ihm riet und der riet ihm nun einmal dazu, Robert zu gehorchen.

Jim zog erneut das Handy aus der Tasche und erschrak. Nur noch zwölf Prozent Akku. Wenn sich nicht bald eine Lösung für ihr Problem fand, wären sie verloren! Seine Gedanken wanderten. Wie lange konnte ein Mensch ohne Nahrung auskommen? Er wusste es nicht.

Und er wollte es auch nicht herausfinden.

Ihn beschäftigte ebenso, wie lange Robert vor der Tür ausharren konnte. Jim war klar, dass sein ehemaliger Boss durchaus zu dummen Aktionen imstande war. Und wenn das bedeutete, dass er tagelang auf ihn wartete, würde er das tun. Jim musste einen Weg finden, herauszubekommen, ob Robert immer noch dort saß oder ob er aufgegeben hatte.

An diesen Gedanken grübelnd döste er schließlich doch ein und nahm dabei nicht wahr, wie sich Katharinas Augen im Halbdunkeln öffneten.

KAPITEL 39

Alles tat ihr weh. Ihre Augen waren verklebt und in ihrem Hals brannte es wie Feuer.

Katharina wusste, dass sie etwas Falsches getan hatte. Sie erinnerte sich nur nicht mehr, was es war. Ihre Bauchregion fühlte sich schwer an.

Bedrückt von Schuldgefühlen.

Ihre Gliedmaßen zitterten und sie fror, als irre sie bei Minusgraden in einem Schneesturm umher. Noch wagte sie nicht, sich zu bewegen. Still lag sie in der Dunkelheit und lauschte auf die Umgebung. Irgendwo tropfte es gleichmäßig. Hohl und feucht klatschte es nicht weit von ihr auf den Fußboden.

Ihre Sinne waren zurückgekehrt. Doch der Nebel, welcher ihr Bewusstsein umgab, war noch nicht komplett gewichen. Sie verspürte, wie ihr Körper nach Nahrung verlangte. Das Gefühl von Hunger drängte sich auf. Doch die schon als permanent empfundene Übelkeit und die Schüttelfrost-Attacken schienen vorüber zu sein. Katharina spürte, wie das Blut ihr in den Kopf schoss, als sie bemerkte, dass sie immer noch den Bettbezug und nichts darunter trug.

Plötzlich drang ein Geräusch an ihre Ohren. Sie kniff die Augen zusammen und schaute in das Schummerlicht hinein.

Da saß Jim und schnarchte.

Ihr Mann.

Nein.

Ein Mann. Er hatte sie entführt. Zusammen mit einem weiteren Typen, den Katharina nicht kannte oder sich jedenfalls nicht daran erinnerte, ihn zu kennen. Vor ihm lag der Hund, den er mitgenommen hatte, sowie die Puppe.

Eine Babypuppe.

Die sie für ihr eigenes Kind gehalten hatte.

Sie widerstand dem Drang, zu schreien, und begann vorsichtig, aufzustehen. Erst den linken Fuß, den Knöchel, die Wade. Als sie keinerlei Müdigkeit, Schmerz oder Einschränkung verspürte, bewegte sie auch das rechte Bein und stemmte sich hoch. Dieses fühlte sich deutlich schwerer an und wurde durch irgendetwas an seiner Mobilität gehindert.

Ein leises Klirren erklang bei der Bewegung und der Hund hob den Kopf. Er lauschte.

Katharina bewegte sich nicht.

Ihr Blick und der des Hundes kreuzten sich.

Er fletschte die Zähne.

Wie angewurzelt blieb Katharina stehen. Wartend, was passieren würde. Der Situation ausgeliefert, nahm sie vorsichtig einen Schritt zurück und setzte sich auf den Boden. Passiv senkte sie ihr Haupt.

Der Hund legte den Kopf auf die Vorderpfoten und fuhr fort, sie zu beobachten. Seine Aggressivität schien verschwunden.

Katharina atmete aus und widmete sich erneut ihrem Knöchel. Mit den Fingern ertastete sie eine dicke Metallkette sowie eine dünnere Fessel, die mit einem Vorhängeschloss gesichert war. Es musste sich ebenfalls um eine Kette handeln, denn die Glieder lagen durch ihre Körperwärme lauwarm auf der Haut. Sie hob den Kopf und verfolgte die Kette von ihrem Knöchel zu einem Haken in der Wand, der im schwachen Licht kaum sichtbar glänzte. Insgesamt schien die Kette ungefähr zwei Meter lang zu sein.

Würde das genügen, um …

Sie führte den Gedanken nicht zu Ende, sondern versuchte zunächst, sich so leise wie möglich zu bewegen. Ihre Fessel klirrte wieder und es geschah das, was sie unbedingt hatte vermeiden wollen.

Jim wachte auf.

Er blinzelte, gähnte und erschrak, als er sah, dass Katharina stand. »Ich … was machst du da?«, fragte er argwöhnisch.

Katharina tat so, als sei ihr schwindlig. »Mir gehts heute irgendwie nicht so gut … Schatz …«, murmelte sie langsam, wobei sie versuchte, möglichst vertrauenerweckend und verwirrt zu klingen. »Ich glaube, das liegt daran, dass ich vergessen habe, meine Medizin zu nehmen …« Sie legte eine Hand an die Stirn und schloss halb die Augen, jedoch nur so weit, dass sie ihn noch sehen konnte.

Jim wurde nervös. Katharinas Verhalten schien nicht stimmig. Er bemühte sich, seine Gefühlslage zu überspielen und einen entspannten Eindruck zu vermitteln. »Nein, Liebes«, sagte er, »weißt du denn nicht mehr, dass du gesund bist? Ich bin mir sicher, dass du dich nur noch daran gewöhnen musst, keine Tabletten mehr zu nehmen.«

Katharina nickte und lief beiläufig zu der Befestigung der Kette an der Wand. »Ich habe Hunger«, sagte sie und lehnte sich wie durch einen Schwächeanfall dagegen. Sie schloss die Augen und befühlte den Haken hinter sich.

Er wackelte.

Kleine Bröckchen Gestein rieselten zu Boden, als sie daran zerrte. Mit einem gespielten Hustenanfall maskierte ihr Vorhaben. Doch er saß zu fest, sie würde ihn ohne Weiteres nicht herausziehen können.

Jim hatte aufgehört, sie zu beobachten, und war aufgestanden. Nun hatte er sich umgedreht und lief ihr gegenüber an der anderen Seite des Raumes auf und ab. Immer wieder blieb er stehen und lauschte in die Stille. Der Hund hatte sich ebenfalls aufgerappelt und stand nun vor der Tür, wo er winselte und auf dem Boden kratzte.

»Muss er mal raus?«, fragte Katharina und deutete auf Balu.

»Hm?« Jim schien, als sei er soeben aus einem tiefen Traum aufgewacht.

Der Hund bellte.

»Lass doch den Hund mal raus, Jim. Er muss mal«, sagte Katharina nun dringlicher. »Nicht, dass er uns hier in die ... Wohnung macht.«

»Ich ... ich kann nicht. Ich kann die Tür nicht öffnen. Sie ist von außen verschlossen.« Er hob die Hände in einer gleichgültigen Geste. »Und selbst wenn, dann kommt das danach ins Chemieklo.«

Jim bemerkte, wie Katharina für einen Moment zu erstarren schien. Sie war wacher als gestern. Doch wie wach und wie gefährlich war diese Person, die er dort drüben festgekettet hatte?

Balu fing in seiner Not erneut an, zu bellen. Sein lautes Gekläffe wurde von den kahlen Wänden vielfach zurückgeworfen und schien sich dadurch in der Frequenz noch zu steigern. Jims Magen knurrte und seine Nerven lagen blank. In einem Augenblick der Niederlage schloss er die Augen und drückte die Hände auf die Ohren. »Aus Balu!«, schrie er verzweifelt. »AUS!«

So konnte das nicht weitergehen.

Er war vollkommen fertig. Wenigstens hörte der Hund auf, zu kläffen. Die durchwachte Nacht, der quälende Hunger und die Unsicherheit über Katharinas Zustand, dazu der Nerventerror von Robert, der vermutlich immer noch hinter der Tür lauerte ... das alles war zu viel für ihn.

Er gab auf.

Verloren stützte er den Kopf in die Hände, ungeachtet der Gefahr, dass nun Katharina diejenige sein könnte, die ihn überrumpelte und erwürgte.

Doch Katharina spielte ihre Rolle weiter: »Was … was gibt es zum Abendbrot?«, fragte sie.

»Halt die Klappe, du bescheuerte Kuh!«, fauchte Jim plötzlich. »Wegen dir sitzen wir überhaupt hier fest! Wir kommen nicht raus, siehst du das nicht? Robert macht uns kalt, wenn wir einen Schritt vor die Tür setzen!«

Ihre Stimme drang nur mühsam durch den Nebel in seinem Kopf: »Aber vielleicht … könnten wir einen Lieferdienst anrufen«, schlug sie vor.

Anrufen.

Jim schloss die Augen. War es an der Zeit, aufzugeben? Er zog das Handy aus der Tasche und checkte das Display. Vier Prozent Akku. Und ein Balken Empfang. Dieser beschissene Raum schirmte anscheinend ihre Empfangsqualität ab. Zweifel kamen in ihm auf. Wen sollte er anrufen? Die Bullen? War es Jims Schicksal, den größten Teil seines Lebens hinter Gittern zu verbringen? Was wurde dann aus seinen Träumen?

Da war es wieder. Das Gefühl von Angst.

Angst, vergessen zu werden, alleine hier drin zu sterben, oder im Gefängnis zu verrotten. Er blickte auf und sah zu Katharina hinüber.

Sie war so schön.

Er war sich sicher, dass die Frau ihn mit der Zeit schätzen gelernt hätte. Und ja, vielleicht hätte sie sich auch in ihn verliebt. Wer wusste das schon?

Ihr schlanke Gestalt steckte immer noch in dem Bettbezug. Ihre anderen Klamotten hatte er weggeworfen. Zur Sicherheit. Er war so naiv gewesen, sie auf den Jahrmarkt mitzunehmen, wo sie fast aufgeflogen wären. Außerdem gefiel sie ihm so besser. Mehr als einmal hatte Jim sie beim Schlafen beobachtet, jedoch hatte er sie nie angefasst. So einer war er nicht. Eine Frau musste selbst entscheiden, mit wem sie zusammenkam.

Sein Glück war so nah und gleichzeitig so weit entfernt. Jim kamen die Tränen.

Katharina versuchte, schlau zu werden aus dem Schauspiel, was ihr Entführer unweit von ihr vollzog.

Jim schlug mit der Faust auf den Boden. Seine Gedanken kamen zurück zum eigentlichen Problem. Sie mussten hier raus. Nur so konnte das, was er sich über die letzten Tage hinweg ausgemalt hatte, auch tatsächlich zur Wirklichkeit werden. Dazu würde er jedoch Hilfe benötigen. Hilfe, die sich einerseits Robert erfolgreich entgegenstellen konnte, andererseits aber auch keine Verbindung zum Gesetz hatte. Jemand, der wie Robert war, nur auf seiner Seite. Ihm fiel Balu ein. Vielleicht würde das Tier ja doch für ihn kämpfen, dachte er. Möglich wäre es. Immerhin hatte Jim ihn immer gut behandelt und ihm sogar das Leben gerettet. Einen großen Hund mit scharfen Zähnen würde Robert nicht so leicht abwehren können. Vor allem nicht, wenn sie sich gleichzeitig auf ihn stürzten.

Jim holte aus der inneren Jackentasche sein Portemonnaie heraus und zog das Foto hervor, was ihm erst letztens unachtsam in den Fußraum gefallen war. Vorsichtig strich er es glatt und fuhr mit dem

Finger über ein Frauengesicht. Seine Schwester sah ihn an, ein Lächeln auf den Lippen.

Eine weitere Frau, die ihn wahrscheinlich hasste.

Er würde die Fehler aus der Vergangenheit wieder geradebiegen müssen. Das hier durfte nicht das Ende sein.

»Was denkst du nach, Liebling?«, sagte Katharina plötzlich hinter ihm und er drehte sich um. Einer spontanen Eingebung folgend, zog er das Handy aus der Tasche und hielt es hoch. »Weißt du jemanden, den wir anrufen können und der uns helfen kann, hier herauszukommen?«

Sie legte einen Finger ans Kinn, als überlege sie wirklich hart und ausdauernd, dann hellte sich ihre Miene auf. »Ich weiß jemanden!«

In Jim wuchs wider Erwarten die Hoffnung. »Wen? Wen meinst du?«, fragte er hektisch und machte sich startklar, die Nummer einzutippen.

Noch zwei Prozent Akku.

Sie hatten nur diesen einen Versuch.

»Gib her«, sagte Katharina kurz angebunden und schnappte ihm das Telefon aus der Hand.

»Aber nicht die Bullen«, sagte Jim noch, der etwas hilflos neben ihr stand.

»Natürlich nicht«, lachte sie, dann hielt sie sich das Handy ans Ohr und einen Finger an die Lippen.

Jim merkte, dass er einen Fehler begangen hatte, als Katharina ihn boshaft angrinste.

KAPITEL 40

»Hübner?«

»He ... Hübner? Hier ist Eli ... Baumann! Herr Hüb ... egal, ... chen, fahren S ... los! Ich ... Tochter! Es .... Leb ... Tod!«

Norbert stand gerade auf dem Seitenstreifen der Landstraße nach Königsburg. »Wie bitte? Frau Baumann, beruhigen Sie sich erst einmal, ich kann Sie kaum verstehen! Hören Sie mich?«, rief er in den Hörer. Die Verbindung war tatsächlich nicht die beste und Frau Baumanns Stimme war abgehackt und rauschte. Sie versuchte es erneut, sprach langsamer und diesmal konnte Norbert zumindest grobe Bruchstücke verstehen.

»Es geht ... meine Tochter!«, rief Frau Baumann ins Telefon, »... weiß jetzt, wo .... müssen sofort da hinfahren!«

Norbert rieb sich die Stirn. »Noch mal von vorne. Können Sie mich hören?«

»Ja, verflucht noch mal!«

Das war deutlich.

Er versuchte es erneut. »Sie haben etwas über Ihre Tochter herausgefunden?«

»Ja!«

»Okay«, sagte Norbert, »aber das hat sicher bis morgen Zeit. Ich bin nämlich auf dem Weg nach Hause und -«

Die Satelliten der Telefongesellschaft mussten ein Einsehen gehabt haben, denn im nächsten Moment wurde die Verbindung glasklar.

Etwas zu klar für Norberts Geschmack.

»Das darf doch nicht wahr sein!«, brüllte Frau Baumann. »Fahren Sie jetzt sofort da hin! Die halten meine Tochter gefangen! Sie müssen ihr helfen!«

Norberts Herzschlag beschleunigte sich. »Wie bitte? Sie wissen, wo Katharina ist?«

»Das sag ich doch die ganze Zeit!«, schrie sie weiter. »Sie wird im Industriegebiet in Holtberg festgehalten! In der alten Holzfabrik, oder was weiß ich, was das für ein Gebäude ist! Sie müssen da hin, schnell!«

Norberts Welt drehte sich. Sie hatte Katharina gefunden! Wie war das möglich? Er warf einen Blick nach draußen, als er nachhakte: »Sind Sie sich sicher, dass Sie sie gefunden haben? Absolut sicher?«

»Wollen Sie mich fertigmachen, Herr Hübner? Ich kenne die Stimme meiner Tochter! Wenn ich es Ihnen doch sage! Beeilen Sie sich!«

»Also lebt sie?«

»Das kommt darauf an, wie lange ich Ihnen erklären muss, dass sie gefangen gehalten wird! Herr Hübner, jetzt fragen Sie nicht so dämlich, sondern machen Sie sich auf den Weg und holen Sie sie! Ich sitze selbst bereits im Auto und komme dort hin!«

Instinktiv griff Norbert sich mit der freien Hand ans Schulterholster. Und tatsächlich. Er hatte vergessen, Eddy seine Dienstwaffe zurückzugeben. Er würde diese gut gebrauchen können.

Der Kommissar ließ sich den Weg beschreiben, dann wendete er und drückte aufs Gas. Die Straße flog unter ihm entlang, als der Motor des Volvos alles gab, was nach 260.000 Kilometern Laufleistung noch in ihm steckte. Erschrocken erblickte Norbert im Rückspiegel eine schwarze Rauchfahne hinter sich. Diese musste der Auspuff herausgeschleudert haben. Hoffentlich würde das Auto zur Feier des Tages nicht noch unter seinem Hintern explodieren.

Lange würde es draußen nicht mehr hell sein. Er hoffte, dass er sein Ziel noch vor Einbruch der Dunkelheit erreichte. Mittlerweile war die Sonne schon auf dem Weg zum Horizont und tauchte die Welt in einen orangen Schleier aus purem Licht.

Ziemlich aufgewühlt erreichte Norbert knapp vierzig Minuten später das Industriegebiet von Holtberg. Er erkannte die Straßen von seinem Ausflug auf der Suche nach GERDS GARAGEN wieder. Und tatsächlich – die Adresse, die ihm Elisabeth Baumann genannt hatte, war die, vor der er vor gerade einmal zwei Tagen angehalten hatte.

Ein altes Gebäude.

Rost und Wetter hatten ihm bereits stark zugesetzt und so war es nicht weiter verwunderlich, dass vor der Einfahrt ein Schild hing:

»Einsturzgefahr! Betreten verboten!
Eltern haften für ihre Kinder!«

Für Norbert sah das Gebäude aus, als hätte es schon vor Jahren abgerissen werden sollen. Das Dach hing schief und würde beim nächsten Sturm sicher den Elementen zum Opfer fallen. Überall prangte Graffiti an der Fassade und die Fensterscheiben waren teilweise ausgeschlagen und mit MDF-Platten vernagelt worden. Ein mannshoher Zaun aus Maschendraht mit einer Rolle Stacheldraht auf der Spitze grenzte den Firmenbereich ein und sollte neugierige Besucher davon abhalten, das Gelände zu betreten.

Norbert stieg aus und prüfte den Sitz des Holsters. Er lief auf die Einfahrt zu und bemerkte eine dicke Eisenkette, die zwei Torflügel sicherte. Die Kette war mit einem schweren Vorhängeschloss versehen. Hier würde er nicht hereinkommen.

In seinem Kopf meldeten sich Zweifel. Was war, wenn man Frau Baumann senior hereingelegt hatte? Was, wenn jemand in dem alten Gelände auf sie lauerte? Und nun, da Norbert statt ihr als erster hier war, würde so ein Überfall dann wahrscheinlich ihn treffen. Kurz überlegte er, Eddy anzurufen, entschied sich dann jedoch dagegen. Der Junge hatte die letzten Tage genug mit ihm durchgemacht. Falls es sich hier um falschen Alarm handeln sollte, wollte Norbert nicht derjenige sein, der ihn mit seinem Gipsbein wieder aus der Wohnung gezerrt hatte.

Er besah sich das Schloss genauer und rüttelte daran. Falls das der einzige Weg ins Gebäude war, konnte er gleich wieder umdrehen. Das Schloss bewegte sich keinen Millimeter. Ohne Schlüssel würde er hier nicht weit kommen. Etwas ratlos stand er vor dem Zaun und hielt inne. Hinter ihm lief der Volvo im Leerlauf. Obwohl es noch einigermaßen hell draußen war, erkannte man bereits schwach die Lichtkegel der Scheinwerfer auf dem Tor.

Rechts vom Firmengelände stiegen Ausläufer eines Waldes auf eine Hügelkette auf, während es links weiter in das Industriegebiet ging. Der Zaun schien sich um den ganzen Komplex zu ziehen.

Wieder stritt in Norbert der Zweifel mit dem Pflichtbewusstsein. War es nicht naiv von ihm, alleine dort hineingehen zu wollen? Wäre es nicht besser, gleich Hilfe anzufordern? Diesbezüglich würde er bald eine Entscheidung treffen müssen. Er verbannte den Gedanken in den Hinterkopf und machte sich auf, einen anderen Weg in das Gebäude zu suchen. Zügigen Schrittes stapfte Norbert rechts herum in Richtung Wald und lief einen mit hohem Gras bewachsenen Hügel hinauf. Innerhalb kürzester Zeit waren seine Hosenbeine vollkommen durchnässt. Anscheinend hielt sich der Tau in diesen Jahreszeiten den ganzen Tag. Das Wasser drang bereits durch seine Schuhe, als er den obersten Absatz des Hügels erreichte und sich etwas unter ihm das Gelände der Papierfabrik ausbreitete. Von hier oben hatte man einen fantastischen Blick. Der Kommissar erkannte Garagen und eine Lagerhalle sowie mehrere Fahrradständer, an die immer noch zwei Fahrräder ohne Reifen gekettet waren. Beim Schließen der Firma musste man einiges zurückgelassen haben, denn überall standen noch leere Fässer, Container und Maschinen herum. Dem Kommissar bot sich ein beklemmendes Bild. Es glich einer Geisterstadt.

Norberts Blick schweifte über einen Parkplatz und dann weiter am Gebäude entlang. Wo sollte man Katharina denn genau festhalten? Er würde drinnen Stunden umherlaufen müssen, bis er alle Räume durchsucht hätte. Und das nur für den Fall, dass er tatsächlich irgendwie hineinkäme.

Das Hauptgebäude der Fabrik umfasste vier Stockwerke und mehrere dicke Schornsteine. Einem davon folgte Norbert mit den Augen und hätte sich fast wieder abgewandt, hätte er nicht im Augenwinkel eine Bewegung erahnt.

Am Fenster im zweiten Stock stand jemand.

KAPITEL 41

Norberts Interesse war geweckt. Erneut konzentrierte er sich auf die Fensterreihen, aber mittlerweile war die Sonne am Untergehen. Die zunehmende Dunkelheit erschwerte die Sicht. Einige Augenblicke stand er so reglos im Gras, während die Feuchtigkeit seine Socken durchnässte.

Vergeblich. Er konnte nichts mehr ausmachen.

Sicher nur eine Sinnestäuschung. Doch was war, wenn dort drinnen wirklich jemand – *Katharina?* – Hilfe brauchte? Immerhin war das Gebäude einsturzgefährdet. Neue Energie erwachte im Kommissar und er schlug sich weiter durch das Gras, immer an der Seite des Firmengeländes entlang. Nach einigen Metern konnte er einen Wildpfad erkennen, der offenbar nicht zu selten genutzt wurde, denn das Gras war breitgetreten bis auf die nackte Erde.

Er folgte dem Pfad, der ihn fast bis hinter die Fabrik führte, wo er in den Wald abzweigte. Kurz überlegte der Kommissar, ihm zu folgen, entschied sich dann jedoch dagegen. Wer immer da Hilfe brauchte, würde nicht im Wald, sondern in den Gebäuden zu finden sein.

Er konzentrierte sich auf den Weg. Einen Meter weiter vom Abzweig in den Wald fand er einen zweiten Pfad, der nicht so ausgetreten war. Dieser führte ihn tatsächlich zu einem Loch im Maschendrahtzaun. Dahinter stand eine alte Tonne, die er etwas umständlich mit dem Fuß durch das Loch beiseite kickte, wobei er sich fast noch auf die Nase gelegt hätte, als sich seine Hose im Zaun verfing.

Der Kommissar besah sich den Erdboden bei der Öffnung im Zaun. Es schien, als habe sich hier jemand durchgequetscht und das vor nicht allzu langer Zeit.

Ein Tier?

Norbert konnte auf dem Fußboden leichte Schleifspuren der Metalltonne erkennen, die er beiseitegeschoben hatte. Das schloss ein Tier eigentlich aus. Die Baumkronen bewegten sich rauschend, als die Gegend von einer massiven Böe erfasst wurde. Er fröstelte unwillkürlich.

Na los, Norbert, sprach er sich selbst Mut zu. Jetzt oder nie! Der Kommissar ließ sich auf alle viere nieder und kroch durch das Loch im Zaun. Ein fürchterliches Geräusch erklang, als seine Jacke hängen blieb und der Stoff aufriss. Er fluchte. Die hatte Gudrun ihm erst letzten Winter beim TV-Versand bestellt.

Als Norbert durch das Loch durch war, rappelte er sich mühevoll auf, wobei er eine Hand ins Kreuz stützte und stöhnte. Nun waren seine Hosen auch komplett verdreckt. Die Jacke war als solche kaum mehr wiederzuerkennen und hatte, von der Tasche an bis auf die Rückseite, einen breiten Riss im Oberstoff. Weiße Füllwatte quoll daraus hervor.

Gerade als er sich bereits wieder darüber aufregen wollte, erkannte er nicht weit entfernt mehrere Türen. Gebückt schritt er voran. Sollten hier wirklich Gangster auf ihn lauern, würden diese wahrscheinlich nicht mehr aus dem Lachen herauskommen, sobald sie ihn in seinen beschmutzten und zerrissenen Klamotten erblickten. »Seht dort! Ein verwahrloster Opa kommt, um die Baumann zu retten!« Er hörte das imaginäre Gelächter, als wäre es bereits passiert.

»Norbert, bleib bei der Sache«, schalt er sich, als er aus dem Gedankenkarussell ausstieg. Er hatte die erste Tür fast erreicht, stoppte jedoch plötzlich und schaute nach oben.

Groß und dunkel ragte das Gebäude nun vor ihm auf. Auch an dieser Seite war es mit Graffitis beschmiert worden. Die ungelenken Buchstaben erinnerten Norbert an die Zeichnungen seiner Kinder aus dem Kindergarten. Anscheinend hatte jemand geübt, mit einer Sprühflasche umzugehen. Vor Vandalismus war heutzutage einfach nichts mehr sicher. Noch einmal dachte er darüber nach, ob er nicht besser die Polizei rufen sollte. Es war geradezu dämlich, die Sache hier alleine durchzuziehen. Eher sogar fahrlässig. Würde er jetzt Verstärkung rufen, wäre er dafür verantwortlich, falls sich in dem Gebäude niemand befand. Und Polizeieinsätze aus Spaß konnten schnell teuer werden. Außerdem war er beurlaubt, weswegen er noch weniger auf Verständnis hoffen konnte. Ein kräftiger Druck gegen die Metalltür vor ihm ließ ihn erkennen, dass diese nicht abgeschlossen war.

Erneut hielt er inne.

Sollte er wirklich weiter gehen? Was würde Gudrun dazu sagen? Es war wohl besser, dass sie von seiner Aktion gerade nichts mitbekam.

Norbert drückte erneut kräftig gegen die Tür und wagte durch einen winzigen Spalt einen Blick ins Innere. Dunkelheit begrüßte ihn. Er atmete tief durch und sog damit den abgestandenen Geruch einer Immobilie ein, die schon lange leer stand.

Nun stand einer Rettungsaktion nichts mehr im Wege. Irgendwo da oben sollte Katharina sein.

War sie das wirklich?

Er wusste es beim besten Willen nicht.

Bevor er sich ins Gebäude gab, hielt Norbert ein letztes Mal inne und wog seine Optionen ab. Dann nahm er das Handy aus der Jackentasche und wählte eine Nummer.

KAPITEL 42

Laut quietschte die schwere Metalltür mit der gelben Aufschrift B1 in ihren Angeln, als Norbert sie aufdrückte. Schwitzend lehnte er sich dahinter auf die Oberschenkel. Er musste wirklich mehr für seine Fitness tun. Diese Tür schien schon seit Jahren nicht mehr bewegt worden zu sein. Ähnlich wie Norberts Trainingsanzug. Es dauerte einen Augenblick, bis sich seine Augen an das Halbdunkel in der Fabrik gewöhnt hatten. In der Luft tanzte der Staub und unvermittelt musste der Kommissar niesen. Das Geräusch hallte wider wie ein Pistolenschuss. Norbert verharrte lauschend.

Nichts rührte sich.

Vorsichtig lief er einen Schritt vorwärts, immer darauf bedacht, nirgendwo anzustoßen oder womöglich noch auf einen rostigen Nagel zu treten. In solchen verlassenen Gebäuden musste man mit allem rechnen. Sein Fuß stieß an eine leere Bierflasche, die sich auf dem Boden kreiselnd von ihm wegbewegte. Der Kommissar verfluchte den Fakt, dass er ohne Taschenlampe hier reingestolpert war. Nicht viel war zu erkennen. Die Platten, die vor die meisten Fensterscheiben genagelt worden waren, schirmten hier drinnen wirklich wirkungsvoll jegliches Tageslicht ab. Er blinzelte, dann riss er die Augen auf, als ihm eine Idee kam. Was machten die jungen Leute immer, wenn sie auf ihren Rockkonzerten waren?

Na klar! Sie nahmen ihr Handy zur Hand! Sicher hatte sein Smartphone auch eine Taschenlampe. Erfreut über seine Lösung zog der Kommissar das Teil aus seiner Manteltasche und entsperrte nach einigen Versuchen erfolgreich das Display. Gudrun schaute ihm als Hintergrundbild entgegen, was Norbert sentimental werden ließ. Er war mutterseelenallein in einer alten, verlassenen Fabrik.

Mit zwei Daumen auf dem Display fand er ein Symbol, was einer Taschenlampe ziemlich nahekam. Und tatsächlich: Dort, wo der Blitz beim Fotografieren sonst flackerte, leuchtete nun ein Licht aus seiner Hand.

Im Mittelalter hätte man ihn dafür verbrannt.

Er drehte sich einmal um die eigene Achse und konnte nun erkennen, dass er sich in einer Art Konferenzraum befand. Einige Bürostühle standen kreisförmig um einen umgekippten Tisch herum und sahen aus, als habe man sie gerade erst verlassen. Unvermittelt drängte sich ihm das Bild der Gebäude rund um Tschernobyl auf. Er drehte sich weg und suchte nach einem Ausgang. Mit dem hocherhobenen Smartphone in der Hand lief Norbert auf eine Doppeltür zu, auf der ein verwittertes Schild in die

Kantine und zu den oberen Lagerräumen wies. Mit einem Seufzen entschied sich der Kommissar für die Lagerräume und stapfte kurz darauf eine breite Metalltreppe hinauf. Hier war seit Jahren wohl niemand mehr gewesen. Außer dem schlurfenden Geräusch von Norberts Schritten war es gespenstisch still.

Plötzlich endete die Metalltreppe mitten in der Luft. Norbert verlor fast das Gleichgewicht, ruderte mit den Armen und schaffte es gerade so, nicht hinunterzufallen.

Leider galt das nicht für sein Smartphone. Mit einem leisen Klirren schlug es auf dem Betonboden ein Stockwerk unter ihm auf. Das Licht erlosch. »Hoffentlich hat Gudrun eine Versicherung wegen Glasbruchs abgeschlossen«, murmelte Norbert bedrückt. Zu allem Überfluss hatten sich seine Augen auch noch an die Helligkeit gewöhnt und er brauchte einen Moment, um wenigstens Umrisse erkennen zu können. Weiter unten, links vom ersten Treppenabsatz, schien eine Tür abzugehen. Mangels Alternativen stieg der Kommissar wieder hinunter und drückte versuchsweise die Klinke.

Offen. »Na endlich hab ich auch mal Glück«, brummte Norbert in die Stille und kam sich gleich darauf seltsam vor.

Vielleicht wartete hier drin der Tod auf ihn.

»Blödsinn«, sagte er laut und ignorierte dabei das Unwohlsein, was ihm den Rücken hinaufkroch.

Die Tür führte zu einer Balustrade, die rings um eine Fertigungshalle gebaut worden war. In letzter

Zeit erwischte sich der Kommissar immer öfter dabei, dass ihm Höhen etwas ausmachten. Gut, dass es in der Fabrik so dunkel war, dass er ohnehin nichts erkennen konnte. Norbert stellte sich einfach vor, er befände sich im Erdgeschoss. Vorsichtig setzte er einen Fuß vor den anderen, eine Hand nach vorn gestreckt, die andere auf einer Reling, die ihn links von sich vor dem sicheren Absturz bewahrte.

Wieder wurde ihm die Absurdität seiner Aktion bewusst und er schnaubte. Vielleicht befand sich hier gar keiner und er turnte nun ohne Grund in diesem einsturzgefährdeten Objekt herum! Doch Norbert merkte, dass ihm seine eigene Neugierde nicht erlauben würde, umzukehren. Er brauchte Fakten.

Hauptsache, er stürzte hier in der Dunkelheit nicht ab und brach sich ein Bein. Oder Schlimmeres.

Nach einigen Metern, die ihm wie Kilometer vorkamen, konnte er vor sich einen Lichtschein erkennen. Norbert beschleunigte seine Schritte und kam an eine weitere Metalltür, in die ein vergittertes Fenster eingelassen war. Erneut probierte er die Klinke und Tatsache, auch diese Tür war unverschlossen. Schnell trat der Kommissar hindurch und ließ sie hinter sich wieder zufallen. Vor sich erkannte er nun einen weiteren Gang, der am Ende in eine Metalltreppe mündete, die wiederum aufwärts führte. Darüber öffnete sich ein Treppenhaus. Norbert lief nun zügig, weil aus einem Fenster dort der letzte Funken des Tageslichts drang. Es war zwar dunkel, aber nicht so düster wie zuvor. Erleichterung machte sich breit.

Der Kommissar trat mit einem Fuß auf die Treppe und stutzte. Hier schien es ihm ein wenig sauberer als in den Gängen, durch die er bisher gelaufen war. Die dicke Staubschicht, die er vorher noch überall hatte erkennen können, wurde hier gleichmäßig durch etwas auf dem Boden unterbrochen. Er kniff die Augen zusammen und hockte sich hin.

Das waren definitiv Fußspuren. Jemand musste regelmäßig hier langgehen, anders konnte sich der Kommissar das nicht erklären.

Sein Herzschlag beschleunigte sich. »Frau Baumann?«, rief er in das Treppenhaus. Hoffnungsvoll lauschte er. Irgendwo über ihm gab es einen dumpfen Ton, dann war wieder alles ruhig. Norbert nahm die ersten beiden Stufen auf einmal und wäre fast hingefallen, hätte er nicht beherzt nach dem Treppengeländer gegriffen. Er stabilisierte sich und atmete tief durch. »Nichts überstürzen, Norbert«, murmelte er und lief vorsichtig weiter. Er beschloss, noch einmal zu rufen. »Frau Baumann?«, dann erneut: »Katharina?«

Stille.

Niemand antwortete. Nicht einmal das dumpfe Geräusch von vorhin erklang. War das nur ein Zufall gewesen? Unruhig stieg er die Treppe weiter hinauf. In der Mitte hörte sie plötzlich auf, da ein Stück weggerostet sein musste. Kurz überlegte der Kommissar und haderte mit sich. Das Loch war nur einen knappen Meter breit und er könnte ...

Er könnte ...

Norbert nahm Anlauf, schloss die Augen und sprang. Mit einem Knall kam er auf der anderen Seite wieder auf, wobei die Treppe unheilvoll wackelte und unter seinem Gewicht knarzte. Bei der Landung stieß er sich das Knie an, was ihm einen Schmerzenslaut entlockte. »Ich muss lebensmüde sein«, schimpfte er erneut mit sich selbst und wischte sich mit dem Ärmel den Schweiß von der Stirn. Dann straffte er sich und stieg die restliche Treppe hinauf, bis er zu dem Fenster kam. Er warf einen Blick nach draußen.

Unter ihm war das Fabrikgelände und rechts konnte er das Licht des Volvos sehen. Erst jetzt wurde Norbert klar, dass er den Motor hatte laufen lassen und die Lampen immer noch leuchteten. Der Tank war bereits im letzten Drittel gewesen, als er angekommen war. Hoffentlich verbrannte er nicht gerade den restlichen Sprit, der ihn nach Hause bringen sollte. Sein Blick fiel auf die kleine Steigung neben dem Fabrikgelände. Dort hatte er vorhin noch gestanden. Irgendwo da unten musste sich das Loch befinden, durch das er auf das Gelände gekrochen war.

Was bedeuten würde, dass dies das Fenster war, durch das er meinte, eine Person gesehen zu haben!

»Katharina! Katharinaaaaa!«, schrie er wieder. »Katharina Baumann!«

Er hörte etwas. Auf dem obersten Treppenabsatz gab es rechts und links eine Tür. Hektisch rannte er nach links.

Abgeschlossen.

Er hetzte nach rechts. Diese Tür war offen! Mit Schwung stürzte sich der Kommissar hindurch.

KAPITEL 43

Norbert blieb stehen.

Vor ihm öffnete sich eine weitläufige Etage, die durch Deckensäulen gestützt wurde. Aus zwei der sechzehn Fenster war das Glas herausgeschlagen, wobei die restlichen vierzehn, wie unten, mit vernagelten MDF Platten verschlossen worden waren. Durch die beiden Fenster ohne Glasscheiben fiel etwas Licht hinein, sodass der Kommissar einigermaßen gut erkennen konnte, wo er sich befand.

Es gab in diesen Raum einige Nischen, die durch halbhohe Betonwände abgetrennt waren und sicher einmal Schreibtische beherbergt hatten. Eine davon war aus seiner Position nicht einsehbar. In der Mitte stand ein Betonklotz, der zur Blütezeit der Firma ein weiterer Lagerraum oder etwas Ähnliches gewesen sein musste. Dieser war durch eine schwere Tür mit einem Riegel davor gesichert.

Glas knirschte unter seinen Schuhen, als er weiterging. Achtsam sah Norbert sich um. Seine Intuition flüsterte ihm zu, dass er ganz nah dran war.

Wie nah würde sich in den nächsten Minuten herausstellen.

Der Wind heulte durch die glaslosen Fenster. Norbert zitterte. Er traute sich nicht, noch einmal Katharinas Namen zu rufen. Sollte sich hier oben jemand verstecken, wollte er seine eigene Position so spät wie möglich preisgeben. Zögernd schlich er vorwärts, als das Adrenalin in seinen Körper schoss und seine Sinne sich bis zum Äußersten schärften.

Draußen krähte ein Rabe.

Langsam, ganz langsam schob Norbert sein Gesicht hinter der Betonwand hervor, die er nicht hatte einsehen können und starrte in das Dämmerlicht.

Niemand war dahinter.

Erleichtert richtete er sich wieder auf. Etwas beschämt wischte er sich die Hände an der Hose ab, als wolle er einer unsichtbaren Kamera zeigen, dass er natürlich gar keine Angst gehabt hatte. Sein Blick fiel auf die Metalltür, die den Lagerraum in der Mitte mit einem großen Riegel sicherte. Es schien tatsächlich niemand hier zu sein. Der Kommissar beschloss, um den Raum herumzugehen und sich in der nächsten Etage umzuschauen.

Erneut sah er auf den Fußboden. Auch hier gab es eine regelrechte Schneise zwischen Unrat, Glasscherben und Mülltüten, so als sei hier vor nicht allzu langer Zeit jemand entlanggegangen.

Das konnte kein Zufall sein.

Aufgeregt beschleunigte er seine Schritte. Norbert hatte keine Wahl. Er würde einen letzten Versuch wagen und nach ihr rufen. »Frau Baumann? Ich bin es, Norbert Hübner! Wo sind Sie?«

Ein Klopfen erklang.

Der Kommissar drehte sich um die eigene Achse. »Frau Baumann? Irgendwer? Hier ist die Polizei!«

Er meinte ein leises *Hier sind wir!* zu hören.

»Wo?«, schrie Norbert aus voller Kehle, dann hämmerte es noch einmal. Es musste die verriegelte Tür des Lagerraums sein!

Er rannte los.

Mit ein paar schnellen Schritten erreichte Norbert sein Ziel und klopfte von außen ebenfalls an die Tür. »Hallo? Ist da jemand drin?«

»Wir sind hier drin gefangen! Helfen Sie uns!«

Norberts Herz machte einen Sprung. »Warten Sie, ich hole Sie da raus«, rief er und machte sich an dem Riegel zu schaffen. Er war schwer und dazu noch recht unhandlich, doch indem er sein ganzes Gewicht dagegen stemmte, schaffte es Norbert, ihn aufzuhebeln. Auf der anderen Seite wurde ebenfalls etwas zurückgeschoben. Kurz darauf öffnete sie sich und Norbert sah sich einem jungen Mann gegenüber, der eine zerrissene Jeans und einen schwarzen Kapuzenpullover trug.

Hinter ihm knurrte ein Rottweiler.

Der Gestank, der aus dem Raum drang, nahm ihm fast den Atem. Entsetzt hielt er sich den Kragen seiner Jacke vor die Nase. »Wie ... wer ...«, begann er. Dann wurden seine Knie schwach, als er auf der rechten Seite des Raumes Katharina Baumann erblickte. Spärlich bekleidet kauerte sie auf dem Boden, nur eingehüllt in eine Art Bettlaken.

Schmutzig, schutzlos, Norbert war fassungslos.

Ihre Knie waren aufgeschürft und um ihren Knöchel wand sich eine Kette mit einem Vorhängeschloss.

Norbert machte Anstalten durch die Tür zu stürzen. »Katharina! Katharina! Ein Glück, dass ich Sie gefunden habe!«

»Herr Hübner?«, flüsterte sie. Dann im nächsten Moment schien sie ihn nicht mehr zu erkennen: »Wer sind Sie? Jim, wer ist das? Ruf die Polizei!«

Norbert stand im Türrahmen und wusste nicht, wie er sich verhalten sollte. »Ihre Mutter war es, die mich auf diese Spur gebracht hat. Sie ist voller Sorge um Sie ... Ihre Mutter, Katharina! Sie sind Katharina Baumann«, erklärte Norbert. Ohne den Blick auch nur einen Moment von ihr zu lösen, sagte er zu Jim: »Ich wäre bald wieder umgekehrt, wenn ich Sie nicht vor dem Fenster gesehen hätte!«

Jim wurde sichtbar nervös. »Wir ... Es gibt hier keine Fenster.«

Norbert erschrak. Der Mann hatte recht. »Wen habe ich dann gesehen?«

Die Realisation der Frage hing einen Augenblick in der Luft. Dann zeichnete sich in Jims Gesicht nackte Angst ab.

Norbert hatte keine Chance mehr, sich umzudrehen, als Robert ihn von hinten mit der Brechstange niederschlug. Einen Augenblick später sackte der Kommissar im Türrahmen zusammen.

KAPITEL 44

Jim stieß einen animalischen Laut aus und stürzte sich Hals über Kopf auf Robert. Dieser wehrte seinen ehemaligen Kumpanen mit der Brechstange ab und stieg über Norberts regungslosen Körper, der mitten im Türrahmen lag.

Balu bellte ohrenbetäubend in dem kleinen Raum.

»*Sitz*!«, brüllte Robert und das Tier gehorchte sofort. Damit schwand auch Jims leise Hoffnung, der Hund würde sich auf ihre Seite schlagen. Verdammter Mist, dachte er, als er der durch die Luft zischenden Brechstange auswich.

Robert fokussierte sich auf den jungen Mann und trieb ihn mit weiten Schwüngen vor sich her. Jim ließ sich das nur kurze Zeit bieten, dann sprang er auf Robert zu, duckte sich unter der Stange hindurch und rammte ihm Arme und Kopf in den Bauch.

Robert keuchte und taumelte zurück, dabei verlor er das Brecheisen, was klappernd zu Boden fiel. Doch er hatte keine Chance, es zurückzuholen, zu schnell war Jim auf ihm und prügelte mit den nackten Fäusten auf ihn ein.

Robert hob die Hände, um sein Gesicht zu schützen, aber Jims unbarmherzige Schläge trieben ihn immer weiter aus dem Raum hinaus.

Katharina hatte sich in eine Ecke verzogen und rüttelte verzweifelt an dem Haken in der Wand, an dem ihre Kette befestigt war. Nur noch ein bisschen mehr Kraft, dann wäre sie frei.

»Du … überlebst … das nicht«, keuchte Robert zwischen Jims Schlägen und rammte dem Jüngeren erbarmungslos sein Knie zwischen die Oberschenkel.

Jim jaulte auf und ging zu Boden. Robert nutzte den Moment und fummelte an seiner Hosentasche herum. Einen Augenblick später hallte der schneidende Ton eines aufspringenden Klappmessers durch den Raum.

Jim hatte sich derweil wieder aufgerappelt und stürzte sich in blinder Wut erneut auf Robert, der ihm auswich und einen Schritt zurücksprang. Die beiden Männer hatten während des Kampfes erneut den Türrahmen erreicht und als Robert noch einen Schritt zurückwich, stolperte er über Norbert und fiel rückwärts halb auf den Kommissar.

Jim wollte mit dem Fuß auf ihn treten, doch Robert war zu schnell wieder auf den Beinen. »Komm schon her, du Wichser! Sei Mann genug«, stachelte Robert ihn an.

Jim würde diesen Kampf kämpfen. Und wenn er daran zugrunde ging, würde er zumindest Robert mitnehmen, das schwor er sich.

Er verschwendete keine Zeit, auf Roberts Gerede einzugehen. Mit einem neuerlichen Wutgeheul versuchte er, auf Robert zuzulaufen, der jedoch das Messer vor sich durch die Luft zischen ließ, um Jim damit auf Distanz zu halten.

Langsam umkreisten sich die Männer.

In dem Raum kam Norbert mühsam wieder zu sich, als ihm jemand Wasser aufs Gesicht schüttete. Er öffnete die Augen und sah das Gesicht des Hundes über sich. Dieser war damit beschäftigt, ihm den Kopf abzulecken. Norbert drückte das Tier von sich. Als er sich bewegte, explodierten Schmerzen in seinem Haupt. Sterne tanzten vor seinen Augen.

Wo war er hier?

Stöhnend kniff er die Augen zusammen und fasste sich an den Hinterkopf. Schlagartig kam die Erinnerung zurück und er atmete scharf ein.

Die Fabrikhalle.

Die Gestalt hinter dem Fenster.

»Wir ... Es gibt hier keine Fenster.«

Hinter sich hörte er, wie die beiden Männer miteinander kämpften. Er stützte sich auf und sah unter seinem Arm hindurch, wie der Größere der beiden ein Messer schwang. Der Jüngere musste bereits einige Schnitte abbekommen haben, denn dunkles Blut lief an seinem Arm hinab und tropfte bei jeder Bewegung auf den Boden.

Jim schwitzte. Sein rechter Arm pulsierte an den Stellen, wo Robert ihn mit dem Messer erwischt hatte. Mit jeder Bewegung flog eine Salve Blutstropfen durch den Raum. Robert hielt das

Messer nun mit der Faust am Griff und der Klinge in Richtung seines Handgelenks gedreht. Die andere Hand hatte er vorgestreckt, um ihn zu sich zu winken. Offenbar wusste er, wie man mit einem Messer umging.

»Na los doch! Was ist? Bist du schon fertig?«, höhnte Robert, was Jim dazu veranlasste, erneut vorzuspringen. Er duckte sich unter Roberts Arm hindurch und drückte ihn von sich weg, wobei dieser ihm einen tiefen Schnitt quer über den Rücken verpasste. Jim schrie auf und taumelte rückwärts. Sein linkes Auge war zugeschwollen, wo Roberts Faust ihn mehrmals erwischt hatte. Doch auch sein Gegenüber hatte einstecken müssen. Roberts Haare hingen ihm in die Stirn und seine rechte Braue war aufgeplatzt. Blut lief ihm ins Gesicht und ließ ihn noch verrückter erscheinen, als er ohnehin schon war.

Robert erkannte, dass Jim seinen nächsten Schritt plante, und ließ keine Zeit vergehen. Er schoss auf ihn zu. Jim kreuzte die Arme vor dem Kopf, um seinen ehemaligen Boss von sich zu halten, doch dieser stemmte sich mit seinem ganzen Gewicht auf ihn, was den jungen Mann in die Knie zwang.

»Jetzt ... kriegst du ... was du verdienst«, knurrte Robert und drückte noch fester zu.

Jim begriff in diesem Moment, dass er kaum noch Kraft hatte, sich gegen Roberts Angriffe zu wehren. Stattdessen fixierten sich seine Augen auf das Messer, das unaufhaltsam sein rechtes Auge ansteuerte.

Norbert hatte den Kampf im benommenen Zustand beobachtet. So, wie die Sache hier für ihn aussah, bekämpfte gerade jemand diesen grobschlächtigen Typen, der ihn hinterrücks niedergeschlagen hatte. Der junge Mann war mit Katharina eingesperrt gewesen. Der Kommissar hatte keine Zeit mehr, weiter zu kombinieren, denn in diesem Moment stürzte sich der Größere der beiden auf den Jüngeren und drückte ihn zu Boden. Ihm kam es vor wie in Zeitlupe, dass das Messer auf das Gesicht des jungen Mannes zu glitt und Norbert wusste instinktiv, dass er handeln musste.

»Halt! Polizei! Lassen Sie ... die Waffe fallen«, rief er, doch nur ein ersticktes Röcheln drang aus seiner Kehle. Noch immer lag er im Durchgang. Unter sich schien sich Geröll gelöst zu haben, denn es drückte unangenehm in seine Hüfte.

Norberts Gedanken rasten, als er sich schwerfällig zur Seite drehte. Fast wäre er erneut ohnmächtig zusammengesackt, hätte sein Blick nicht Katharina gestreift, die in der Ecke in ihrem Bettbezug saß und die Szenerie mit großen Augen beobachtete.

Das Geröll war wirklich schmerzhaft. Und es drückte ausgerechnet auf Eddys Holster, das ...

Moment mal.

Norbert nestelte am Verschluss herum, dann zog er Eddys Dienstwaffe unter sich hervor und löste die Sicherung. Ein Blick nach hinten ließ ihn mit Schrecken feststellen, dass das Messer nur noch Zentimeter vom Gesicht des jungen Mannes entfernt war. Während Norbert sich bereit machte, erreichte es den Augapfel.

Norbert zielte, drückte den Abzug und ein Schuss zerriss die Nacht.

»Du scheiß Bulle! Dich mach ich -«, rief Robert zu ihm hinüber und verzog schmerzverzerrt das Gesicht. Er hielt sich den Arm, aus dem das Blut pulsierte und seinen Pullover durchweichte. Bevor er jedoch einen Schritt machen konnte, riss Jim ihn an der Jacke zurück.

Er nutzte das Überraschungsmoment, schnappte Robert das Messer aus der Hand und stach zu.

KAPITEL 45

»Werfen Sie das Messer weg!«, rief Norbert. Diesmal hörte sich seine Stimme kraftvoll an. Mühsam rappelte der Kommissar sich auf, eine Hand noch immer an der Pistole, die andere zum Abstützen auf dem Boden.

Jim ließ sofort das Messer fallen und hob die Hände. Er trat einen Schritt auf Norbert zu. »Ich bin unschuldig! Der Typ da hat uns beide festgehalten! Ich wollte -«

Robert bewegte sich wieder. Er rappelte sich auf, keuchte vor Anstrengung und entschied, zu fliehen.

»Stehen bleiben«, rief Norbert, doch Robert dachte gar nicht daran. Mit einer Hand auf den getroffenen Arm gepresst, rannte er, so schnell er konnte, aus der Etage und in die Dunkelheit der Fabrik hinein.

Norbert sah ihm nach und machte sich keine Hoffnungen. Er würde den Typen ohnehin nicht mehr einholen. Er wandte sich dem jüngeren Mann zu. »Sie! Kommen Sie her«, sagte er streng und Jim tat, wie ihm geheißen.

»Sie können die Waffe jetzt runternehmen«, sagte er leise, »ich bin unschuldig. Danke, dass Sie uns gerettet haben.«

Norbert zögerte einen Augenblick und sah ihm tief in die Augen, dann nickte er. Er steckte die Pistole wieder in das Schulterholster und zog sich die Jacke aus. Er schwitzte ohnehin und der dicke Wintermantel behinderte seine Beweglichkeit.

Der junge Mann lief mit ausgestreckter Hand auf Norbert zu: »Ich bin Jim. Danke, dass Sie uns gerettet haben, Herr ...«

»Hübner. Kommissar Hübner«, sagte Norbert und ließ die Klappe des Holsters über die Waffe fallen. Er war zu erschöpft, um sich auch noch mit dem Verschluss auseinanderzusetzen.

Ein Klirren erklang und Norbert riss die Augen auf. Katharina! Sie hatte er ja völlig vergessen!

»Frau Baumann!«, rief er und lief in den Raum hinein. Sofort eilte er zu ihr und griff nach der Kette um ihr Fußgelenk. »Wo ist der Schlüssel?«, rief er Jim zu, doch dieser schüttelte den Kopf und zuckte die Achseln. »Keine Ahnung. Sie war schon so, als ich angekommen bin! Den Schlüssel muss der andere Typ mitgenommen haben ... der, der Sie und mich angegriffen hat!«

Das erschien einleuchtend.

Katharina sagte kein Wort, aber sie deutete hinter sich auf eine Wand. Norbert folgte ihrem Finger und sah, dass die Kette dort an einem Haken befestigt war. Er ruckte zweimal kräftig an diesem, doch nichts geschah. »Jim, kommen Sie her, helfen Sie mir!«

Beide Männer zogen nun abwechselnd am Haken, bis er sich löste.

»Sie sind frei«, keuchte Norbert. Dann half er Katharina auf die Beine.

»Der Schmetterling ist verschwunden ... Herr Hübner«, flüsterte sie.

»Was auch immer das bedeutet, Frau Baumann. Erinnern Sie sich wieder, wer Sie sind?«

Katharina schaute zu Jim rüber. Dann sprach sie: »Jetzt gerade ja, aber in der nächsten Sekunde vielleicht schon wieder nicht.« Sie hielt sich mit beiden Händen an Norbert fest, einen Arm um seine Schultern geschlungen, den anderen neben seinem Bauch an das Holster geklammert.

»Helfen Sie mir, Katharina hier herauszuschaffen«, wies Norbert Jim an.

Der entgegnete ein unsicheres: »Okay ...« Er wusste nicht, was ihn nun erwarten würde, doch mit Sicherheit saß er in der Patsche. Er machte einen Schritt, um die Liebe seines Lebens zu stützen.

Als er dichter kam, blickte er in ihre Augen. Vielleicht war doch noch nicht alles verloren.

Sie lächelte ihn an.

Dann zog Katharina die Dienstwaffe aus dem Holster des Kommissars und erschoss Jim direkt vor Norberts Augen.

KAPITEL 46

Wie in Trance entriss ihr Norbert die Waffe. Dann setzte er Katharina, trotz der aufsteigenden Wut in sich, behutsam auf dem Boden ab und rannte zu Jim hinüber. Der Kommissar kniete vor ihm nieder, nahm seine Hand und versuchte, den Puls zu fühlen, doch er fand ihn nicht. Ihm kamen die Tränen. »Was hast du getan, Katharina?«, murmelte er immer wieder, »Was hast du getan?«

Norbert senkte den Kopf. Jims Augen waren noch geöffnet. Vorsichtig schloss der Kommissar sie mit seiner Handfläche und stand auf. Die Absurdität seiner Situation begreifend, entfernte er sich von dem leblosen Körper.

Es war an der Zeit, das Richtige zu tun.

Wortlos half er Katharina Baumann auf die Beine.

Ein paar Minuten später wankte Norbert mit der halb nackten Kommissarin aus dem baufälligen Gebäude. Sein Hemd hatte ein paar Blutflecken abgekriegt. Doch das meiste war an Katharinas Bettbezug hängen geblieben.

Das Blut dieses Mannes.

In seinen Ohren rauschte es. Als ob er über sich selbst schweben würde, sah er sich in der dritten Person aus der alten Fabrik hinaus stolpern, Katharina immer noch stützend um die Hüfte gefasst.

Ein Schrei ertönte und kurz darauf fühlte er, wie Katharina neben ihm zu zittern begann. Dann wurde sie ihm aus dem Arm genommen. Sofort fühlte er sich leichter, befreiter. In ihm jedoch tobte ein Chaos. Er musste nach Hause. Musste diesen Abend und diese Ereignisse hinter sich lassen.

Doch würde er das je können?

Jemand wurde vor seinen Augen erschossen.

»Katharina! Oh Katharina, mein Mädchen«, schluchzte eine Frau, die Norbert bekannt vorkam. Es war Elisabeth Baumann, ihre Mutter.

»Oh danke, Herr Hübner, danke, dass Sie sie gefunden haben!«, rief sie immer wieder und umarmte abwechselnd ihn und ihre Tochter.

Katharina und er selbst standen da, als wüssten sie nichts so recht mit sich anzufangen. Unversehens lachte Katharina aus ganzem Herzen.

Norbert verstand die Welt nicht mehr.

Schließlich verebbten Elisabeths Bekundungen und sie fing an, ihre Tochter in Richtung ihres Wagens zu dirigieren. »Komm, mein Liebling. Du musst furchtbar frieren! Komm Katharina, rein in den Wagen, ich bin ja da ...« Bevor sie sie hineinsetzte, drehte sie sich noch einmal zu Norbert um und lächelte ihn an.

In diesem Moment kam der erste Polizeiwagen mit Blaulicht und Martinshorn um die Ecke geschossen.

Norbert, du hast genau das Richtige getan, dachte der Kommissar.

Das Lächeln auf Frau Baumanns Gesicht fror ein, als sie sich umblickte. Noch mehr Wagen zogen auf den Parkplatz der Fabrik. Nur Sekunden später traf ein Krankenwagen ein und kam hart vor ihnen zum Stehen. Sofort sprangen die Sanitäter heraus und rannten zu Katharina hinüber, die unzeremoniell ihrer Mutter entrissen wurde.

»Nein! Nehmen Sie die Finger weg! Meiner Tochter geht es gut!«, kreischte sie, doch niemand beachtete die hysterische Frau, die da auf dem Parkplatz stand und deren Welt sich soeben aus den Fugen bewegte.

Alles, was Norbert in diesen Momenten sah, kam ihm entfremdend vor.

Jemand leuchtete ihm ins Gesicht. »Gibt es im Gebäude noch mehr Verletzte?«

Der Kommissar zeigte hinter sich und murmelte tonlos. »Zweiter Stock. Achtung auf die Treppe, die hat ein Loch.« Er wollte noch sagen: »Aber der Mann ist tot, Sie brauchen sich nicht beeilen«, doch die Worte blieben ihm im Halse stecken.

Die Stimme eines Polizisten vor ihm drang nur langsam durch Norberts rauschende Gedanken. Die Welt zog an ihm vorbei, während er in ihrer Mitte stand und verzweifelt versuchte, zu verstehen, was geschehen war.

»Herr Hübner, ist alles in Ordnung? Kommen Sie, lassen Sie mich helfen. Mein Gott, Sie sind ja voller Blut, wie ist das denn ...«

Norbert ließ sich mitziehen und in einem Rettungswagen postieren. Er fasste sich an die Stirn und schloss die Augen. Hinter den geschlossenen Lidern sah er noch immer die flackernden Lichter der Polizeiwagen, die die Dunkelheit der Nacht durchschnitten. Als er sie wieder öffnete, stand Elisabeth Baumann vor ihm.

Ihre Miene war wutverzerrt.

»Sie Idiot!«, zischte sie, holte aus und gab ihm eine Ohrfeige. »Sie hatten das für sich behalten sollen! Sie sind schuld an allem! Ich hasse Sie!« Dann wies sie auf die Szenerie hinter sich. »Ich hoffe, dass Ihre Kinder genauso leiden müssen, wie meines!«

Ihr entgleistes Gesicht entschwand in die flackernden Lichter und aus seinem Blickfeld.

Jemand sprach neben ihm. »Norbert? Können Sie mich hören?«

Norbert nickte nur.

Zum Sprechen fehlte ihm die Kraft.

»Ich bin Karl Logenwert, Ihr Sanitäter. Ich möchte mal einen Blick auf Ihre Kopfwunde werfen.«

»Kopfwunde?« Norbert hatte gar nicht bemerkt, dass er eine hatte. Sofort meldete sich der Schmerz – oder war er nur aufmerksamer geworden? Vielleicht hatte auch die Ohrfeige von Frau Baumann etwas dazu beigetragen. Immer wieder schoss die verhängnisvolle Szene durch seinen Kopf.

Hätte er es verhindern können?

War er, Norbert, vielleicht sogar mitschuldig an dem Tod dieses Jungen?

Hatte er fahrlässig gehandelt?

»Er hat für uns gekämpft«, murmelte er leise.

»Was haben Sie gesagt, Herr Hübner?«

Er schüttelte den Kopf.

»Kein Problem. Ich habe gute Nachrichten, Sie müssen nicht genäht werden. Ich klebe da jetzt ein Pflaster drauf und in ein paar Tagen sind Sie so gut wie neu.« Der Sanitäter kam um ihn herum und grinste ihm ins Gesicht. »Sie haben einen richtigen Dickschädel, Herr Hübner.«

Norbert antwortete nicht, doch lächelte müde.

Als das restliche Adrenalin seinen Körper verließ, sackte er in sich zusammen. Die Wange, auf der Frau Baumann senior ihre Wut herausgelassen hatte, brannte noch immer.

Norbert wollte einfach nur nach Hause, Gudrun in die Arme schließen und diese schreckliche Episode vergessen. Doch gerade als er dachte, es ginge nicht mehr schlimmer, kam ein weiteres Polizeiauto mit Blaulicht auf den Platz gebrettert und hielt mit quietschenden Reifen direkt vor dem Rettungswagen.

»Sie können da nicht parken, wir müssen zum Krankenhaus«, protestierte einer der Sanitäter.

»Was Sie nicht sagen! Sie fahren jetzt nirgendwohin, bis ich mit meinen Beamten gesprochen habe«, schnarrte eine ihm bekannte Stimme. Frau Latzke stapfte mit hochrotem Kopf und in die Seite gestemmten Armen auf Norbert zu. Ihre

Uniformjacke war schief geknöpft und die Haare standen zu allen Seiten von ihrem Gesicht ab.

»Herr Hübner!«, donnerte sie. »Habe ich Ihnen nicht gesagt, dass Sie sich zurückhalten sollen? War die Sache heute Morgen etwa noch nicht genug?«

Norbert entschied, den Mund zu halten. Er hatte Mühe, überhaupt wach zu bleiben.

Dass er nichts sagte, irritierte Frau Latzke kein bisschen. Hartnäckig motzte sie weiter. »Was für ein Saustall das hier ist! Also wenn ich im Präsidiumskeller noch eine illegale Spielhalle finde, würde mich das nicht wundern!«

Ihr Lamentieren lief noch eine ganze Weile, in der Norbert sich in seine Gedankenwelt zurückzog.

Schlafen.

Er wollte einfach nur schlafen.

Es kam ihm vor, als brenne der Pulverdampf des Schusses noch immer in seiner Nase.

Eine Stimme holte ihn zurück in die Gegenwart. Norbert erkannte, dass Frau Latzke offensichtlich dazu übergegangen war, Katharina auszuschimpfen, die plötzlich ebenfalls im Krankenwagen saß und die Frau nur verständnislos ansah. Ihr glasiger Blick sprach Bände. Das musste auch Frau Latzke aufgefallen sein, denn sie wandte sich wieder an Norbert. »Schläft sie mit offenen Augen? Na warten Sie nur ab, das wird ein Nachspiel haben, das kann ich Ihnen versichern ...« Sie drehte sich um und wollte schon gehen, da begann Norbert leise, zu sprechen.

»Sie hat direkt vor mir einen Menschen erschossen.« Ungläubig schüttelte er den Kopf.

»Haben Sie etwas gesagt, Herr Hübner?«, fragte Frau Latzke nach.

Es war Zeit, das Richtige zu tun.

»Katharina Baumann hat vor meinen Augen einen Mann erschossen. Mit voller Absicht. Und nicht nur das, wir haben Beweise, dass sie möglicherweise einen weiteren Mord begangen hat«, sagte Norbert nun lauter und mit fester Stimme.

Frau Latzke verstummte und sah abwechselnd Norbert und Katharina an. »Ist das wahr?«

Norbert nickte. Dann schloss er die Augen.

Als er sie das nächste Mal wieder öffnete, lag er auf der Couch im Wohnzimmer. Gudrun saß neben ihm.

»Gehts wieder?«, fragte sie, als er sich verwirrt aufrichtete.

»Wie ... wie bin ich hierhergekommen?«, fragte er langsam und stützte sich auf seinen rechten Ellbogen.

Sie lächelte. »Du bist im Krankenwagen eingeschlafen. Die Herren haben dich nach Hause gebracht, weißt du das nicht mehr?«

Er schüttelte den Kopf.

»Na wie dem auch sei, jetzt bist du zu Hause.« Sie drückte seinen Arm. »Soll ich ... Möchtest du ... darüber reden?« Norbert wollte nichts sehnlicher als das, doch für den heutigen Abend wünschte er sich nur eines:

Ruhe.

Das Telefon klingelte und Gudrun lief zu dem Gerät. Hinter ihr im Wohnzimmer schnarchte Norbert schon wieder leise auf der Couch.

»Ja, hier Hübner?«

Sie hörte zu, dann sah sie sich um und stöhnte. »Gibt es keine andere Möglichkeit? Wo ist denn der ursprüngliche -«

Wieder hörte sie zu.

»Ach so«, überlegte sie bedächtig. Langsam sah sie sich noch einmal um, dann atmete sie aus und nickte. »In Ordnung. Bringen Sie ihn vorbei.«

KAPITEL 47

» ... verurteile ich Sie hiermit zu fünf Jahren ohne Bewährung wegen Totschlags in zwei Fällen aus Notwehr. Außerdem wegen illegalen Waffenbesitzes, Erpressung und Fahren unter Drogeneinfluss. Weiterhin ...«

Der Richterspruch wurde verlesen und Norbert sah Katharina an. Diese saß gefasst und vollkommen ruhig auf der Anklagebank. Neben ihr heftete ein gut aussehender Anwalt einige Papier ab. Er lächelte und schien mit dem Urteil zufrieden zu sein. In der Menge der Zuschauer erkannte Norbert Herr und Frau Baumann. Sie trug ein rosafarbenes Kostüm und hatte einen Hut aufgesetzt.

»Hat noch jemand etwas zu diesem Urteil hinzuzufügen?« Die Stimme des Richters riss ihn aus seinen Beobachtungen. Vor Norberts Augen zogen die letzten Augenblicke des jungen Mannes in der Fabrik vorbei.

Notwehr.

Dass er nicht lachte.

Normalerweise wäre Notwehr straffrei gewesen, aber bei Ludwik Krol wusste man es nicht genau. Die Profile von Katharinas Motorrad passten auf die Spuren am Tatort und auch das Profil der Waffe stimmte mit der Patrone überein, die man gefunden hatte. Die Staatsanwaltschaft ermittelte jedoch ungern gegen Polizisten und man konnte ihr die Tat nicht zu einhundert Prozent nachweisen, weswegen man sich auf eine symbolische Strafe geeinigt hatte. Norbert war dennoch zufrieden.

Im Gefängnis würde Katharina Baumann sich einem Entzug unterziehen und dann hoffentlich endlich ihr Leben in den Griff bekommen.

Neben ihm schnaufte etwas. Norbert sah hinab und streichelte den Rottweiler, den er an der Leine hielt. Das Tier sah zu ihm auf und leckte ihm glücklich die Hand.

Er hatte kein zu Hause mehr.

Niemand wollte ihn haben.

Die Narben unter seinem Fell zeugten von seinem bewegten Leben, aber dennoch hatte Norbert - oder besser gesagt Gudrun – ihn nicht zurücklassen können. Er würde nun so lange bei ihnen wohnen, bis sich sein Besitzer meldete oder er ein neues Herrchen oder Frauchen fand. Wenn es nach Norbert ginge, konnte das ruhig noch eine Weile dauern. *Balu* hatte auf seinem Halsband gestanden. Trotz seiner Größe war er ein ruhiger Zeitgenosse.

»... erkläre ich diese Verhandlung damit als beendet. Ich wünsche Ihnen noch einen schönen

Tag«, sagte der Richter nun, dann erhoben sich die Geschworenen und verließen den Raum.

Katharina wurde abgeführt.

Ihre Augen schweiften über die Menge. Als sie bei Norbert ankamen, stoppten sie.

Ein Lächeln umspielte ihre Lippen.

KAPITEL 48

EPILOG

Zigarettenrauch hing in der Luft.

Die Tür zur Bar ging auf und zwei Pärchen mittleren Alters kamen herein. Sie schienen angetan zu sein von der instrumentalen Jazzmusik, die in hoher Lautstärke durch den Raum schallte, und genossen sichtbar eine gute Zeit.

Der Barmann begrüßte sie freundlich. Über seine Schulter hing ein frisches Geschirrhandtuch und er polierte abwesend einige Gläser, als er begann, mit den vieren zu reden.

Eine der beiden Frauen setzte sich an den Tresen, als aus der hinteren Ecke des Raumes eine Hand gehoben wurde. Der Barmann erblickte sie und nickte freundlich in die Richtung des Mannes. Es würde eine Weile dauern, bis jemand zu den Sitzbänken mit dunkelrotem Lederpolster und lackiertem Holzrahmen im hinteren Bereich des Lokals kam.

Je länger der Abend wurde, desto mehr fuhr die automatische Lichtanlage anscheinend die Helligkeit herunter. Zwanzig Minuten hatte er warten müssen. Doch dann kam endlich ein Kellner und nahm seine Bestellung auf.

»Ich nehm noch ein Bier und zusätzlich einen Whiskey für meinen Besuch, der gleich kommt«, sprach er, als er den letzten Schluck leerte und das Glas auf den Tisch zurückstellte.

»Klar, kein Problem«, antwortete der Kellner, schrieb sich die Bestellung auf eine lose Zettelsammlung und eilte gleich zum nächsten Tisch.

Das Lokal füllte sich immer mehr.

Eine weitere Person kam durch die Eingangstür. Eine Frau, wie es von der Statur her schien. Sie hatte einen dicken Wintermantel an und den Schal vor den unteren Teil ihres Gesichts geschlungen. Zielsicher lief sie an den hinteren Tisch und ignorierte dabei den Gruß des Barmanns. Dort setzte sie sich neben den Unbekannten, der das Bier und den Whiskey bestellt hatte.

Bewusst hatte dieser sich so weit wie möglich in die Ecke der Sitzbank gedrückt, damit ihn das Licht der Deckenspots, die nicht unweit von ihm von der Decke strahlten, fast nicht traf. »Schön, dass du gekommen bist«, sagte er.

»Wenn Geld keine Rolle spielt, kann man ein Angebot wohl kaum abschlagen, was? Im Übrigen sprechen Sie mich mit Sie an. Wir duzen uns nicht«, berichtigte sie ihn.

Der Mann grinste, doch die Frau schien unter ihrem Schal, der nach wie vor über die Hälfte ihres Gesichts gezogen war, emotionslos zu bleiben.

Er räusperte sich. »Wie kann ich mir sicher sein, dass ich mit dem, was ich hier bestelle, zufrieden sein werde?«, fragte er und nahm mit einem unsicheren Grinsen einen Schluck aus seinem Bierglas.

»Sie bekommen gleich einen Vorgeschmack.«

Erstaunt zog der Mann die Stirn in Falten. »Wie, was, hier in dieser Bar wollen Sie das durchziehen?«

Die Frau zwinkerte: »Bleiben Sie ruhig. Unser Treffpunkt ist nicht ohne Grund dieser Ort.«

Der Mann schluckte eine Erwiderung hinunter und schob ihr eine dünne Mappe über den Tisch, die er anscheinend die ganze Zeit über neben sich verwahrt hatte. »Es handelt sich um einen Kommissar ... er heißt Norbert Hübner«, erklärte er, als die Frau die Mappe öffnete und ein paar Bilder durchblätterte. »Sind Sie sicher, dass Sie das hinbekommen?«, fragte er unsicher.

»Solange der Preis stimmt, brauchen Sie sich darüber keine Sorgen zu machen.«

Der Mann nickte.

»Und wann soll die Sache erledigt werden?«, fragte die Frau, die nun die Mappe zurückschob.

»Brauchen Sie die Bilder nicht?«

»Nein«, sagte sie ungeduldig, »ich habe gefragt, wann Sie die Sache erledigt haben wollen.« Ihre Stimme klang kühl.

»Schnellstmöglich«, antwortete er und grinste zuversichtlich. Er beugte sich nach vorne. Nun erkannte man Roberts mit kaum verheilten Schnittwunden verunziertes Gesicht. Seine Augen lagen tief in den Höhlen und ein überhebliches Lächeln spielte um seine Lippen, als er fragte: »Können Sie das umsetzen?«

Die Frau nickte: »Das werden Sie schon sehen.«

Ihre Worte hingen noch in der Luft, da unterbrach ein Schuss die Musik.

Einer der Männer, die erst vor einigen Minuten mit ihren Partnerinnen angekommen waren, ging zu Boden, während sich eine komplett vermummte Gestalt durch die Menge drückte und aus dem Lokal verschwand.

Panik erfüllte den Raum.

Jeder wollte zum Ausgang.

Auch Robert stand hastig auf, warf die Mappe mit den Bildern unbemerkt auf den Boden und wollte fliehen, doch die Frau packte ihn am Arm, was ihn eine Vierteldrehung nach rechts bewegte. So stehend erkannte er, dass sie eine Waffe auf ihn richtete.

»Setzen Sie sich«, kommandierte sie kalt.

Als er sich erneut niedergelassen hatte, sah sie ihn abschätzend an. »Sie sehen nicht unbedingt aus, als könnten Sie sich unseren Service leisten.« Die Frau beugte sich vor und drohte. »Sollte das Geld nicht fließen, wird die Sache für Sie nicht angenehm enden.«

Robert schluckte und schüttelte seine Ärmel aus, als wäre nichts gewesen.

Die nächsten Worte sprach die Frau nur so laut, wie es sein musste, damit Robert sie in der

Massenhysterie verstand. »Sie haben bereits gesehen, was wir für Sie tun können.«

Robert begriff.

Das, was gerade hier geschehen war, war ein Attentat gewesen.

Sie sah ihn an. »Bleibt es bei Hübner als Ziel?«

Robert schluckte erneut. Immer noch rannten die Menschen in der Bar hilflos durcheinander. Die Frau des Erschossenen schrie um Hilfe. Mehrere Gäste hatten ihre Smartphones gezückt und riefen wohl den Rettungsdienst.

Die Erinnerungen an die Ereignisse in der Fabrik flackerten vor seinem inneren Auge auf, als sich seine Stirn verfinsterte. Hass loderte in seinem Blick.

Robert beugte sich vor und winkte die Frau näher zu sich heran. Dann verschränkte sich sein Blick mit ihrem, als er beschloss:

»Nein, nicht nur Hübner.
Sondern seine ganze Familie.«

Hallo Leser!

Wir freuen uns sehr, dass du Spaß an den Krimis um
Norbert Hübner und seine Kollegin hast!

Wenn du noch mehr lesen willst, dann komm doch in den
Norbert Hübner Leseclub und
Erhalte **kostenlos** die Kurzgeschichte:
»DAS KAFF AM SUMPF«
Der wahre Grund, wie Norbert zu seinem Volvo kam.

Geh einfach auf:
https://krimi.svarlen-edhor.com/
Oder scanne den QR-Code

Du kannst dich jederzeit wieder abmelden und behältst dein Buch natürlich trotzdem. Bleib auf dem Laufenden und erfahre es zuerst, wenn es einen neuen Fall für die Kommissare Hübner und Baumann gibt!

Wir freuen uns auf dich!
Dein Autorenduo Svarlen Edhor

ÜBER DIE AUTOREN:

Sven und Marlen, Jahrgang ab 1987, schreiben schon, seit sie einen Stift halten können. Mit ihrer satirischen Urban-Fantasy Reihe rund um den Brausesee konnten sie sich bereits einen Namen und viele Fans machen.

Ihr neues Buch: „Was für ein Scheißtag“ ist der erste Krimi einer Reihe rund um den Kleinstadtkommissar Norbert Hübner, der mit Herz und Witz in Fälle hineinstolpert, die eigentlich eine Nummer zu groß für ihn sind.

Die Autoren sind verheiratet und leben mit ihrem Kind und vielen Haustieren im schönen Brandenburg.

Wenn dir das Buch gefallen hat, dann freuen wir uns sehr über eine positive Rezension bei Amazon.

Danke für's Lesen!

Dein Autorenduo Svarlen Edhor

Zeitfracht Medien GmbH
Ferdinand-Jühlke-Straße 7,
99095 - DE, Erfurt
produktsicherheit@zeitfracht.de

FSC
www.fsc.org
MIX
Papier | Fördert gute Waldnutzung
FSC® C083411